醫統江山

卷3 另有隱情

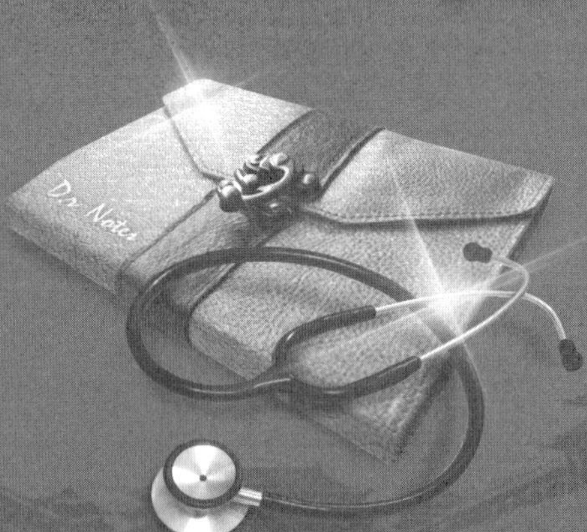

石章魚 著

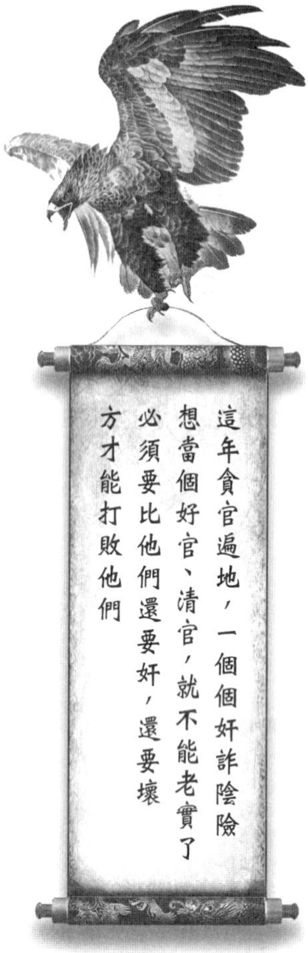

這年貪官遍地，一個個奸詐陰險
想當個好官、清官，就不能老實了
必須要比他們還要奸，還要壞
方才能打敗他們

目錄

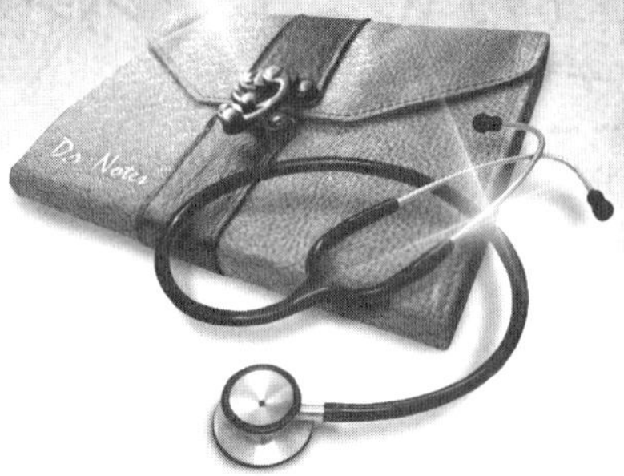

第一章

驚世駭俗的手術

胡小天道：「在他的頭骨上開一個窗口，才能將血塊取出。」
萬伯平倒吸了一口冷氣，
這方法其實是一個最簡單不過的腦外科手術方案，
但是在這個時空，這片大陸上，
在萬伯平及所有人看來實在是匪夷所思，驚世駭俗。

一切重歸寧靜，胡小天不知何時沉沉睡去，第二天清晨，隔壁囚室的房門被人打開，聽到有人叫道：「賈德旺，你家人過來保你了！」

胡小天睜開惺忪的睡眼，卻見賈德旺慢慢走出了囚室。

胡小天來到柵欄前，向獄卒道：「大哥，麻煩幫我說一聲，抓錯人了，我什麼都沒做過。」

那獄卒惡狠狠瞪了他一眼：「少廢話，老老實實蹲下！」

胡小天沒奈何只能重新坐了下去，虯鬚漢子周霸天望著他道：「小兄弟，你犯了什麼事？」

胡小天苦笑道：「我剛到青雲，昨晚只是回客棧晚了，被兩名捕快稀裡糊塗地給抓到了這裡。」既來之則安之，剛好可以摸摸青雲獄中的底細。

周霸天對這種事似乎已見怪不怪，他淡然道：「小事一樁，這種事經常有，此間的衙役已經當成了一種斂財的手段。只要你家裡人交得起銀子，很快就能出去。」

胡小天道：「可我沒做壞事。」

周霸天冷笑道：「這世道哪還分得清什麼好壞？」

胡小天心中暗道，你也不是好人，老子剛進來，大家好歹也是獄友，你非但沒點革命情誼，反而授意別人痛捶了我一頓，哎呦，老子這腰還有點痛呢。

周霸天道：「你是不是在想，我也不是好人？」

胡小天被他說中心思，嘴上卻不肯承認：「我看周大哥濃眉大眼，儀表堂堂，分明是忠厚仁義之人！」

周霸天還沒說什麼，一旁的一名囚犯聽不下去了，起身指著胡小天罵道：「小子，我實在受不了你這個馬屁精。」

胡小天以為對方又要對自己採取群毆戰術，笑道：「這位兄台，我說的可全都是實話，難道你不是這麼認為？難道周大哥長得不夠儀表堂堂？為人不夠忠厚仁義？」

「你……你……你滿口胡說八道……十足一個馬屁精！」那囚犯被胡小天氣得直翻白眼，可惜他笨嘴拙腮又說不過胡小天。

胡小天道：「你說我馬屁精，豈不是等於說周大哥是馬，你真是不厚道啊。」

「我非揍扁你不可……」那囚犯不顧一切地衝了上來。

胡小天看著這廝矮矮瘦瘦的身材，真要是單對單自己才不會怕他，不揍得這廝滿地找牙才怪，只是當前的局勢敵眾我寡，動輒就是一個群起而攻之的局面。胡小天用眼角瞥了瞥周圍，其餘幾名囚犯躍躍欲試。心中不禁有些懊悔。這貨正在琢磨是奮起反抗，還是抱頭捂臉蹲牆角，做足防守架勢的時候。

周霸天此時終於發話了：「大家都在一條船上，王金貴，胡小天，有什麼矛盾你們單獨解決，別牽扯其他的弟兄。」

胡小天沒有聽錯，周霸天絕不是勸他們化干戈為玉帛，而是讓他們兩人單打獨鬥。周霸天在這方囚室之中擁有絕對的話語權，此言一出，其餘幾名想要幫忙的人全都退了下去。

胡小天看了看周霸天，又看了看其他人，確信周霸天不是說謊來忽悠自己，然後一臉獰笑地朝王金貴走了過去，一口氣從昨晚一直憋到現在了，昨晚對老子採用圍毆戰術，就憑你身上沒有四兩肉的小猴子也敢蹬鼻子上臉，嘿嘿，新仇舊恨，我今兒要一起算。

王金貴雖然內心打起了退堂鼓，可現在還真不能認慫，他在監房之中原本就是個誰都看不起的角色，好不容易來了新人，估摸著有了給自己墊底的，可沒想到老大並不向著自己說話，居然任由這小子跟自己單打獨鬥，如今這局勢已經騎虎難下，王金貴唯有硬著頭皮衝了上去，口中哇呀呀叫道：「小子，趕緊跪下求饒，興許我還能饒你一命。」叫得越響證明他越是心虛。

胡小天並沒有急於啟動，待到他距離自己還有三尺左右的時候，一記直拳結結實實砸在王金貴的面門之上，出拳乾脆俐落，而且絕不留絲毫情面，話說昨晚圍毆自己的時候，這廝下手最狠，這一拳連本帶利一起算。

王金貴被胡小天一拳砸得直挺挺倒了下去，臉上已經多出了一個大紅拳印，鼻涕眼淚一起流了出來，慘叫道：「兄弟們……」

周圍幾名犯人齊刷刷望著周霸天，周霸天懶洋洋打了個哈欠道：「算了，都是一條船上的弟兄，驚動了獄卒就不好了。」

說話的時候，果然有兩名獄卒走了進來，其中一人揚聲道：「誰是胡小天？」

胡小天道：「我在這兒！」

那獄卒道：「你家人過來保你了！」

胡小天大喜過望，自己所受的煎熬總算到頭了。同室的犯人一個個充滿羨慕的看著他，唯有周霸天依然故我的望著別處。胡小天總覺得周霸天此人身上擁有著與眾不同的氣質，這氣質絕非純粹的草莽氣，應該說是一種粗獷豪放的英雄氣概，自古英雄相惜，胡小天雖然不是什麼英雄，可他對這種豪邁氣質的漢子素來是欣賞的，再說這監房之中唯一沒有出手揍過他的人就是周霸天，雖然周霸天可能是這場群毆的始作俑者。

胡小天來到周霸天面前，笑道：「周大哥，我走了！」

周霸天此時方才轉過頭來，目光盯住胡小天，低聲道：「你是京城人！」從口音中周霸天做出了這個判斷。

胡小天點了點頭，此時方才想起周霸天也是京城口音：「周大哥也是？」

周霸天道：「好走！」說完他又轉過頭面向牆壁，不知心中想些什麼？

胡小天對這暗無天日的監牢自然沒有留戀之意，跟著獄卒離開了囚室，他有些好奇地問道：「兩位差大哥帶我可是要去過堂？」

那兩名獄卒彷彿聽到了無比古怪之事，兩人望著胡小天，然後幾乎在同時笑了起來，其中一人道：「你當真想去過堂嗎？」

胡小天趕緊搖頭，昨天賈德旺和賈六過堂的情景仍然歷歷在目，縣令許清廉最後還不是各打了十板子，每人都罰了一些銀兩，胡小天雖然初來青雲，可是已經明白，縣令許清廉已經將過堂打官司視為生財之道，通吃原告被告，這正是青雲縣常年無人擊鼓鳴冤的真正原因。

前來保胡小天的是慕容飛煙和福來客棧的老闆蘇廣聚，蘇廣聚之所以前來，一是因為他是本地人，衙門上下他多少熟悉一些，還有一個原因，胡小天是住在他客棧中的客人，此次前來也是為了幫忙證明。

其實胡小天原本也沒有犯什麼大錯，那幫捕快深夜拿人無非是冠以可疑兩個字，真正的目的還是為了撈錢，慕容飛煙和梁大壯一起將剩下的銀子全都拿了出來，總共湊足了十五兩，這才將胡小天從監牢中保了出來，他們並沒有亮出胡小天的身分，畢竟這件事還不知道是不是胡小天故意所為，一切還得等他出來再說。

直到現在慕容飛煙對胡小天的身分都沒有流露半分，梁大壯沒有跟著一起過來，是因為慕容飛煙擔心他衝動壞事。

胡小天走出監房，天空中旭日東昇，金光燦爛，這廝的雙眼難以適應如此強光，瞇起雙目，用手遮在眉前，看到慕容飛煙和蘇廣聚一起站在前面，慕容飛煙笑靨如花，端得是一副幸災樂禍的模樣，可她的笑容如此恬靜可人，讓胡小天這一肚子的火氣登時煙消雲散，對一個美女發火說來容易，做起來還真是有些難度。

慕容飛煙道：「害得我們擔心了一夜，你倒是逍遙自在。」

胡小天道：「我現在總算明白何謂惡人先告狀了。」

慕容飛煙湊近他的面前，看到這廝臉上淤青的痕跡：「你挨打了？」說到這裡又忍不住笑了起來，驗證了多數人的快樂都是建立在別人痛苦的基礎上。連慕容飛煙自己都不明白，為什麼看到胡小天倒楣的樣子就由衷想要發笑，在她不知道胡小天的下落之前可笑不出來，看到胡小天平安無事，內心的一塊石頭總算落地。

蘇廣聚道：「胡公子，慕容姑娘，這裡不是久留之地，咱們還是回客棧再說。」

三人一路走回福來客棧，途徑青雲縣第一大戶萬家的時候，正看到一名背著藥箱的郎中被人從裡面趕了出來，幾名家丁如狼似虎，將郎中推出來還不算，跟上去一腳將那郎中踹到在地上，郎中摔倒在地，藥箱內瓶瓶罐罐灑了一地。

青雲縣本來就沒有多大，縣城內知名的郎中也就那麼幾個，摔倒的郎中蘇廣聚是認識的，回春堂的當家柳當歸，回春堂就在福來客棧隔壁，兩人還是鄰居。那幾名家丁罵罵咧咧道：「就你這種無良庸醫也敢過來裝腔作勢，耽誤了二公子的病情，要你的狗命。」

萬府大門蓬的一聲關上，四周圍觀的百姓雖然很多，可沒人主動上前幫忙，並非人情冷暖，世態炎涼，而是萬家財雄勢大，普通百姓生怕得罪了他家。

蘇廣聚也是等到大門關上方才敢過去將柳當歸扶起，充滿同情道：「柳掌櫃，究竟發生了什麼事情？」

柳當歸看清是蘇廣聚，也是神情黯然，長歎了一口氣道：「廣聚兄，真是一言難盡吶！」

胡小天和慕容飛煙幫忙將他的藥箱收拾好了，柳當歸跌倒的時候崴到了腳，蘇廣聚幫忙叫了輛車，一直將柳當歸送到了回春堂，臨到回春堂前，柳當歸卻改了主意，他不敢直接回家，而是提出去福來客棧歇歇，原因是他的兒子柳闊海性情剛直暴烈，若是知道他被萬家人打了，肯定要不顧一切地衝過去拚命。萬家財雄勢大，絕不是他們這種人家能夠得罪起的。

蘇廣聚和柳當歸鄰里多年，對於這個小忙當然要幫。

胡小天回到自己的房間，剛剛來到後院，梁大壯就帶著哭腔衝了上來，一把將他抱住：「少爺，您受苦了！」

胡小天被這廝勒得就快喘不過氣來，用力掙脫開這廝的懷抱，再看梁大壯雖然帶著哭腔，可臉上連一滴眼淚都沒有，做戲！虛偽到了極點，胡小天道：「大老爺們，你哭什麼，不嫌丟人啊？」

梁大壯本來想努力擠出兩滴眼淚的，可聽胡小天這麼一說，馬上就將悲痛欲絕的情緒給收了：「少爺，我沒哭啊！」

胡小天搖了搖頭，伸手指點了他的額頭兩下：「大壯啊大壯，枉你我賓主一場，你多少拿出點真誠來好嗎？」

梁大壯抽了抽鼻子，胡小天已經從他的身邊擦肩而過，梁大壯趕緊趕過去，將一個點燃的火盆放在門口：「少爺，跨過去，去去身上的晦氣！」

胡小天歪嘴笑了笑，想不到這廝還有些門道，於是跨過火盆，來到自己的房間內，洗澡水已經準備好了，梁大壯雖然成事不足敗事有餘，可從京城家裡跟到這西南邊陲小城的，也只剩下他了。本來胡小天還準備到了青雲就趕他回去，可現在看看，有梁大壯在身邊，還是能夠幫得上不少忙。別看平時胡小天對他沒什麼好臉色，可心底終究還是親切。

胡小天泡了個熱水澡，想起自己從昨天中午到現在的經歷，簡直如同經歷了一場夢境，卻不知那小寡婦樂瑤現在如何了，身在萬家，那萬家父子一個個見到她都如同餓狼一般，這塊小鮮肉在那樣的環境中實在是危機四伏，糟糕透頂，不知昨晚她為何不跟隨自己一起逃出牢籠？想到這裡胡小天不由得又是一陣苦笑，幸虧樂瑤沒有跟隨自己一起逃走，否則也一定被捕快給抓住了，還不知要掀起怎樣的波瀾。

後天就是前往縣衙上任之期，從他目前瞭解到的狀況，縣令許清廉肯定不是什麼好鳥，這廝在青雲縣為非作歹，魚肉鄉民，欺詐勒索，無惡不作。雖然自己也沒打算當一個清官，可盜亦有道，也不能像此人這般無節操無下限，胡小天暗下決心，既然為官一任，就得權霸一方，你許清廉敢縱容手下闕我一夜，這樑子老子算是跟你結下了。

胡小天上輩子從沒有意識到自己內心深處擁有這麼強烈的權力欲，究竟是自己原本如此，還是這場陰差陽錯的穿梭之旅改變了自己？基因決定一切，在這一過程中，老爹胡不為應該起到了相當的作用，老爹的野心和權力欲超級強大，想必已經深深植入自己的血液之中。

洗淨一身的污穢，換上嶄新的衣袍，胡小天又重新恢復到昔日那個氣度不凡雍容華貴的公子哥兒，也就是在穿衣服的時候，這廝發現自己的玉佩不知何時遺失了，思來想去，應該是昨日逃避黑苗族人追殺的時候失落的。

來到外面，梁大壯已經為他端來了早飯，一大碗熱騰騰的紅燒牛肉麵，胡小天從昨天中午一直餓到現在，早就夢想著一碗牛肉麵放在面前，如今美夢實現，人世間最幸福的事莫過於此，於是乎這貨操起筷子狼吞虎嚥地將這一大碗牛肉麵吃了個乾乾淨淨，連湯水都不剩一滴，只覺得有生以來，甚至將前世加上都沒有吃過這麼好吃的牛肉麵，胡小天將筷子放在空碗上，此時方才留意到慕容飛煙正站在院內的葡萄藤下，笑盈盈望著自己，以前所未有的溫柔腔調對他道：「怎樣？麵好吃嗎？夠不夠？」

胡小天這才知道這碗牛肉麵是慕容飛煙親手做的，他點了點頭以深沉至極的聲音道：「味道好極了！」

慕容飛煙笑得越發開心了，她來到胡小天的對面坐下，雙手托腮道：「昨天的事情真是對不起了！」

胡小天明知故問道：「什麼事？」

慕容飛煙白了他一眼道：「人家不知道黑苗族人的習俗，我還以為當真是有人搶親，所以才過去打抱不平，沒想到鬧出了一個天大的笑話。」

胡小天笑道：「我只是不明白，當時你為何讓我帶著那苗女先走？」

慕容飛煙道：「我本想護著你們一起逃走來著，可是我沒想到的是，那幾名黑苗人武功非常高強，我被他們纏住了，根本脫不開身，等我擺脫開他們的時候，你和那名黑苗族女子已經逃得無影無蹤。」

胡小天苦笑道：「還好意思說，我昨天成了眾矢之的，與其說我帶著她逃，不如說是她帶著我逃。」

慕容飛煙道：「你們到底逃到了哪裡？為什麼後來會突然不見，為什麼又會被捕快給抓去？」她對胡小天之後的經歷非常好奇。

胡小天總不能將昨天發生的一切全都告訴慕容飛煙，這廝歎了口氣道：「別提了，我跟她東躲西藏，後來我們分頭逃走，好不容易才逃過那幫黑苗族人的追殺，我本想回福來客棧跟你會和，又怕黑苗族人在中途阻截，於是我便找了個地方藏匿起來，等夜幕降臨之後方才摸黑返回客棧，誰曾想就快到福來客棧的時候，被兩名捕快給抓住，說我形跡可疑，不像好人。」他將萬府中的經歷完全掠過，不過他說謊的本事向來出眾，沒有引起任何的懷疑。

慕容飛煙笑道：「你沒有告訴他們，你是新任的縣丞大人？」

胡小天道：「說了，可他們說，我是縣丞，他們就是燮州太守，不由分說地將我扔到了監房內。」

慕容飛煙點了點頭，看著胡小天額角的淤青，心中不由得生出憐意，胡小天雖然說得輕巧，可昨晚想必遭受了不少的磨難，對他這樣一位養尊處優的公子哥來說，現在還能夠談笑風生實在是難能可貴，慕容飛煙發現和胡小天相處的時間越久，越會發現他身上存在的閃光點。她輕聲道：「監房中是不是有人欺負你？」

胡小天笑道：「塞翁失馬焉知非福，如果不是昨天這場波折，我還不知道這青雲縣有那麼多的黑幕。」他對監牢中一幫囚犯群毆他的事情隻字不提，反正事情已經過去，說出來反而丟面子。

慕容飛煙一雙妙目盯住胡小天的眼睛，試圖想要看透他此時的心理，不過胡小天雖然年輕，卻心思縝密，想要將他看透可沒有那麼的容易：「你心中是不是已經有了主意？」

胡小天笑眯眯道：「什麼主意？」

「你來青雲是當縣丞，為官一任造福一方，目睹此地種種不合理的怪像，難道你不想做點什麼？」

胡小天懶洋洋打了個哈欠道：「我這人一向胸無大志，得過且過，我來青雲是為了享受人生，而不是要造福一方，三年任期一晃而過，有時間遊山玩水，吃喝玩樂不亦快哉？」

按照慕容飛煙過去的脾氣，聽到他這般喪氣的話語，早已拍案怒起，可現在卻沒有表現出絲毫的怒氣，微笑道：「你這人從來都是當面一套背後一套，若是讓你天天蒙混度日，只怕連你自己都不會答應。」

胡小天道：「說得好像你很瞭解我似的，那啥，我從來就不是一好人。」他站起身來，走向前堂。

柳當歸已經換上了乾淨衣服，坐在前堂內喝茶壓驚，右腳崴到了還好解釋，只是在摔倒的時候不慎把臉也擦破了皮，只怕不好糊弄過去，他歎了口氣道：「廣聚兄，回頭你幫我跟闊海解釋一聲，就說看到我不小心摔倒了。」

蘇廣聚和他鄰里這些年，對他兒子的暴烈脾氣是知道的，點了點頭道：「放心吧，你要我怎麼說，我就怎麼說。」

胡小天來到前堂，笑瞇瞇道：「柳先生怎樣了？」

柳當歸慌忙起身行禮：「多謝胡公子掛懷，已經不妨事了。」

胡小天知道他腳崴到了，讓他趕緊坐下，胡小天此來關心柳當歸的傷情是假，想瞭解萬府的事情是真。

蘇廣聚給他倒了杯茶，胡小天趁機在一旁坐下，抿了口茶道：「那萬家人為何這麼不講道理？還有天理王法嗎？」

一句話勾起了柳當歸的傷心事，他歎了口氣道：「不怪人家，要怪怪我，沒那個本事，我就不該去登門問診。」

胡小天故作驚奇道：「萬家有人生病了？」

柳當歸點了點頭道：「萬家二少爺萬廷盛。」

胡小天其實心知肚明，昨晚他狠狠給了萬廷盛一悶棍，因為擔心節外生枝，所以傾盡全力，那一棍打得可不輕，直到自己逃離萬府的時候，那貨都沒有醒來。原本胡小天還擔心出手太重，一棍將萬廷盛給砸死了，現在看來萬廷盛還活著。

柳當歸道：「萬廷盛是外傷，據他家裡人說，昨晚他從樹上摔了下來，直到現在都人事不知。」

胡小天心中暗笑：「樹上摔下來？才怪！看來萬家也是生怕醜聞暴露，才編了個謊。」他緩緩放下茶盞道：「我看萬家高門大院，僕婦眾多，好像很有錢啊！」

蘇廣聚道：「胡公子說得不錯，萬家是青雲縣首富，萬家老爺叫萬伯平，過去萬家一直都和南越國做生意，也因此而發家，據說他的財富在西川也能夠躋身前三，這些年青雲縣周圍鬧了馬賊，被劫客商無數，可唯獨萬家的商隊沒有遭受什麼太大的損失。」

胡小天聽出蘇廣聚話裡有話，好像在暗示萬家和馬賊有勾結似的。

蘇廣聚也沒有繼續往深裡說，低聲道：「後來他捐了一個員外，即便是青雲的縣太爺見到他也要禮讓三分。」

胡小天不屑笑道：「區區一個鄉紳，怎麼也大不過地方官吧。」

柳當歸道：「胡公子有所不知，這位萬員外有個妹子嫁給了燮州太守楊道全，而青雲又屬於燮州治下，萬員外當然不會將此地的地方官放在眼裡。」

胡小天喔了一聲，看來這萬員外還真是權傾一方，在青雲縣當地稱得上一個貨真價實的土皇帝，不過此人的人品倒是不敢恭維，昨天胡小天親眼見到萬家爺三個輪番前去滋擾小兒媳婦樂瑤，如果說他兩個兒子厚顏無恥卑鄙下流倒還罷了，這萬伯平身為公公居然能夠做出調戲兒媳婦的事情簡直連豬狗都不如。

胡小天道：「萬家好像不止一個兒子吧？」

蘇廣聚道：「萬家一共有三個兒子，不過老三是個傻子，又是個癆病鬼，今年一月，萬員外給老三萬廷光娶了媳婦意在衝喜，可媳婦進門當天，他三兒子就死了，連洞房都未來得及入。」

胡小天想起樂瑤，心中越發憐惜起她的命運，照這麼說萬廷光連洞房都沒入，那樂瑤還是一個黃花大閨女？想到這裡胡小天不由得喜形於色，話說連他自己都鬧不清自己高興什麼？樂瑤即便是黃花閨女跟他好像也沒啥關係。

柳當歸道：「衝喜之事從來都沒什麼根據，藥到病除，哪有喜到病除的，萬廷光死的時候我也去看過，他喝交杯酒的時候就咳個不停，可能是太過興奮，還沒有送回房內就已經一命嗚呼了。」

蘇廣聚歎了口氣道：「可憐了樂秀才的寶貝女兒。」

柳當歸道：「要說這樂家小姐也是個不祥之人，她的父母因她而死，因為無錢埋葬父母而賣身嫁入萬家，剛剛進門，丈夫又死了，現如今萬家二少爺又遇到了這種事。」

胡小天笑道：「柳先生剛說不信衝喜之事，難道柳先生相信真有人是天生掃把星嗎？」

柳當歸正想回答，忽聽外面傳來一個洪亮的聲音道：「爹，您怎麼了？」

一名身高丈二的魁梧漢子從外面走了進來，他十八九歲年紀，生得膀闊腰圓，穿著白色褡褳，深藍色燈籠褲，露出兩條肌肉虬結的臂膀，一路小跑來到客棧之中，落腳極重，踩得地面咚咚作響，來人正是柳當歸的兒子柳闊海。

柳當歸道：「不妨事，就是腳不小心扭到了……」

柳闊海撲通一聲單膝跪了下去，雙手扶住父親的雙腿道：「爹，哪隻腳，您哪隻腳傷了？」緊張之情溢於言表，看得出他極其孝順。

柳當歸笑道：「沒什麼大事，只是不小心滑倒了，幸虧遇到你蘇伯伯，還有這位胡公子，他們幫忙把我送回來了。」

柳闊海連忙向兩人致謝，因為蘇廣聚和胡小天從旁證明，柳闊海也沒起疑心，背起父親離開了福來客棧。

柳家父子離開之後不久，胡小天一個人離開了福來客棧，方才走了幾步，就看到慕容飛煙趕了過來，他笑道：「怎麼？不放心我？」

慕容飛煙裝出若無其事的樣子：「害怕你出門幹壞事！」

胡小天指了指前方，卻見前方人群聚集，他是個喜歡湊熱鬧的主兒，也走了過去，聽到裡面鑼聲響起，有人大聲道：「各位聽著，我家二少爺突染惡疾，人事不知，只要誰能治好我家少爺的病症，我家老爺重金答謝，黃金一百兩！」

噹！又是一聲鑼聲響起。

胡小天雖然沒看清裡面的懸賞告示，可聽到一百兩黃金這手筆不可謂不大，放眼這青雲縣城內能夠出手如此大方的只有萬家了。

那幫圍觀的老百姓來得快去得也快，雖然賞金誘人，可誰也沒本事治好萬家老二的病，聽說從清晨到現在已經將青雲縣最高明的郎中全都請過去了，可一個個全都束手無策。萬家已經派人前往西川各地聘請名醫，只是這萬廷盛的傷情很重，只怕是命在旦夕了，就算請得到高明的大夫，來到的時候可能也晚了，在青雲城內懸賞求醫也是無奈之舉。

胡小天望著那張懸賞告示，托著下頜若有所思。慕容飛煙看完告示，從一旁看著他，發現胡小天的目光始終盯在那一百兩黃金上，知道這廝又見財起意了。

胡小天對金錢素來看得不重，不過最近因為行李丟失，的確在經濟上出現了一定程度的困擾，幸虧環彩閣香琴借給他的五十兩銀子救急，當時還寫下了一千兩銀子的欠條，如果能夠得到一百兩黃金，無疑他的經濟狀況將大大改善，因梁大壯所欠的一千兩銀子也不會成為任何問題。

錢還在其次，自從胡小天從萬府逃出，對樂瑤的事情就念念不忘，萬廷盛是他一棒子打傷，自己走了，留下了那麼大的一個爛攤子讓這個可憐的女子如何收拾？

胡小天思索了一會兒，終於下定決心，走上前去將那張懸賞的公告揭了下來。

慕容飛煙雖然不知道其中發生的事情，也不知道萬家二少爺到底生了什麼病，可她對胡小天的醫術卻深信不疑。自從認識他以來已經無數次親眼見證了他的神奇醫術，在慕容飛煙看來，胡小天的醫術已經推翻了她的認識，在她的記憶中從未有人像胡小天這樣治過病，他將之稱為手術。顧名思義，手上功夫。

胡小天這邊揭下懸賞公告，馬上就有萬府的家丁趕了過來，那家丁道：「你會看病？」胡小天實在是太過年輕，在多數人的印象中，真正高明的醫生都是白鬍子老頭，在醫術方面經驗佔有相當重要的地位。

胡小天道：「那得分什麼病，必須要先看看病人再說。」

那名家丁道：「只要你能治好我們二少爺的病，賞金絕不會少你的。」

胡小天道：「賞金的事回頭再說，你帶我先去看看病人。」

慕容飛煙心想昨天還說我多管閒事，今天你自己就開始多管閒事，跟胡小天一起前往萬府的途中，她不忘提醒胡小天道：「別忘了你這次來青雲的主要目的。」

胡小天不禁笑了起來，慕容飛煙是在擔心自己主次不分，提醒他是過來當官，不是做郎中的。他當然不會耽擱後日的上任之期，不過有些事情還是必須要解決一下。

胡小天已經不是第一次經過萬府，也不是第一次進入，可昨天是陰差陽錯失足墜落，今天卻是在萬府家丁的引領下，堂而皇之的走入大門。

萬家的府邸氣派非凡，走入萬府大門，首先映入眼簾的就是一道照壁，照壁之上是一副松鶴延年的浮雕，繞過照壁看到後方刻著四個大字——積善之家。

胡小天心中暗笑，這萬家人還能要點臉嗎？禮義廉恥他們連一樣都挨不上，居然還厚著臉皮在這裡刻上這四個大字，應該換成厚顏無恥才對。

萬府的管家萬長青在一名家人的陪同下迎了過來，聽說胡小天就是揭榜人，他明顯有些不能置信，上下打量了胡小天一眼，低聲道：「先生貴姓？」畢竟胡小天太過年輕，這樣的年紀應該還沒有出師呢。

「免貴姓胡！」胡小天雙手負在身後，昂首挺胸顯得有些倨傲。

萬長青道：「敢問胡先生來自何方，師承何人？」

胡小天有些不耐煩道：「你們是找人看病還是查戶口？信得過我就帶我去看病人，信不過，我現在就走。」對付這幫奴才不能假以辭色，對他們越客氣，這幫人越是喜歡蹬鼻子上臉。

萬長青心中一怔，想不到這小子年紀不大脾氣不小，有道是沒有金剛鑽別攬瓷器活，或許他真有些本事。

此時又有兩名郎中家丁給轟了出來，其中一人連頭頂儒生巾都被撤掉了，有家丁罵道：「江湖術士也敢登門行騙，再敢登門，來一次打你一次。」兩名郎中狼狽不堪地倉皇逃竄。

萬長青朝那邊望了望，唇角露出一絲冷笑，然後目光又落在胡小天的臉上，意思再明顯不過，如果你沒有真才實學，想登門行騙的話，下場跟他們一樣。

雖然萬長青打心底不相信這年輕人能有多高明的醫術，可在目前的狀況下，二少爺危在旦夕，但凡能夠想到的法子全都用上了，正所謂死馬當作活馬醫，多個人診斷一下也沒什麼損失。

胡小天跟著萬長青前往萬廷盛的居處，萬府規模龐大，占地三十餘畝，比起縣衙要氣派多了。前面是會客議事的地方，萬家人全都住在後院，以後花園為中心，分成五個單獨的區域，萬員外住在坐南朝北的大宅，大兒子萬廷昌住在他的左側，也就是東廂房，二兒子住在西廂房，三兒子萬廷光沒成親之前一直跟父母同住，成親之前，萬家特地將東南角毗臨青竹園的小院收拾起來，給他夫婦倆居住，可成親當日這位短命的三少爺就死了，寡居的樂瑤一直都住在那裡。

胡小天來到西廂，還沒有走進院門，就聽到其中傳來一陣女眷的哭聲，門前站著的家丁也一個個愁雲慘澹。胡小天心中一沉，暗忖這萬廷盛該不是死了？如果死了，老子這一趟可就白來了。

走入西廂院門，看到萬伯平和大兒子萬廷昌愁眉苦臉地站在那裡，萬伯平雖然有三個兒子，可平時最疼的就是老二萬廷盛，老三是個傻子，又已經去世，老大遊手好閒，整天蒙混度日，吃喝嫖賭無所不為，可以說萬伯平已經將繼承家業的全部希望都落在了二兒子身上，誰曾想二兒子又遭遇了這種事情。

萬廷昌雖然陪著老爹愁眉苦臉，可心中卻欣喜非常，往往越是富貴人家，兄弟之間的親情反倒越是淡泊，萬廷昌知道自己在父親面前並不討喜，萬家的家業多半要由老二來繼承，在他心底深處巴不得老二早死，想不到如今居然夢想成真。如果老二當真死了，那麼自己就成了家裡的獨子，萬家的偌大家業豈不是全都落在自己的手裡，這貨越想越是得意，只差沒笑出聲來了。

看到萬長青請來了這麼年輕的一位郎中，萬伯平明顯不悅，萬廷昌也終於找到了表現的地方，自然要借題發揮一下，指著萬長青的鼻子臭罵道：「你有沒有腦子？居然請來了一個乳臭未乾的小子過來看病？耽擱了我兄弟的病情，我拿你試問！」搞得跟他多關心弟弟病情似的。

萬長青被罵得耷拉著腦袋，一言不發。慕容飛煙卻有些看不下去了，不是看不慣萬長青被罵，而是因為萬廷昌剛剛的那番話已經辱及到了胡小天，她冷冷道：「人不可貌相，不要因為別人年輕就看輕別人的本事，也不是生的道貌岸然就一定是好人，誰知道他背後是不是幹著男盜女娼卑鄙齷齪之事？」

慕容飛煙只是一時氣憤，衝口而出，誰曾想這句話正擊中了萬家父子的軟肋，父子兩人的目光齊刷刷向她望去。父子眼光都是犀利，一下就看出慕容飛煙是女扮男裝，兩人幾乎同時想到，這女子長得好生漂亮啊。

胡小天道：「說得好，飛煙，既然人家不相信咱們，咱們也沒必要留在這裡遭人白眼，走了！」他轉身作勢要走，其實萬廷盛的死活他才不會去關心，之所以來到這裡，還是因為樂瑤的緣故。

萬伯平現在已經到了病急亂投醫的地步，青雲縣內但凡有些名氣的郎中都被他請過來了，可所有人都無計可施，全都斷定他寶貝兒子必死無疑。雖說已經派人前往各地遍請名醫，但是這一去一回還不知道要等到什麼時候，即便是能請到高明的醫生，只怕等趕到青雲也已經晚了。萬伯平趕緊道：「先生留步！」

胡小天原本也只是虛張聲勢，聽到萬伯平的這句話又止住了腳步：「萬員外找我還有其他事情嗎？」

以萬伯平的傲慢性情，如果不是到了迫不得已的地步，他斷然是不會低頭的，寶貝兒子的性命危在旦夕，他也失去了昔日的傲氣，萬伯平硬生生擠出一絲笑容道：「胡先生留步，小兒言行無狀，還望先生不要見怪。」

萬廷昌聽父親這樣低聲下氣地說話，不由得氣得臉色鐵青，他鬧不明白父親為什麼對一個年輕郎中會表現得如此低聲下氣。

胡小天看了萬廷昌一眼道：「子不教父之過，萬員外是該好好反省一下。」

萬伯平父子兩人都是心頭火起，萬伯平用眼神制止了兒子發作，心中暗忖，你小子究竟是何方神聖居然如此囂張，居然連老夫也敢教訓？如果你真有些本事那還罷了，倘若你治不好我兒子，老子跟你舊賬新賬一起算。不過他心繫兒子的病情，只能強忍怒火，笑臉相向。

胡小天這才答應去房內為萬廷盛診病。

萬家女眷眾多，在床邊哭得最傷心的那個是萬廷盛的母親，圍在一旁痛哭不止的還有萬廷盛的老婆和兩個丫鬟，說是丫鬟其實就是他的小老婆，已經圓了房，還沒有舉辦儀式。

萬伯平看到一屋子女眷哭得天昏地暗不由得一陣心煩意亂，揮了揮手道：「哭、哭、哭！就知道哭，全都給我出去！」

萬夫人生得富態雍容，只是因為兒子的事情已經哭紅了眼睛，抽泣：「我哭我兒子都不行嗎……兒子要是有什麼三長兩短，我跟你沒完……」

好不容易才將一幫女眷請了出去，胡小天來到床邊，看到萬廷盛直挺挺躺在那裡，先用手探了探他的鼻息和脈搏，確信這廝呼吸心跳還在，應該沒死，再翻開眼皮看了看他的瞳孔，瞳孔沒有散大，胡小天心中有了些數。

胡小天然後開始檢查萬廷盛的傷勢，他本以為萬廷盛是被自己一棍敲在腦門上，所以才變成了這個樣子，可真正檢查過之後，方才發現，萬廷盛身上的傷勢不止一處，身上有十多處淤青傷痕，受傷最終的卻是在左顳，也就是說，並不是自己的一棍將他打成了這個樣子，回想昨晚在場的除了自己還有樂瑤，樂瑤嬌弱無力，而且當時他們都在一起，沒理由在自己走後又折返回頭下手，而且她應該也沒有那麼大的力量，看來下手的另有其人。

因為萬廷盛已經進入了昏迷狀態，所以只能向其他人瞭解病情。

萬伯平道：「他昨晚在院中不慎跌倒，我們發現他的時候就是這個樣子。」

其實發現萬廷盛的時候，他一身黑衣蒙面，萬家還以為鬧了飛賊，萬伯平顯然沒說實話，更主要是家醜不可外揚，這種事實在是羞於出口。

胡小天搖了搖頭道：「摔倒？不像！恕我直言，萬公子身上頭上有多處傷痕，根本就不是摔傷造成，而是有人暴力打擊所致。」胡小天對這件事自然清楚，不過昨晚他只打了萬廷盛一棍，從萬廷盛目前的狀況來看，肯定是自己將他拖走之後，又有人趁機下了黑手。

一旁萬廷昌怒道：「你到底會不會看病？我兄弟命在旦夕，你卻盡說些不相干的話，耽誤了我兄弟的病情，你擔待得起嗎？」

胡小天冷冷看了他一眼道：「我要是治不好他，只怕天下間再也沒有人能夠救他！」他這番話說得充滿信心，斬釘截鐵。

除了慕容飛煙見識過他的神奇醫術之外，其餘人都覺得這年輕郎中實在太過狂妄，胡小天就是要通過這種方式來震住這群人，他剛才的話並沒有任何誇大之處，在這片大陸上，外科學極其落後。雖然缺少現代化的檢查設備，胡小天根據萬廷盛的症狀依然做出了初步診斷。

萬廷盛應該是外傷所致的硬膜外血腫，硬膜外血腫是位於顱骨內板和硬腦膜之間的血腫，好發於幕上半球凸面，約占外傷性顱內血腫的百分之三十，起病較急，血腫的形成和顱腦損傷有著密切的關係，因為外傷所致的骨折或顱骨的短暫變形，撕破位於骨溝的硬腦膜動脈或靜脈竇引起出血或骨折的板障出血。

胡小天表現出的強大自信雖然有狂傲不羈之嫌，但是他表現出的信心也震住了現場的許多人。

萬伯平低聲問道：「敢問先生，我兒子得的究竟是什麼病？」

胡小天道：「他是因為被人用鈍器打擊頭部而導致的顱腦血腫，形成的血塊壓迫腦部所以才造成了急性昏迷。幸虧你們遇到了我，不然只怕神仙來了也救不了他。」這句話分明代表著他比神仙還要厲害。

萬家人面面相覷，不知這年輕郎中哪來的那麼大的信心，難道他真有那麼大的本事？

萬伯平道：「還請先生儘快為小兒治病。」雖然不知胡小天到底有幾斤幾兩，可他最想的還是救回自己的兒子。

胡小天淡淡然笑了笑，看到一旁的太師椅空著，慢吞吞走過去坐在那裡。

萬伯平使了個眼色，總管萬長春趕緊過去上茶，胡小天接過茶盞，慢條斯理地喝了一口。

萬伯平在商場摸爬滾打多年，馬上明白他的意思，低聲道：「只要先生治好小兒，我付給先生黃金百兩。」

胡小天嘿嘿奸笑道：「二公子的性命難道就只值黃金百兩？」

萬伯平暗罵這小子心黑，別說青雲縣，放眼整個西川，能出得起這筆診金的已經屈指可數，還不知你醫術到底怎樣，居然就開始坐地起價了。可萬伯平現在也沒有其他法子，看胡小天說得如此信心滿滿，也只能對他抱有一定的期望，無論怎樣先答應下來再說，一個郎中而已，治好了我兒子，以後再說，如果沒那個本事，老子絕饒不了你。

萬伯平道：「只要你能夠治好小兒，我在此基礎上再多付一百兩酬金。」

胡小天道：「口說無憑啊！先立個字據吧。」

萬伯平冷笑道：「先生太小看我萬某人了，你出去打聽打聽，我萬某經商這麼多年，何嘗有過食言的時候？」

胡小天漠然道：「我初來青雲，跟您不熟，也沒功夫打聽。我只知道，有錢能使鬼推磨，沒有錢一切免談。」

萬廷昌一旁道：「我們怎麼知道你能夠治好我弟弟？你有什麼可以證明？」

胡小天微笑道：「無需證明，除了我以外，你們根本沒有更好的選擇。」

萬廷昌向父親道：「爹，你不要相信他，我看他根本就是一個誇誇其談的騙子，就是想騙我們錢……」

「你住嘴！」萬伯平怒吼道，轉向胡小天已經換了一副謙遜客氣的面孔：「錢不是問題，卻不知先生準備怎樣救治我的兒子？」

胡小天道：「我剛剛說過，他的顱腦內有一個血塊，想要救治他就必須將血塊取出來。」

「如何將血塊取出來？」萬伯平內心緊張無比，以他有限的醫學常識實在想像不出，如何能將兒子顱腦內的血塊取出？

胡小天道：「唯一的方法就是在他的頭骨上開一個窗口，然後才能將血塊取出。」

萬伯平倒吸了一口冷氣，胡小天所說的方法其實是一個最簡單不過的腦外科手術方案，但是在這個時空，這片大陸上，在萬伯平及所有人看來實在是匪夷所思，驚世駭俗。

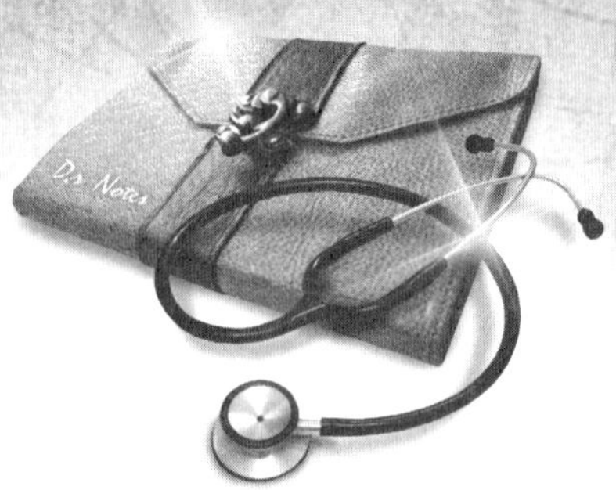

第二章

婆婆給的穿腸毒藥

胡小天暗叫不妙，顧不上多想，用肩頭撞開了房門。
樂瑤被他一嚇，手中的藥碗噹啷一聲落在了地上，
藥湯在地面發出「嗤」的輕響，煙霧彌散出來，地面青磚腐蝕一片，
可以想像，這藥湯如果喝到肚子裡，豈不是要腸穿肚爛。

萬廷昌道：「爹！他不但是個騙子，還用心歹毒，頭骨上若是開一個窗口哪還能活命，爹，您千萬不要相信他妖言惑眾。來人，把這個江湖遊醫給我趕出去！」

兩名家丁聞言上前，慕容飛煙向前一步擋在胡小天身前，俏臉寒霜，不怒自威。兩名家丁被她看得內心一寒，不由自主向後退了一步。

萬伯平畢竟老奸巨猾，雖然他不能確信胡小天的醫術如何高明，可是從胡小天表現出的自信和他對兒子病情的剖析上已經產生了動搖，到現在為止，青雲縣內有名有姓的郎中全都被他請過來了，可是看到兒子的病情，無一例外的都搖頭歎息，束手無策。也有人做出診斷，和胡小天剛才的診斷相同，可即便是做出診斷，也沒有人拿出任何的治療方案，全都給兒子宣判了死刑，胡小天是第一個明確提出治療方案的人。

望著如同死人一樣的兒子，萬伯平明白，當前只能鋌而走險了，也許這年輕郎中真的身懷絕技，說穿了還是死馬當成活馬醫，再耽擱下去，只怕兒子連一線生機都沒有了。萬伯平道：「先生，你若治好我兒，我願意付給你兩百金，可你要保證我兒子平安無事！」

胡小天心想老子就算把你兒子給治死了，那也是意外，也算不上醫療事故，你能奈我何？他再度起身道：「萬員外，令公子這樣的狀況，就算是華佗復生也沒有十足的把握。我保證不了，畢竟治療的過程中什麼情況都可能發生，我唯一能夠保證的是，我會盡心盡力。對了，字據上多加一條，萬一病人在術中發生什麼意外，責任你們自己承擔，與我無關。」

萬伯平聽明白了，敢情這小子是什麼都不保證，居然還要讓自己寫字據給他，萬伯平心中一橫，寫就寫！這裡是青雲縣，又是在我萬家的地盤上，我就不信你小子敢玩什麼花樣，真出了事情，我讓你後悔來到這個世上。

萬伯平讓人拿來筆墨紙硯，他在那裡寫字據的時候，胡小天讓他派人前往福來客棧找梁大壯將他的手術器械箱送過來。開顱手術單單是依靠他從京城帶來的那些器械還是不夠的，胡小天又讓萬家人去準備了錘子、鉗子、鑿子，在開顱手術中，這些工具能夠派上一定的用場。此外，讓傭人幫忙準備，手術用的被單、紗布之類的全都上蒸鍋消毒。又找來蠟燭銅鏡，增加房間內的光照。

萬家人看得一頭霧水，這貨究竟是要治病還是要鑿石頭？究竟是郎中還是石匠？不過萬家畢竟是大富之家，胡小天提出的所有要求他們全都一一滿足。

一切準備好之後，胡小天先讓事先找來的剃頭匠將萬廷盛的頭髮剃乾淨，這可不是惡作劇，醫學上叫備皮，目的是充分暴露手術部位，避免術中及術後感染。

慕容飛煙從旁協助，袁士卿曾經送給胡小天一些麻醉藥物，如今剛好派上了用場，這些麻醉藥物的藥力顯然還不夠強大，胡小天讓慕容飛煙幫忙點了萬廷盛的穴道，以做到萬無一失。

硬膜外血腫的病人，越早治療獲救的機率也就越高。胡小天當然明白這個道理，雖然他在來到這片大陸之後已經做過多次的外科手術，可開顱手術還是第一次做，應該說還是冒著相當大的風險，胡小天冒險還在其次，病人的風險更大，尤其是胡小天今天為萬廷盛做手術的動機並不單純，萬廷盛的死活在他眼中並不是那麼的重要。他也想過最壞的結果，如果萬廷盛真在術中死掉，萬家人肯定不會善罷甘休，不過有字據在手，足以脫開干係，就算萬家人想仗勢欺人，老子亮出真正身分，諒你們也不敢動我。

利用烈酒進行常規消毒後，胡小天拿起手術刀切開患者頭皮。雖然他不齒萬廷盛的為人，可是一旦手術開始，他就會不由自主地摒棄成見，在真正的醫者眼中，患者是沒有好壞之分的，醫生的職責是挽救眼前人的生命，救死扶傷是他的責任，至於這個人是不是該死，那是等救好他之後才需要去考慮的問題。

手術刀切開皮膚、皮下及帽狀腱膜，每切開一段都用頭皮夾夾住，在缺少電刀凝血的情況下，胡小天利用在火爐上烤紅的鐵箸替代止血，房間內瀰漫著一股焦糊的味道。

切開頭皮之後，行鈍性分離帽狀腱膜下疏鬆組織層，將皮瓣基底部翻轉。

慕容飛煙雖然經歷大小戰役無數，手下也有過數十條人命，可看到胡小天現在的舉動也感到毛骨悚然，觸目驚心，真不知道他是不是鐵石心腸，在整個過程中面不改色，難道他真是一個殺人狂魔轉世。

胡小天雖然拿著手術刀，可他並不是為了殺人而是為了救人，成功分離頭皮層之後，接下來的工作更是讓慕容飛煙不忍卒看，接下來就是開顱了。

手術刀沿切口內側切開分離骨膜，胡小天雖然擁有一套李逸風送給他的手術器械，可這套器械並不完備，並沒有開顱用的顱骨鑽，所以只能用錘子和鑿子打開頭骨，這些都不是專業工具，實在是有些原始。

慕容飛煙萬萬沒有想到胡小天居然用這樣野蠻粗暴的方法來開顱，聽到他乒乒乓乓的敲擊聲，看到胡小天聚精會神全力以赴的表現，像極了一個專心致志的石匠。慕容飛煙此時已經是臉色蒼白，不是為了患者擔心，而是被胡小天的所作所為給嚇到了，誰敢說這廝不是惡魔轉世，他這哪裡是救人，根本是要殺人。慕容飛煙深吸了一口氣，看來要做好隨時逃命的準備。

裡面叮叮匡匡的聲音讓外面等待的患者家屬也是心驚肉跳，這聲音分明是錘子敲擊鑿子的聲音，難道這姓胡的郎中真要用這種方法將二少爺的腦袋給敲開？

萬廷盛的腦殼還是有著相當的硬度，單單是敲開頭骨，掀起骨瓣，就耗去了胡小天半個時辰，胡小天眯著眼睛向萬廷盛腦袋上開的窟窿內望去，可惜燈光太弱看不清楚，他轉向慕容飛煙道：「幫我調整下銅鏡，光線對準這個洞口。」

慕容飛煙感覺心底發虛，嬌軀之上香汗淋漓，嘔吐的心都有了，可現在不能吐，不然吐到萬廷盛的腦殼裡就麻煩了。再看胡小天，雙手沾滿鮮血，活脫脫一個嗜血狂魔，目光落在萬廷盛的腦袋上，天啊！腦袋上被破出了一個足有拳頭那麼大的血洞，胡小天啊胡小天！你真當是賣西瓜，先開個口看看裡面的成色？慕容飛煙嚇得又閉上了眼睛。

胡小天看到她無動於衷，忍不住再度提醒她道：「喂，我要光啊！幫幫忙好不好，借光，借光！」

慕容飛煙這才反應了過來，趺趺撞撞去拿銅鏡，好不容易才將光線聚焦在萬廷盛腦袋上的血洞上，別看她平時膽大，懲惡除奸也殺了不少敗類，可現在卻無論如何都不敢細看了。

胡小天向腦洞大開的萬廷盛望去，果然看到了血腫，他欣喜道：「果然是硬膜外血腫，還好不算嚴重。」

慕容飛煙心中暗歎，什麼硬膜外血腫她可聽不懂，腦殼可不就是硬的嗎？誰家的腦殼是軟的？如今萬家老二的腦袋上被敲出了一個這麼大的血洞，這該如何是好？胡小天借著光線檢查了一下萬廷盛的顱腦損傷，確信腦挫傷和硬膜下血腫並沒有結合在一起，短期內應該可以醒來。不過從血腫的部位來看，這幾乎致命的傷勢和自己無關，自己一棍砸在他的額頭，可血腫發生的部位卻在顳側，看來除了自己之外，還有人在這廝腦袋上敲了幾棍。這萬家二少爺有多遭人恨，在他自己家裡都有這麼多的仇家，只是這個背地裡趁機下陰手的人究竟是誰？

接下來的任務就是清除血腫徹底止血，因為缺少吸引器之類的現代手術設備，手術難度和所用的時間自然增加了不少，可這難不住胡小天，胡小天在術中留意患者各方面的生命指數，他發現在解剖結構上應該沒有任何差異，可是這片大陸的人耐受力似乎比起過去世界中的人更加強大，生命力更加頑強。

成功清除血腫止血之後，胡小天開始進行縫合，敲掉的骨瓣並沒有進行復位，這是為了避免二次感染。

完成最後的縫合工作，胡小天長舒了一口氣，轉向一旁為他充當助手的慕容飛煙，卻見伊人俏臉蒼白，早已失去了血色，顯然被血腥的手術過程給震駭住了。胡小天笑道：「沒事了！」

慕容飛煙點了點頭，忽然一種強烈的嘔吐欲湧上心頭，她轉身跑了出去。

胡小天在銅盆中洗淨雙手的血腥，看了看床上的萬廷盛，這廝雖然沒醒可是呼吸均勻，脈搏穩定，今天的手術還算成功。

來到外面，萬家人一擁而上，將胡小天圍在中心。

萬伯平道：「我兒子怎樣了？」

胡小天道：「顱腦中的血腫取出來了，接下來會慢慢康復。」這貨揚了揚手中白森森的一物，正是他從萬廷盛腦袋上撬下的一塊腦殼，周圍人看到那腦殼，多數人都捂著嘴巴跑了出去，胡小天存心噁心他們來著。

萬家人中心理素質最好的還要數萬伯平，雖然此人為富不仁，可是在關鍵時刻卻頗有大將之風，在這樣的時代背景下，敢於讓一個陌生的年輕大夫為寶貝兒子施行開顱手術的並不多見，當然這和萬廷盛危在旦夕的病情有關，倘若胡小天不出手，他肯定必死無疑，這其中死馬當成活馬醫的念頭起到了很大的作用。

得到胡小天允許之後，萬伯平跟著胡小天來到裡面看了看兒子，確信兒子呼吸脈搏都在，一顆心放下了不少，至少現在兒子還活著。

萬伯平望著沉睡不醒的兒子，不由得有些擔心道：「不知他何時能夠醒來？」

胡小天道：「快則一日，慢則三兩日。」

萬伯平聽他說得如此深有把握，方才稍稍放下心來。

胡小天話鋒一轉道：「你兒子顱內的血腫雖然被我取出，可是治療只完成了第一步，接下來還要進行後續治療。」

「後續治療？」

胡小天點了點頭道：「你應該知道人有七魂六魄，魂魄存在於人體之內，我在他頭頂開窗取出血腫乃不得已而為之，但是無法保證魂魄不借助這個窗口逃走。」

胡小天純屬信口胡謅。但是他的這番說辭在當今的這個社會環境中卻是相當的可信，這片大陸的科學技術遠沒有發展到一定的地步，人們對於生命的認識還很有限，魂魄之說大行其道，自然擁有強大的說服力。

萬伯平有些慌張道：「那該如何是好？」

胡小天道：「必須要招魂！」

「如何招魂？」

胡小天道：「我既然答應幫你兒子治病，自然要將好事做到底。」

萬伯平道：「那就有勞胡先生了！」他現在對胡小天已經信了八成。

胡小天道：「我做事從來都分得很清，丁是丁，卯是卯！」

萬伯平聽明白了，這廝是在漲價！太奸了，年輕輕的怎麼就這麼奸詐呢？剛剛明明說二百兩金子，現在又多了個招魂的生意，萬伯平咬了咬牙：「胡先生不妨明說，招魂需要多少？」話都說到這份上了，沒必要彎彎繞繞，不就是錢嗎？為了兒子的性命，老子豁出去了。

胡小天嘿嘿一笑，伸出一根手指：「一百兩金子，友情價啦！」

事到如今萬伯平只能任他宰割，心中恨恨想到，無論什麼，老子先答應你再說，等我兒子醒了再做定論，到時候老子把你送到官府，告你一個敲詐勒索，一百兩？讓你一兩都拿不走，哭都找不到地方。他哪知道胡小天就是新任縣丞，沒有金剛鑽哪敢攬這瓷器活。

胡小天道：「招魂有招魂的講究，萬員外，我必須要先參觀一下你家宅子的格局，才能決定最後在何處作法！」這貨連自己都想笑，他哪懂什麼招魂術。

萬伯平連連點頭，親自引著胡小天裡裡外外轉了一遍，胡小天最後來到東廂東南角，恰恰是樂瑤所住的院子。

本想走進去，可萬伯平阻止他繼續前行道：「這院子裡住的是我三兒媳婦，我三子新喪，兒媳孀居於此，進去只怕不太方便。」

胡小天心中暗笑，老子出來進去都不知道多少趟了，現在又說什麼不方便，既然不方便，你們父子三人厚顏無恥地跑來騷擾人家做什麼？胡小天停下腳步點了點頭，指著隔壁的青竹園道：「這裡是做法最合適的地方。」

萬伯平愣了一下，他對胡小天的這番話將信將疑。胡小天看出他臉上的疑慮，故意道：「有些話我不知當說還是不當說。」

萬伯平道：「胡先生但說無妨！」

胡小天道：「我本來就是一位醫者，這風水之事本不在我過問的範疇之內，我本不該說，可我要是不說又有些於心不忍。」這廝的忽悠功夫日漸提升。

萬伯平明知這廝可能在忽悠自己，可聽他這麼說，好奇心已經被激起，倘若胡小天當真不說，只怕他此後都要睡不著覺了。萬伯平道：「胡先生只管說，老夫洗耳恭聽。」

胡小天轉身就走：「非我份內之事，還是不要說了。」

萬伯平見他走了，不由得有些心急，他趕上前去：「胡先生，您要多少！」

胡小天停下腳步，心中暗罵，這老東西也太赤裸裸了，就算看出老子想敲詐你，也別把話說得那麼明白嘛，你不要臉，我還要面子呢，這廝板起面孔道：「萬員外此言差矣，你以為我是在乎錢的人嗎？」

萬伯平搖了搖頭，心中已經開始問候胡小天八輩子祖宗，你不在乎錢？不在乎錢會抓住機會可著勁地敲我？又想當婊子又想立牌坊，你當我冤大頭啊？

胡小天眉開眼笑道：「其實這世上沒人不在乎錢，金錢不是萬能的，可沒錢卻是萬萬不能的，萬員外您以為呢？」

萬伯平被這小子弄得暈頭轉向，哭笑不得道：「胡先生還請開個價，你既然願意幫我看風水，付給你酬勞也是應該的。」

胡小天道：「本來我想幫你一個忙，可萬員外既然一片盛情，我實在是卻之不恭啊，通常來說，治病救人，只是救一個，可看風水卻是改變整整一家人的命運，順帶問一句，萬員外家裡總共有多少人呢？」

萬伯平被他問得一愣，萬家算上家丁花匠，丫鬟婆子上上下下也得有一百五十多口人吧，這可不能說，單單是給兒子治病，這廝就敲了二百金，如果照實說，他豈不是找自己要三萬金，心念及此，萬伯平答道：「老老少少十五口。」這是把下人全都摒除在外的數字。

胡小天道：「我是說算上家丁丫鬟。」

萬伯平道：「那得有一百五十多人。」繞彎子也沒意思，他算看出來了，這小子沒那麼好糊弄。心中忐忑不已，萬一這小子獅子大開口直接叫價三萬金，那豈不是等於要走了自己半條命，說什麼也不能答應。

胡小天道：「萬員外，其實你這座宅院乃是一座凶宅！」

萬伯平因他的話內心一沉，倘若在平時有人敢在他面前那麼說，他早已發作，可今天不同，胡小天的表現已經將他震住。他勉強笑道：「怎麼可能，我當初建宅之前專門請西川最有名的風水大師朱檔雍看過。」

胡小天嗤之以鼻道：「這世上多是欺世盜名之輩，你有沒有想過，為何萬家會接二連三地發生這種倒楣事？」

萬伯平其實也往這邊想過，此時心頭已經忍不住打起了冷顫，他強裝鎮定道：「其實我萬家一直人丁興旺……」

胡小天道：「你小兒子剛剛去世，二兒子又遭此不測，如果不是遇到我，只怕也已經死了，這也叫人丁興旺？」

「啊，這……」萬伯平頓時語塞，雖然嫌胡小天說話太不吉利，可又不得不承認他所說的全都是事實。

胡小天道：「我剛剛看這池塘煞氣衝天，這其中必有冤魂。」

萬伯平道：「我這池塘中從未有人死過，怎麼可能會有冤魂？」

此時遠處忽然聽到兩名家丁叫道：「找到了，找到了……黑炭淹死在池塘裡了！」世上的事情往往就是那麼巧合，胡小天昨天淹死的那頭獒犬，一直到現在才被發現，剛巧驗證了他剛剛說的話。

萬伯平望著兩名家丁將獒犬的屍體拖上岸去，一時間如墜冰窟，感覺四肢都麻木了，連腳步都無力邁動。這年輕郎中怎麼會如此厲害，他何以會知道我這池塘中有冤魂隱藏其中？難道我這府邸當真風水不對？

胡小天歎了口氣道：「既然萬員外不相信我，那我留在這裡也沒什麼意思。」

萬伯平一把抓住他的手臂道：「胡先生，你一定要幫我，需要多少銀兩，你只管開個價！」

胡小天心想老狐狸居然給我降格了，金子變成了銀子，其實他是冤枉人家了，銀兩只是個泛指，萬伯平絕沒有討價還價的意思。

胡小天道：「凡事不可操之過急，風水之事，咱們押後再說，當務之急，是召回二公子的魂魄，等他康復之後，咱們再談價錢。」胡小天的陰險可見一斑，他採用層層推進的策略，讓萬伯平這隻老狐狸越陷越深，現在就算找萬伯平要錢，這老傢伙也掏得心不甘情不願，等他二兒子醒了，就是對自己醫術的最好證明，到時候萬家上下肯定會對自己敬若神明，再跟他聊風水，幫他消災彌難，只怕這廝多少錢都不在乎。正所謂欲擒故縱，先扔出誘餌，老子不急著收鉤，就等著你這條大魚主動撲上來。

黃昏時分，萬廷盛仍然未醒，不過呼吸心跳仍在，也沒有死去，萬家人漸漸失去了耐心，這其中大公子萬廷昌叫囂得最為厲害，他口口聲聲說胡小天是個江湖騙子，提議將這廝扭送官府。

當天萬家安排胡小天在他指定的青竹園休息，這園子過去是萬伯平下棋飲茶的地方，若非胡小天指定，他是不會安排給客人入住的。

因為擔心萬家人對胡小天不利，慕容飛煙和梁大壯兩人都不敢離去，寸步不離地守在胡小天身邊，慕容飛煙已經做好了掩護他隨時殺出去的準備。

身處風波中心的胡小天卻表現得淡定自若，點了一桌山珍海味，又叫了兩壺好酒，讓人送到後花園的水榭旁，舒舒服服大吃大喝。連梁大壯這個貪吃鬼這種時候都有些吃不下了，雖然眼前全都是誘人的食物，他看了看周圍，小心翼翼地問道：「少爺，這人腦袋上開那麼大一洞，難道還能活下去？」

胡小天笑道：「不信我？那我幫你開個腦洞試試！」

梁大壯嚇得將腦袋一縮：「少爺，您還是直接把我腦袋砍了吧。」

慕容飛煙遠遠坐在一邊看著池塘，對滿桌的美味佳餚一點興趣都沒有，今天全程跟進胡小天做腦科手術，幾天的胃口都讓胡小天給倒了，一丁點食欲都沒有，想起血淋淋的一幕，她就想吐。

胡小天端了盤芙蓉糕來到她的身邊，用手輕輕碰了碰她的肩頭。慕容飛煙黑長的睫毛閃動了一下，然後搖了搖頭：「不想吃！」

胡小天知道慕容飛煙肯定是被手術過程噁心到了，他笑道：「人是鐵飯是鋼，一頓不吃餓得慌，活著一定要懂得珍惜。」

慕容飛煙終於將目光落在他的臉上：「說說看，你到底打什麼主意？」她總覺得胡小天不會平白無故主動登門為萬廷盛治病。這件事肯定沒那麼簡單，其中必有玄機。

胡小天看了看周圍道：「還能打什麼主意，我們現在最缺的是什麼？」

慕容飛煙搖了搖頭，她不認為缺什麼。

梁大壯跟過來道：「銀子！」

胡小天點了點頭道：「不錯，我雖然來青雲當官，可俸祿卻少得可憐，這世道，沒錢是萬萬不行，更何況大壯還欠了環彩閣一千兩。」

梁大壯馬上把腦袋耷拉了下來，說起這件事的確是他的錯，可欠條上簽的是胡小天的名字，現在欠錢的是少爺才對。

胡小天道：「這筆帳不會那麼算了，你們想想，如果有一天，環彩閣拿著欠條過來追債，我要是拿不出銀子還給人家，豈不是大大的笑話？」

慕容飛煙不禁莞爾，倘若被妓院追債，胡小天這張面皮只怕是掛不住了。聽起來這個理由好像的確有些靠譜，可一看到胡小天狡黠的表情，慕容飛煙頓時又覺得這件事還是有那麼點不對。她輕聲道：「你要是治好了萬廷盛，順順利利地拿到了金子，豈不是一切都解決了。」

胡小天道：「一條人命，兩百兩金子，他們真把我當成是叫花子？」

慕容飛煙道：「話不能這麼說，救人一命勝造七級浮屠，兩百兩金子也不少了。」她可沒有胡小天那麼貪心。

胡小天道：「對別人來說不少，可對萬家來說只不過是九牛一毛，飛煙，我跟你商量一事兒，今晚得辛苦你一下。」

慕容飛煙道：「你說。」

胡小天道：「我總覺得萬家的氣氛有些詭異，萬廷盛到底是如何受傷，為何會傷得這麼重，他們一概不提，全家上下諱莫如深，他腦子裡的血腫我已經成功取出，醒來是早晚的事情，我只擔心，有人不想他活過來。」

慕容飛煙明白胡小天的意思，點了點頭道：「說說你的想法。」

胡小天道：「大壯今晚負責床前陪護，病情有任何變化馬上彙報給我，你在暗處保護，若然有人膽敢加害萬廷盛，你可以第一時間將這個人揪出來。」

慕容飛煙道：「你幹什麼？」

胡小天笑道：「我負責留在這裡招魂！」

慕容飛煙望著他將信將疑，認識胡小天這麼久，過去怎麼不知道他還有招魂的本事？

胡小天道：「萬廷盛一日不醒，咱們就一日拿不到錢，所以大家還是好好填飽肚子，打起精神，做好接下來的工作。」

萬伯平從兒子的房間出來，雖然兒子仍然未醒，可他睡得沉穩香甜，表情也安祥了許多。剛剛走出門外，大兒子萬廷昌就迎了過來，低聲道：「爹，廷盛怎樣了？」

萬伯平道：「睡著了！」

萬廷昌道：「我聽說今晚要由他們的人照顧廷盛，咱們自家人不能靠近？」

萬伯平點了點頭道：「是！」

萬廷昌道：「爹，您難道就任由這姓胡的任意胡為？」任意胡為這四個字還真適合胡小天，他原本就姓胡啊。

萬伯平道：「至少廷盛現在還活著。」一句話就已經揭示了他的心理，其實在胡小天到來之前，萬伯平已經要給二兒子準備後事了，青雲縣大大小小的郎中都已經斷定，他兒子已經救不活了，胡小天治病的手段雖然奇怪，還敲爛了他兒子的腦袋，在腦袋上開了一個杯口大的洞，可畢竟他兒子現在仍然活著，按照胡小天的話，只要他甦醒過來，應該沒什麼大礙。下午在池塘中找到獒犬的屍體，更證明了胡小天的正確。此人雖然年輕，可是很不簡單啊。如果說一開始萬伯平對胡小天是將信將疑，現在他對胡小天已經相信了八成，對所謂招魂的說法更是深信不疑。

萬廷昌道：「爹，這樣折騰下去，廷盛只怕凶多吉少啊！」

萬伯平怒視他道：「混帳東西，說什麼混帳話？你兄弟生死未卜，你不知為他祈福，居然胡說八道，信口開河！」

萬廷昌嚇得低下頭去：「爹，我絕不是這個意思，廷盛是我的同胞兄弟，我對他的關心蒼天可見。」

萬伯平聽他這樣說，神情稍緩，點了點頭道：「這裡是咱們家，這裡是青雲，諒他不敢做出非份之事，除非他不想活了！」

萬廷昌歎了口氣，知道父親已經相信了胡小天，自己很難改變他的決定。

萬伯平道：「昨天晚上，咱們家裡走失了一名家丁一名丫鬟，我懷疑這件事和你二弟受傷有關，你馬上差人去尋找他們的下落，務必要將這兩名奴才給我抓回來！」

「是！」

……

夜幕降臨，胡小天的招魂行動正式開始，打著招魂的幌子，這廝如同拿了尚方寶劍，先檢查了一下萬廷盛的狀況，然後開始在萬府內到處逛蕩，從萬伯平所住的宅院開始逐門逐戶的蹓躂。萬伯平也給予最大程度的配合，由管家萬長春陪同，給胡小天行最大的方便。

胡小天讓所有人都待在房間裡，不得隨便外出，他裝神弄鬼地來回搜查，來到萬廷昌家裡的時候，故意折騰了一個時辰，搞得萬廷昌苦不堪言。

胡小天最後才來到樂瑤所住的院落，倘若在平時，一個陌生人深更半夜隨隨便便進入寡婦門，肯定會遭人懷疑，可現在沒人會懷疑胡小天的真正動機，這廝何其狡猾，之前做了這麼多的鋪墊工作，真正的重頭戲在這裡。

敲寡婦門，挖死人墳。這可是人神共憤的缺德事，胡小天不那麼認為，敲寡婦門是為了救小寡婦逃出火海，萬家上上下下全都夠萬惡的，自己幹的是替天行道的大好事。

胡小天準備進去的時候，卻見從院子裡面出來了兩個人，其中一人他見過，是萬夫人，陪同在身邊的是她的貼身丫鬟。萬夫人出門之後不知跟那丫鬟說了句什麼，一抬頭看到胡小天和胡長春兩人朝這邊走來，萬夫人顯得有些慌張，眼神飄忽不敢和胡小天直視。

胡小天笑道：「萬夫人，這麼晚了到哪裡去？」

萬長春一旁跟著心中暗笑，胡小天這種人真是當世少見，見過反客為主的，沒見過喧賓奪主到這種地步的，這裡是萬家啊，你居然管起女主人的事情來了。

萬家到現在真正對胡小天抱有信任的只有萬員外自己，萬夫人聽說二兒子腦袋被敲了個洞之後，暈過去兩次，她和大兒子萬廷昌抱有相同的觀點，認為胡小天是個江湖騙子，可萬伯平才是一家之主，他選擇信任胡小天，其他人也只能服從。

萬夫人冷冷道：「這裡是萬家，我想去哪裡就去哪裡，難道還要跟你一個外人交代？」

胡小天咧嘴笑道：「萬夫人，難道萬員外沒跟你說過，我今晚留在這裡做什麼？」

萬夫人沉吟了一下並沒有說話。

胡小天道：「萬老爺請我為二少爺招魂，受人所托忠人之事，萬夫人想必應該知道，那魂魄乃是靈物，尋常人等驚動不得，我千叮嚀萬囑咐，天黑之後所有人務必待在自己房間內不得四處走動，夫人為何不聽？若是驚動了二少爺的魂魄，導致他就此長眠不醒，夫人可擔待得起？」胡小天的這一手高妙之極，他扣了這麼大一頂帽子給萬夫人。只有先下手為強將她震住，才能讓她不至於懷疑自己的動機。

萬夫人心中雖然不服，可胡小天的這番話又讓她無從辯駁，她冷哼了一聲，舉步便走。

望著萬夫人主僕兩人遠去，胡小天搖了搖頭道：「真要是驚擾了二公子的魂魄，那可壞了大事。」說到這裡他突然向東南方一指，低聲道：「哪裡走？」萬長春順著他所指的方向望去，空空如也，於是用力眨了眨眼睛，依然是什麼都沒看到。

胡小天已經快步向樂瑤所居的院落走去，萬長春趕緊跟了過去，提醒他道：「胡先生，這裡是三少奶奶孀居的地方。」

胡小天道：「那又如何？是二少爺的性命重要，還是閒言碎語重要？」

「這……」

胡小天道：「你守在外面，任何人不得入內，以免驚擾了二少爺的魂魄，不然我拿你試問！」

「呃……這……」萬長春雖然覺得這件事非常不妥，可又不敢反對。

胡小天暗自得意，想想自己昨天在萬家池塘裡面做賊一樣躲了大半天，生怕被人發現行蹤，怎麼都不會想到今天出入萬府如同閒庭信步，打著招魂的旗號，即便是半夜三更走入小寡婦的院子裡也是光明正大，堂堂正正，連他自己都開始佩服自己了。

胡小天走入院子，還特地叮囑萬長春將院門給關上，萬長春哪知道這廝腦子裡打的什麼主意，雖然覺得這麼晚他一個人進入三少奶奶的院子不妥，可今天老爺吩咐過，無論胡小天去哪裡招魂都要給予方便，再說他可擔不起驚擾魂魄的罪責。萬長春私下認為，胡小天給少爺腦袋開洞治病的方法純屬天方夜譚，他這麼大年紀還從沒有聽說過這樣的荒唐事，老爺病急亂投醫，才會被他給哄住。

胡小天臨行之前又交代萬長春，一定要注意有沒有紅黃綠三色的光線從院子裡飛出，如果飛出來一定要及時叫他。

現在的胡小天已經徹底卸下了嚴謹治學的醫生包袱，這貨表現得就是一個神棍。來到樂瑤院子裡，發現樂瑤的房間亮著燈，昨晚被他戳破的窗紙仍然沒有糊上，胡小天湊在小洞上向內望去，卻見樂瑤正坐在桌前望著跳動的燭火呆呆出神，她的面前放著一個托盤，托盤上有一碗藥，另有七尺白綾。

樂瑤歎了一口氣，終於做出了決定，她端起了那碗藥，顫巍巍向唇邊湊去。

胡小天暗叫不妙，顧不上多想，來到門前，用肩頭撞開了房門，房門本來就沒有從裡面插上，胡小天撞了個空，兼之用力過猛，直接一下衝進屋內，失去平衡撲倒在地上。

樂瑤被他一嚇，手中的藥碗噹啷一聲落在了地上，藥湯遇到地面發出「嗤」的輕響，大量的煙霧彌散出來，竟然將地面的青磚腐蝕了一片，可以想像得到，這藥如果喝到肚子裡，豈不是要腸穿肚爛。

樂瑤花容失色，望著撲倒在地面上的男子，驚奇地發現他竟然是昨晚在池塘中遇到的那個，低聲道：「是你……」

胡小天有些尷尬地從地上爬了起來，原本想瀟瀟灑灑大搖大擺走進來的，想不到最終以這麼狼狽的方式相見：「是我！」這貨一邊說一邊整理衣服。

樂瑤道：「你為何又要回來？」她有些心虛的來到門前，將房門拉開一條細縫向外面看了看。

胡小天心中暗笑，在看到桌上的白綾，地上的毒藥，他頓時又笑不出來了，倘若自己晚來一步，這鮮嫩可人的小寡婦豈不是就要香消玉殞？

胡小天大模大樣在桌旁坐下，拿起那根白綾道：「這是什麼？」

樂瑤手足無措地來到他面前，催促道：「你快走，若是被人發現你在我房內，只怕是跳進黃河也洗不清了。」

胡小天揚起手中那根白綾道：「你死都不怕，還怕別人說閒話啊？」

樂瑤不知哪來的勇氣，一把將白綾搶了過去：「我的事情輪不到你管！」

胡小天望著樂瑤美輪美奐的俏臉，心中是又愛又憐，這貨發現自己對美女實在是沒有抵抗力，他歎了口氣道：「我本不想管你，可我這人生來就不喜欠情，你昨晚救我脫困，我欠了你一個大大的人情，我要是不報，這輩子良心難安。」胡小天此時摸著自己的良心捫心自問，若是小寡婦樂瑤不是長得這般傾國傾城，只怕他也沒有這樣的良心。

樂瑤淡然道：「你不欠我什麼，我過去壓根就不認識你，你也不要把昨天的事情放在心上，只當你我從未見過面就是。」

胡小天道：「欠了就是欠了，已經發生過的事情又怎能當作沒有發生？那叫自欺欺人！」

樂瑤望著胡小天炯炯有神的雙目，芳心中忽然感到一陣煩亂，黑長的睫毛有些惶恐地垂落下去。

胡小天道：「任何人都沒有權利輕賤生命。」

「命是我的，我可以選擇生或死……」樂瑤說到這裡，停頓了一下，如水美眸之中泛起漣漣淚光，現在的她也只有這個權利了。

胡小天搖了搖頭：「命不是你的，父母生你養你，絕不是讓你長大成人輕賤生命，就算他們已經不在，他們的靈魂也一定在天空中看著你，你又怎麼捨得他們傷心難過？」

樂瑤聽到這裡潸然淚下，她搖了搖頭道：「這世上沒有人在乎我，我活著沒有任何意義。」

「我在乎！」胡小天低吼道。

樂瑤因他的這句話而震驚，胡小天也因為自己的這句話頗感尷尬，好像他們兩人還沒熟到這個份上。這貨慌忙補充道：「你是我的恩人，受人滴水之恩當湧泉相報，我一定可以幫你脫離苦海。」

樂瑤蒼白的俏臉上蒙上了一層紅暈，她咬了咬櫻唇，緩緩搖了搖頭道：「太晚了，二少爺命在旦夕，他若死了，萬家絕不會善罷甘休。」她的目光落在手中的白綾上：「我死了也好，一了百了，絕不會有人知道究竟發生了什麼。」

胡小天這才明白樂瑤決心赴死的原因，萬廷盛氣息奄奄，樂瑤一定認為萬廷盛的事情和他們有關，甚至認為是他的當頭一棒將萬廷盛打成了這副模樣，後來他們兩人將萬廷盛從這裡拖走，暫時躲過了嫌疑，可樂瑤認為，只要萬家追查，這件事終究還是紙包不住火。

胡小天道：「這毒藥和白綾是萬夫人送來的？」

樂瑤沒說話，兩行珠淚滾落下去，胡小天心中暗歎，這萬家人果真沒有一個好東西，男的好色，女的心腸如此歹毒。他低聲道：「你放心，萬廷盛沒那麼容易死。」

樂瑤聞言一怔，胡小天於是將今天自己如何進入萬府，又如何為萬廷盛治病的事情簡略說了一遍。他所說的一切對樂瑤來說實在太過匪夷所思，可事情明明擺在眼前又由不得她不相信，樂瑤聽完之後，有些驚奇地望著胡小天道：「你是大夫？」

胡小天道：「只是略懂一些醫術罷了，算不上大夫。」這貨明顯有些過度謙虛了。

樂瑤道：「二公子沒事？」

胡小天點了點頭道：「性命應該沒有大礙。」

樂瑤道：「可你又說要為他招魂？」

胡小天狡黠一笑：「如果不這樣說，何以能夠騙過萬家，堂堂正正的來到這裡和你相見。」

一句話將樂瑤的俏臉羞得通紅，此人說話也太直白了一些，自己和他只不過昨天才見過面，他怎麼會說出這樣輕挑的話？可在樂瑤的記憶中，還是頭一次有人為她赴湯蹈火，雖然害羞，可心中已經被他感動。

樂瑤道：「你真會招魂？」

胡小天道：「人死如燈滅，這世上哪有魂魄！」

樂瑤一聽又害怕起來，那二公子豈不是死定了？

胡小天道：「那種人死了也就死了，沒什麼好可惜的。」

「可是……」

看到樂瑤惶恐的表情，胡小天已經明白她肯定是將萬廷盛重傷的事情算在了他們兩人的頭上，胡小天道：「我檢查過他頭上的傷勢，應該和我那一棒沒有任何的關係，昨夜我走後究竟又發生了什麼事情？」

樂瑤猶豫了一下終於答道：「我估計你走遠之後，本想高呼有賊，可是沒等我叫，就有人先叫了起來，後來府內的人全都驚醒，我不敢出去，直到今天清晨他們過來問我彩屏的下落，我只說不知，再後來聽說二公子跌倒命在旦夕的消息，我還以為……」

胡小天笑道：「你以為是我的原因，才讓他變成了這個樣子？」

樂瑤咬了咬櫻唇，沒有承認也沒有否認，她小聲道：「你放心，我是不會透露你的事情的。」她的目光落在地上的那灘毒藥上，芳心中又傷感了起來，兩行清淚串珠般垂落。

胡小天伸出手去，居然大著膽子撫上樂瑤的俏臉，為她擦去俏臉上的淚痕：「別哭，我最怕女孩子哭。」

樂瑤顯然被胡小天的這個動作給嚇住了，怔怔地站在那裡。

胡小天收回手笑道：「你放心，我沒惡意的。」

樂瑤點了點頭，俏臉紅得越發厲害了，不知為何她對這位才見過兩面的年輕男子心中沒有任何的戒備。或許是昨晚胡小天救她於危難之中，保存了她的清白，有胡小天在身邊，她心中的恐懼居然消褪不見。

胡小天的目光再度落在藥碗和白綾上：「萬夫人可真夠狠心的。」

樂瑤幽然歎了口氣道：「她說的沒錯，我是一個掃把星，萬家這麼多的禍事全都是我帶來的。」

胡小天道：「萬家所有的禍事都是他們自作自受，跟你有什麼關係？樂瑤，你答應我，一定不可以氣餒，更不可以將罪責全都歸咎到自己的身上，總之你相信我，我一定能夠救你脫離苦海。」

樂瑤終於鼓起勇氣，抬起星眸望著胡小天，從胡小天充滿篤信的目光中，她找到了久違的溫暖和從未有過的安全感，她沒說話，可表情卻已經說明了一切。

胡小天道：「我得走了，待的時間太久會讓人懷疑。」

樂瑤在他轉身離去的剎那，忽然想起了什麼：「胡公子……」

胡小天微笑轉過身去，卻見樂瑤拿出了蟠龍玉佩，正是他昨晚失落的那個，胡小天接過玉佩看了看，然後又牽住樂瑤的手，將玉佩輕輕放在她的掌心，換成別人，樂瑤早已掙脫，可是在胡小天的面前，她感覺自己的大腦似乎不由得自己支配，傻傻地任由他擺佈。

「這玉佩留給你，相信能夠守護你平安無事。」

胡小天轉身離去，來到門前又想起了一件事，轉身道：「沒人的時候，你可以叫我小天。」

樂瑤望著胡小天的背影消失在夜色中，心中反覆誦念著小天這個名字，似乎已經醉了。

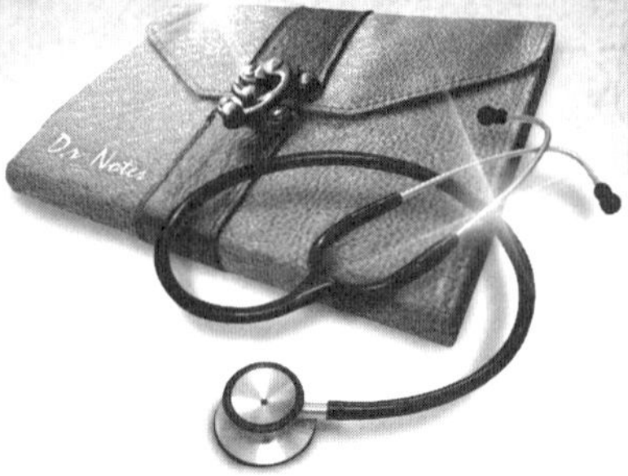

第三章

軟釘子

主簿郭守光嘴上這麼說，可他早就知道縣丞要前來的消息，
縣令許清廉這兩天視察，其中也有故意迴避的意思，
按理說新任縣丞上任，縣令應該要在場，
可許清廉故意不在，用意就是要給新任縣丞一個軟釘子碰。

胡小天來到門外驚呼道：「萬總管，截住那魂魄！」

萬長春一頭霧水，截住個屁啊？我毛影子都沒看到，還說什麼紅黃藍綠，老子眼巴巴守了半天，連星星都沒看到一顆。胡小天已經快步從他身邊跑過，大聲道：「追！」

萬長春雖說什麼都沒看到，可胡小天跑了起來，他也只能跟在後面，胡小天直奔大公子萬廷昌的院子去了，萬長春心想這不是剛剛去過了嗎？

胡小天來到萬廷昌的門前，一下並沒有將房門推動，卻是房門被人從裡面插上了，胡小天握拳重重捶門。

過了好一會兒，方才看到丫鬟過來開門，那丫鬟雲鬢微亂睡眼惺忪，顯然還沒有清醒，胡小天怒道：「我不是說過，今晚所有人都不得插門，為何要將房門插上？」

萬廷昌打著哈欠從房內出來了，看到胡小天深更半夜的又來滋擾，他頓時氣不打一處來，怒道：「姓胡的，你鬧夠了沒有？三更半夜擾我清夢，究竟是何居心？」

胡小天道：「讓開，二公子的魂魄去你房間了。」他推開萬廷昌向房內衝去。

萬廷昌這個氣啊，上前一把將胡小天扯住：「你給我站住！這是我的私宅，豈容你一個外人亂衝亂撞？」

胡小天道：「萬公子，耽誤了我為二公子招魂，你擔待得起嗎？」

萬廷昌怒道：「什麼招魂？什麼治病，你這種江湖術士也只能去騙老弱婦孺，本公子才不上你的當。」他抓住胡小天想要將之推搡出去。

身後忽然傳來一聲怒吼：「孽障，放開胡先生！」卻是萬伯平聞訊趕來，其實萬伯平這一夜都沒睡，二兒子生死未卜，做父親的又怎能安寢。

萬廷昌激動道：「爹！你為何要信他，他根本不是什麼郎中，我二弟已經沒救了……」話沒說完，萬伯平衝上前去狠狠給了他一記耳光。這一巴掌打得那個清脆，把圍觀的所有人都給鎮住了。

胡小天前來萬廷昌這邊的目的，一是為了掩飾他剛剛前往樂瑤房間的事實，二是因為萬廷昌得罪過他，也是萬家對他疑心最重的一個，胡小天得到機會當然要狠狠折騰這廝一下。

萬廷昌被父親的這一巴掌給激怒了：「爹，在你心中從來就沒當我是你兒子，廷盛、廷光是你親生的，難道我就不是？」

「你……」萬伯平氣得渾身瑟瑟發抖。

房頂忽然發出喵的一聲，卻是一隻野貓經過，胡小天指著那野貓道：「抓住那隻貓，二少爺的魂魄就是被牠吸走了。」

聽胡小天這樣說，萬家上上下下可炸了鍋，集合所有人之力前去抓那隻野貓。

別看他們人多，那野貓何其無辜，看到這麼多人衝上來抓牠，嚇得喵嗚一聲轉身就逃，仗著身體極其靈動，上躥下跳，最後竟然逃入了二少爺萬廷盛的院子裡。

所有人都前往西廂堵截野貓的時候，忽然傳來一個讓所有人振奮不已的消息，二少爺萬廷盛竟然在此時剛巧醒了。

胡小天發現自己自從來到這片大陸運氣超好，正可謂福大命大，雖然他給萬廷盛的這次手術做得相當成功，可他也無法斷定萬廷盛什麼時候能夠醒來，從幾次手術的預後結果來看，這片大陸上人們的生命力要比起過去旺盛許多，沒有那麼多的術後感染，他們的耐受力也非常的強大。

事實勝於雄辯，萬廷盛的甦醒成為胡小天高超醫術的明證。這下萬府所有人都對胡小天的醫術心服口服，萬伯平更是對他奉若神明。

胡小天為萬廷盛檢查了一下，確信他的情況還算良好，這才同意萬伯平夫婦兩人和他短暫見面。

一直在暗處保護的慕容飛煙悄悄將胡小天拉到一邊，低聲道：「今晚有兩名家丁來過，行跡非常可疑。」她將那兩名家丁指給胡小天看。

胡小天將那兩名家丁的樣貌牢牢記在心底。

萬廷盛醒來沒多久又睡了過去，此時萬家人再看胡小天的目光已經從懷疑變成了崇敬，就連一直對胡小天抱有懷疑態度的萬夫人現在也是對他千恩萬謝感恩戴德，一改過去的冷淡態度。胡小天卻對這女人沒有半分的好臉色，剛才如果自己晚到了一步，美貌絕倫的小寡婦就死在這個狠心婆婆手裡了。

萬伯平來到胡小天面前詢問兒子的狀況，他最擔心的就是兒子的魂魄有沒有招回來。

胡小天道：「二公子應該沒什麼事情了，只是想要恢復到從前一樣，還需要一段時間。」

萬伯平連連點頭，又忍不住問起萬家風水之事，胡小天的神奇再三得到驗證，如今萬伯平對他的本事已經心服口服。

胡小天淡然笑道：「凡事不可操之過急，我剛剛為二公子招魂之時，不經意發現了一件詭異的事情。」

萬伯平驚聲道：「什麼事？」

胡小天道：「我看到三少奶奶孀居的院落之上黑雲籠罩，怨氣沖天，有冤魂縈繞院落，聚攏其上，經久不散。」

萬伯平倒吸了一口冷氣，他壓低聲音道：「你是說，她乃是這一切禍事的根源？」胡小天絕不是第一個說樂瑤不祥的人。

胡小天心中暗罵，你這老狗倒是挺會把責任推給人家，樂瑤何其無辜，被你們父子三人騷擾，被你們萬家上上下下欺負，到現在還想把所有責任都栽到她的頭上。胡小天搖了搖頭道：「以我來看，那冤魂生前乃是一個男子，之所以縈繞不散，似乎有什麼心願未了。」

萬伯平額頭見汗，他忽然想到了自己去世不久的小兒子，不做虧心事不怕鬼敲門，在小兒子死後，他覬覦兒媳的美色，始終想據為己有，可惜兒媳性情剛烈，以死抗爭，所以他至今仍未得逞，難道真讓胡小天說中了，他小兒子冤魂不散，看到他們的所作所為，所以報復家裡。

胡小天道：「二公子昨晚因何受傷，還望員外實情相告。」

萬伯平到現在這種時候，對二兒子受傷的事情仍然閃爍其詞，只是歎了口氣道：「具體的情況我也不清楚！」

胡小天道：「勞煩萬員外將我的三百金取來！」

萬伯平微微一怔：「胡先生這是何意？」

胡小天道：「沒什麼意思，你兒子的病我已經給治了，魂我也幫忙招了，錢是我該拿的，從此咱們一拍兩散，再無瓜葛。」

萬伯平慌忙道：「胡先生莫急，深更半夜，豈能說走就走。」

胡小天冷笑道：「萬員外該不是想賴帳吧？」他對眼前的這個奸商是一點都信不過。

萬伯平苦笑道：「胡先生誤會了，您救了我兒的性命，別說是三百金，就算是再多我也不會皺一下眉頭。」到底是生意人，大話都不輕易說，多多少？一兩也是多，萬伯平說話滴水不漏，生怕被胡小天鑽了漏子。

胡小天道：「我也不是在乎錢的人，只是我做事從來都喜歡直來直去，萬員外既然對我遮遮掩掩，不肯實情相告，我留在這裡也幫不上什麼忙。」

萬伯平歎了口氣道：「胡先生，不是萬某不肯說，而是這件事實在是羞於出口啊。」他猶豫是不是說出這件事的真相。

胡小天打了個哈欠道：「睏了，今晚暫時住在這裡，明兒一早再走。」

所有人散去之後，胡小天就在青竹園內休息，這廝本想脫衣就寢，卻看到月光下慕容飛煙站在外面獨自一人守護著院落。胡小天心中一陣感動，從京城一路走來，如果沒有慕容飛煙相伴，只怕自己根本走不到這裡。

他取了自己的外袍，躡手躡腳來到外面，本想給慕容飛煙披在肩頭，可沒等他靠近，慕容飛煙已經轉過身來，柳眉倒豎道：「幹什麼？」

胡小天道：「沒想幹什麼，就是怕你冷，想幫你披件衣服。」

慕容飛煙笑了起來，宛如春風般醉人：「傻啊你，現在是夏天！」

胡小天道：「表達關心不分季節。」

慕容飛煙道：「要穿你自己穿，我害怕捂出痱子來。」

胡小天看了看周圍，確信無人監聽，方才低聲道：「飛煙啊，咱們有錢了！」

這廝一副小人得志的表情，臉上寫滿了揚眉吐氣。

慕容飛煙揶揄他道：「這錢賺得可真不容易，又是當醫生，又是當神棍，上躥下跳，裝神弄鬼，居然還真有人上當，賺這種昧心錢，你不怕遭報應？」

胡小天嘿嘿笑道：「萬家為富不仁，橫行霸道，我這是替天行道，殺富濟貧！」

慕容飛煙提醒他道：「萬家的錢只怕也沒那麼好拿。」

胡小天道：「別人拿不得，我偏偏拿的，我救了他兒子的性命，區區三百金就想把我打發了，咱們在青雲未來的吃喝用度，都要從他們這裡出。」

慕容飛煙雖然感覺到胡小天的手段不夠光明，可她對萬家也沒什麼好感，胡小天真要整萬家，她也不反對，慕容飛煙低聲道：「你想怎麼幹？」

胡小天道：「萬廷盛因何受傷？他們一家人全都遮遮掩掩，這其中必有貓膩，你說咱們要是查出了這其中的秘密……嘿嘿……」

慕容飛煙道：「從何查起……」說到這裡她忽然停了下來，拉著胡小天去一旁的花壇後方躲起。

胡小天的耳力當然和慕容飛煙無法相提並論，等了一會兒，果然見到一名家丁探頭探腦地走了進來，那家丁顯得有些不安，四下張望，借著月光，胡小天認出，這名家丁正是慕容飛煙剛剛指給他看的兩人之一。

那家丁看到四下無人，躡手躡腳向萬廷盛所在的房間走去。

胡小天從暗處站起身來，咳嗽了一聲道：「什麼人？」

那家丁嚇了一跳，轉身看到是胡小天，慌忙躬身行禮道：「胡先生，小的郭彪，奉大少爺之名，特地來詢問二少爺的病情有無好轉。」

胡小天上下打量了這家丁一眼，郭彪顯得有些不安，目光始終不敢和胡小天對視。胡小天道：「難得你們大少爺關心他兄弟，你回去告訴他，二少爺已經睡了，讓他不要派人打擾。」

郭彪應了一聲，轉身離去。

等他走後，慕容飛煙從暗處走了出來，和胡小天並肩望著郭彪的背影，充滿懷疑道：「這個家丁很不對頭，晚上已經過來了多次。」

胡小天道：「萬家的事還真是霧裡看花，萬廷盛的傷可不是跌倒摔出來的。」

慕容飛煙道：「你是說，有人對萬廷盛下了辣手？」

胡小天笑瞇瞇道：「你是捕快啊，在這方面你才是內行。」

慕容飛煙道：「你想查此案？」

胡小天道：「查！是一定要查，可咱們也不能白白出力。」

慕容飛煙看到他一臉奸詐的表情，心中似有所悟，低聲道：「你是想借著查案再狠敲萬伯平一記？」

胡小天歎了口氣道：「在你心底，難道我始終都是一個無所不用其極的反面人物？」

慕容飛煙道：「盜亦有道，做人還是有些原則的好。」

胡小天道：「對待為富不仁者我從不講原則，只講手段！」

胡小天這一夜睡得四平八穩，清晨一覺醒來，推開窗戶卻見外面旭日東昇，霞光萬道，將一切景物蒙上了一層金黃的色彩，窗外柳條兒隨著晨風靜靜飄蕩，早醒的蟬兒已經不安分地叫了起來。

慕容飛煙靜靜坐在院落之中，竟然一夜未眠。

胡小天伸了個懶腰走了出去，他出門的時候，梁大壯剛巧也打著哈欠出門，萬廷盛這一夜倒也安穩無事，胡小天先去床邊探望了萬廷盛，檢查了一下他的情況，確信並無異常，這才放心。

萬長春也一直候在外面，聽到動靜趕緊走了過來，胡小天洗漱之後，安排萬廷盛的老婆丫鬟來床邊照顧，又教給她們一些基本的護理方法。

萬府上上下下全都牽掛著萬廷盛的安危，萬伯平夫婦也一早就過來了，他們還讓家丁給胡小天帶來了三百兩金子。以萬伯平的吝嗇性情，讓他付出那麼一大筆酬金著實肉疼不已，可胡小天的醫術和招魂術已經讓萬伯平深深信服，更何況胡小天還拋出了一個他們萬家風水不好的誘餌，萬伯平現在對胡小天處處陪著小心，想求胡小天幫忙看看風水，可胡小天推三阻四，始終沒有吐口答應。其實他哪會看風水，根本是想胡謅八道騙點金子花花，順便再保護一下可憐的小寡婦樂瑤。

胡小天讓梁大壯拿了金子，對於自己應得的酬金，他甚至懶得客氣一句。

萬伯平本想挽留胡小天吃完早飯再走，可胡小天根本沒有留下的意思，堅持離開。萬伯平從未像今天這般客氣過，親自將胡小天送到大門口，聊著聊著又將話題引到他家風水之上。

胡小天向萬伯平道：「萬員外，風水之事馬虎不得，我昨天只是看了看萬府的概貌，雖然看出萬府風水不好，可如何破局還需要我回去細細思量。」

萬伯平看他說得認真，於是信了幾分，畢恭畢敬道：「胡先生，可有什麼話要交代的？」

胡小天停下腳步道：「有兩件事你必須要記住！」

萬伯平一副悉心受教的樣子：「萬某洗耳恭聽。」

「二公子顱內的血腫雖然被我取出，可想要恢復如初還需時日，護理二公子身邊之人必須精挑細選，二公子恢復進食之後，他的一切飲食必須要嚴格把關。」

萬伯平點了點頭。

胡小天道：「二公子頭部的傷勢絕不是摔傷，而是被人重擊所致。」

萬伯平被胡小天當場道破這件事，表情顯得有些尷尬，他咳嗽了一聲，想解釋什麼，胡小天舉起手來制止他道：「無需多說，你的家事我沒興趣過問。你需要記住的第二件事就是三少奶奶孀居的宅院。」

萬伯平心中一驚：「怎麼？」

胡小天道：「我昨天跟你說過的事，難道你忘了？」

萬伯平搖了搖頭，他當然不會忘記，胡小天說有冤魂在樂瑤居處遊蕩，他一直揣摩這冤魂十有八九是自己死去的小兒子。萬伯平經商半生，可謂是精明老道，但是他遇到了胡小天也只有吃癟的份兒。萬伯平低聲道：「胡先生教我該如何做？」

胡小天故意歎了口氣道：「萬員外，實不相瞞，我不是不想幫你，而是現在實在沒有解決之道，我觀那冤魂怨氣極深，不知萬家有何處得罪了他，這次離開，我需要尋找一些法器，查出冤魂的來路，方能定下徹底解決的方法，在此之前，你切記，那宅子裡的一草一木都動不得，輕易驚動冤魂的下場，只怕會招來意想不到的慘禍。」這廝根本就是危言聳聽，說得越嚴重越好，讓這個老淫棍再不敢去騷擾樂瑤。

萬伯平倒吸了一口冷氣，他忽而又想起了一件事：「可是我那兒媳還住在那裡，是不是要讓她搬走……」

胡小天道：「千萬不可，你一定要切記，若是讓她搬離那裡，只怕冤魂會在整座府邸中到處遊蕩，甚至化為厲鬼大開殺戮。」

萬伯平真是被胡小天給嚇怕了，他顫聲道：「那該如何是好？」左也不是右也不是，這下真正感覺到麻煩了，早知如此，萬伯平無論如何都不會想起幫傻兒子成親衝喜，結果衝喜非但沒有成功，兒子也死了，現在家裡又出了這麼多的事情，真是悔不當初啊！

胡小天道：「讓人好生伺候著，千萬不要招惹你那兒媳，否則……」接下來的話雖然沒有說出來，可萬伯平已經完全明白了他的意思。

萬伯平現在有些悔不當初了，如果胡小天所說的一切屬實，那麼他怎麼都不會招惹自己的兒媳婦，想起樂瑤美麗絕倫的嬌俏模樣，萬伯平心中真是糾結萬分，就這麼放手，還真是有些捨不得，肥水不流外人田，要說這傻兒子已經走了，咋就不懂得孝敬他老爹呢？冤魂不散！我是你老子嘎，照顧你老婆那不是天經地義？

胡小天如果知道萬伯平腦子裡的骯髒想法，早就一大嘴巴子抽過去了。陰這種人，連起碼的同情心都不會有。

萬伯平一直將胡小天送到大門口，這不但表現出他對胡小天的尊重，也證明在他心底深處已經認同了胡小天的能力。臨近大門的時候，聽到門外響起打鬥喧鬧之聲，幾人來到門前望去，卻見近二十名家丁圍著一名年輕人戰在一起，那年輕人身材魁梧，膀闊腰圓，雖然以寡敵眾，可場面上並不落下風，轉瞬之間已經擊倒了三名家丁，戰鬥力相當了得。

萬伯平不由得皺了皺眉頭，暗罵家丁膿包。

此時從萬府內又湧出十多人前來幫忙，以眾淩寡、仗勢欺人，從來都是萬府的光榮傳統。胡小天已經認出那年輕人正是回春堂柳當歸的兒子柳闊海。

柳闊海看到萬伯平出來，虎目盯住萬伯平怒吼道：「萬老賊，你敢打傷我爹，今天我必要你血債血償。」

萬伯平冷哼一聲，右側的街巷內已經有十多名聞訊趕來的捕快殺到。

胡小天本想出頭，可看到官府捕快來到，又頓時改了主意，他倒要看看這件事將如何發展。

和捕快幾乎同時到來的還有柳闊海的父親柳當歸，他在回春堂夥計的攙扶下一瘸一拐來到現場，驚慌失措道：「闊海，你這孽障還不快快住手！」萬家勢大，在這青雲縣內首屈一指，連縣令許清廉都不敢輕易得罪，處處陪著小心，更何況他這個小小的藥鋪掌櫃。

柳闊海虎目圓睜，抬腳又將一名家丁踹飛，然後醋缽大小的拳頭砸在一名剛剛衝過來的家丁下頜，那家丁吃了他一拳，如同乘坐了噴氣式飛機，慘叫著倒飛出去，一直落在胡小天的腳下。

胡小天認出這廝正是萬家兩名負責看門的家丁之一，想起這廝那天對自己囂張跋扈的樣子，不由得恨從心生，看到無人注意，一腳踩在那家丁手指頭上，那家丁這聲慘叫比剛才更大。不是不報時候未到，報復起來這心頭還真是暗爽啊。嘴上還滿是歉意道：「不好意思，不好意思，硌到腳了。」

雖然家丁的慘叫聲音不小，可所有人的注意力都關注著現場的戰況，無人留意到這邊發生了什麼。

柳闊海勢如猛虎出閘，又憑著一身過人的勇武擊倒了四名家丁，那幫捕快雖然已經趕到，卻遠遠站著不敢靠近，誰也不敢這時候衝上去，只要上去準保挨揍，看柳闊海的身手，就算萬府的家丁和捕快聯手也未必能夠將他拿下。

柳當歸大叫道：「你這孽障，莫非要氣死我不成？給我住手，住手……」因為擔驚受怕，他竟然氣得背過氣去，跟他過來的夥計趕緊將他攙住。

柳闊海雖然勇猛過人，可這小子極為孝順，看到父親如此，嚇得慌忙停手：「爹……」他大步飛奔到父親面前。一群人又是掐人中又是揉胸口，柳當歸悠然醒來，看到滿臉關切之情的兒子又是生氣又是擔心，他揮拳在兒子寬闊壯碩的胸膛上不停捶打：「你這孽障……終日惹事不停……這該讓我如何是好……」

此時一幫捕快湧了上來，柳闊海本想反抗，卻被父親制止，柳當歸道：「兒啊，你不可跟官府抗爭，跟他們去，跟他們去……」柳當歸膽小怕事只是其一，他畢竟閱盡滄桑，知道世事險惡，如果兒子膽敢公然對抗衙門，搞不好會被扣以拒捕謀反的帽子，鬧不好是要殺頭的。事情一旦鬧大，想收場都晚了。

柳闊海礙於父命，只能束手就擒，那幫捕快用鐵鍊將他鎖住，剛剛將柳闊海鎖住，從萬府人群中衝出了一人，照著柳闊海的肚子就是狠狠一腳，正是萬府大少爺萬廷昌，要說這廝剛才一直都躲在人群中，現在看到柳闊海被制住，方才出頭，其人實在是卑鄙到了極點。

柳闊海雖然被踢得疼痛不已，可是他性情素來堅強，仍然一聲不吭，咬牙切齒地望著萬廷昌：「有種跟我單挑。」

萬廷昌呵呵笑道：「你配嗎？」他衝上去照著柳闊海的臉上又是一拳，這一拳打得極重，將柳闊海打得鼻血長流。那幫捕快只當什麼都沒有看到，明顯是在偏袒萬家。

慕容飛煙已經看不過去，不過出頭之前必須要先看看胡小天的態度，胡小天懶洋洋歎了口氣道：「鬧出了人命，又要多一個冤魂了。」

萬伯平心中一動，這件事的確不宜鬧得太大，雖然柳闊海鬧事在先，可官府的人既然已經來了，事情自當交給官府處理。他沉聲道：「廷昌，退下！」

其實那幫捕快也想萬家見好就收，光天化日之下，圍觀的百姓又多，現在已經有人在罵他們偏袒了，那幫捕快押著柳闊海離去。

柳當歸沒有跟著一起前往衙門，反而起身過來找萬伯平，萬伯平看到他過來已經猜到他的目的，轉身就往門內走去。柳當歸噗通一聲跪了下去，含淚哀求道：「萬老爺，我求求您了，小兒年輕氣盛所以才惹您生氣，您大人不計小人……」

他的話還沒有說完，萬家的大門已經緊緊閉上。

胡小天走過去攙起了柳當歸，柳當歸此時方才認出了胡小天，老淚縱橫道：「胡公子，我那不爭氣的兒子……他……他惹了天大的禍端啊……」

胡小天微笑道：「柳掌櫃，車到山前必有路，船到橋頭自然直，事情既然已經發生，您擔心也是沒用，不如咱們先回去，等打聽清楚衙門那邊的情況，回頭再想對策。」

胡小天幾人將柳當歸送到了回春堂，柳當歸差他的夥計前往衙門打探情況。

等回到了福來客棧，慕容飛煙跟著胡小天來到他的房內，有些不解道：「你明明看到萬家仗勢欺人，為何不管？」

胡小天攤開雙手道：「我現在只是一介平民啊！」

慕容飛煙義正言辭道：「你是青雲縣丞，是這裡的父母官，當官不為民做主，不如回家賣紅薯。」這丫頭從來都是正義感十足。

胡小天道：「飛煙，我明兒才上任，剛才那種情況你也看到了，我總不能當著那麼多人的面宣佈我是青雲縣丞？你當我像你一樣，腦子進水了？」

慕容飛煙柳眉倒豎道：「你才腦子進水呢，你有功夫半夜去敲寡婦門，沒精力管這些不平事？」

胡小天倒吸了一口冷氣，指著慕容飛煙的鼻尖道：「我靠，你居然跟蹤我！」突然他本以為自己的這件事做得神不知鬼不覺，卻不知道仍然被慕容飛煙盯了梢，突然被揭穿，這臉面實在是有些掛不住。

慕容飛煙聽他居然對自己爆粗口，一伸手閃電般抓住胡小天的手指，順時針一擰，胡小天痛得慘叫一聲，馬上低頭弓腰撅屁股，一個標準的噴氣式，好漢不吃眼前虧：「放手……好痛……好痛……」

慕容飛煙道：「你居然敢罵我，臭小子，信不信我把你十根手指頭一根根全都擰下來。」

「用不著這麼歹毒吧……在我們家鄉，只有親密的人才說這種話……」胡小天沒撒謊，不親密怎麼可能隨便那啥。

「放屁！你當我不知道這是什麼意思，你愛跟誰說跟誰說，就是不能跟我說。」論口才慕容飛煙鬥不過他，可是論武力，分分鐘將之拿下。

「我不說，我不說……我再也不說了！」

慕容飛煙這才放開胡小天的手指，胡小天看了看發紅的食指，臭丫頭，夠狠啊，有朝一日，老子非把你那啥了，君子報仇十年不晚。扁著嘴裝可憐道：「手指都快被你擰斷了。」

慕容飛煙哪知道他心中有那麼多齷齪的想法：「活該你！」

胡小天道：「你不要總往歪處想我，其實我勉強還算得上正直。」

「正直之人絕不會幹那種齷齪事。」

胡小天知道她說的是樂瑤的事情，歎了口氣道：「一言難盡，改日我再將這其中的詳情告訴你。」這貨不想在小寡婦的話題上做過多糾纏，畢竟在這件事上他存有邪念，慌忙岔開話題道：「柳掌櫃的兒子也的確氣盛了一些，以他這樣的脾氣，以後還不知道會惹出怎樣的禍端，年輕人讓他受點挫折吃點苦頭，算不上壞事。」

慕容飛煙一臉鄙視地看著他，口口聲聲說別人年輕人，也不看看自己多大。不過鄙視歸鄙視，卻不得不承認胡小天所說的話很有道理。她仍然有些擔心道：「如果萬家勾結官府殘害柳闊海，又當如何？」

胡小天道：「沒國法還有天理呢，就算許清廉一心偏袒，他也不敢偷偷害了柳闊海的性命，柳闊海登門鬧事，就算是秉公辦理，他一樣也逃脫不了責罰，我看許清廉為了表示公正，十有八九會開堂公審，公審的時間不會太早。」

慕容飛煙有些奇怪，胡小天何以斷定公審的時間不會太早？

胡小天卻有自己的道理，以許清廉名聲在外的貪婪，這廝絕不會放過這個狠撈一筆的機會，只怕敲了原告還要狠狠敲被告一筆，不作死就不會死，只要被我抓住你的把柄，嘿嘿，一巴掌打掉你的烏紗帽，這縣衙的第一把交椅，老子是坐定了，胡小天內心中的權力欲在不知不覺中如同雨後春筍般冒升了出來。

來到青雲之後，胡小天第一次有了當富翁的感覺，三百兩金子，這可是個不小的數目，比他當初從京城帶出來的盤纏還要多，普通人家已經夠舒舒服服地過上一輩子了。

人有錢了就會不由自主的奢侈起來，胡小天無論上輩子還是這輩子都不是一個節省度日的主兒，當天午飯之後，這廝就帶著梁大壯出門採購，慕容飛煙又不知去了哪裡，其實就是她在，也沒興趣陪胡小天四處閒逛，對這廝渾身上下的紈絝子弟的臭毛病，她一直都看不慣，有錢了不起啊？滿身銅臭味。

胡小天首先去綢緞莊做了幾身衣服，佛要金裝，人要衣裝，出門在外，尤其是身為青雲縣當地的行政長官，沒幾身像樣的衣服是不行的，胡小天還特地帶上了自己畫的小樣，這其中有圓領衫，有直筒褲，還有內褲、背心、圓口布鞋，甚至連夏天常穿的大褲衩也畫上了。雖然這些衣服穿不出門，可在家裡穿著肯定舒服，長袍大褂一樣也得要，至於這些胡小天就不用費腦子了，什麼料子好拿什麼，什麼最時尚做什麼，順帶又做了幾套手術服，裁了洞單、消毒巾之類的東西，天知道什麼時候又能用上，有備無患總是好的。

訂了衣服出來，又和梁大壯一起去了馬市，在當今的時代，出行沒有車馬代步是萬萬不行的，青雲縣的馬市比不得京城，規模很小，挑來挑去也選不出什麼好馬，其實胡小天和梁大壯都是外行，即便是有千里馬擺在眼前，他們也不會認識。揀了兩匹健壯的高頭大馬，又買了輛馬車，總算又有車馬代步了。

最後胡小天又冒著風險去了黑苗族人賣銀飾的地方，為慕容飛煙買了一對手鐲，一根髮簪，那天他看到慕容飛煙在這攤位前流連忘返，一直都記在心底。對女孩子方面，這廝一直都心細得很。

帶著滿滿一車採購來的戰利品回到客棧，慕容飛煙面對胡小天時有種面對土豪暴發戶的即視感。

胡小天笑道：「翻身農奴把歌唱，有錢就得消費，不然怎麼能促進大康的經濟繁榮。」這貨將慕容飛煙叫到自己的房間，偷偷將手鐲和髮簪遞給了她。

慕容飛煙看到他遞過來的銀飾，俏臉上不由得蒙上一層紅雲，少有的現出少女的忸怩嬌羞神態：「好好的你送我東西做什麼？」

胡小天道：「大家有福同享有難同當，我有肉吃，你當然得有湯喝。」這廝說得理所當然，可司馬昭之心路人皆知，慕容飛煙隱約猜到他或許別有用心，不過仍然將那銀飾收了下來，輕聲道：「東西我收下了，不過你不要以為這點東西就能收買我。」

胡小天笑瞇瞇道：「我可沒那個意思。」心中暗忖，糖衣炮彈，別看你扒掉我的糖衣，早晚有我扒光你衣服的時候。

屁股還沒有挨上板凳，萬府又差人送禮過來了，萬廷盛雖然醒過來了，可距離康復之路還很漫長，更何況胡小天事先布下了風水這個暗局，萬伯平有求於他，自然不敢輕易得罪。

送來的是幾匹綾羅綢緞，全都是從江南轉運而來的精品，比起胡小天剛剛在綢緞莊買的地產貨不可同日而語。其中有兩匹分明是女用，胡小天自然將綢緞轉送給了慕容飛煙，慕容飛煙大概也想通了糖衣炮彈的道理，糖衣扒下再將炮彈給胡小天打回去，對他送來的這些禮物全都笑納。

福來客棧老闆蘇廣聚也是今天才知道胡小天曾經揭了萬家的懸賞榜，從萬家過來送禮之事隱約猜到胡小天可能治好了萬廷盛的病。萬廷盛的病情早在昨天已經傳得沸沸揚揚，整個青雲縣但凡有些名氣的郎中全都被請了過去，可最後無一例外地被灰頭土臉地趕了出來。就連回春堂的當家柳當歸都被逐出，可見萬廷盛傷得如何之重，可胡小天居然揭了懸賞榜，而且完好無恙地出來，據說還是被萬伯平畢恭畢敬送出來的。看他過去的行頭非常簡樸，可此次從萬家回來，不但買了車馬，而且購置了許多其他東西，再看萬家又送過來的綾羅綢緞，蘇廣聚益發覺得奇怪，心中覺得這少年人絕非尋常。

柳當歸從衙門裡打探了消息，得知兒子被那幫捕快帶入縣衙就直接下了獄，縣令許清廉據說出城去視察通濟河的堤壩情況，縣裡只有主簿留守。柳當歸又聽說萬家已經放出口風，一定要將這件事追查到底，他嚇得六神無主，萬家勢大，他卻只是青雲縣內的一個普普通通的郎中，怎麼跟人家叫板，更何況這次是他兒子主動找上門鬧事，這場官司必輸無疑。柳當歸思前想後，解鈴還須繫鈴人，這件事還得登門去萬家道歉，可萬家的門檻又豈是那麼容易踏進去的。柳當歸又吃了閉門羹，被兩名兇惡的家丁趕了出來。

蘇廣聚雖然對這位老鄰居的遭遇十分同情，但是他也沒什麼辦法，萬家人過來的時候，他還以為是要找回春堂的麻煩，等到了才明白，這幫人居然是給胡小天送禮的。

胡小天現在的狀態正是春風得意，吃喝不愁，手裡還有那麼多的金子，這對他來說只是第一步，只要他的計畫得逞，萬伯平那隻老狐狸還會將金子源源不斷地送過來，現在所差的就是權力了。明兒上任，他就是青雲縣丞，青雲縣如假包換的二把手，在歷盡艱險的一通跋涉之後，胡小天終於有種苦盡甘來的感覺，就連做夢都忍不住笑了起來。

敲門聲將胡小天的這個美夢打斷，這貨有些鬱悶地用枕頭捂住腦袋，好好的一場夢讓人給攪和了，想要起床，卻發現身體的某處有些昂首挺立，這貨才想起自己剛做了一春夢，夢中的女主角是小寡婦樂瑤，依稀記得兩人差點就要來個負距離接觸，只可惜讓敲門聲給打斷了。胡小天深深吸了一口氣，掀開被褥，給身體迅速來了個風冷降溫。

敲門聲仍然在繼續，不急不緩的節奏，顯得非常禮貌，胡小天明顯有些不耐煩了：「誰啊？」

外面一個謹慎謙恭的聲音回答道：「是我！」

胡小天聽出是蘇廣聚的聲音，搖了搖頭，起身之前低頭看了看，確定自己的身體已經毫無異狀，這才過去開了門，蘇廣聚和回春堂的當家柳當歸兩人站在門外。蘇廣聚一臉的笑，柳當歸卻是一臉可憐兮兮的表情，胡小天一看就明白這兩位前來的目的了。不用問，百分百和今晨柳闊海被抓的事情有關。

蘇廣聚笑道：「不好意思，打擾了胡公子午休，只是柳掌櫃有些急事想找公子商量。」

胡小天點了點頭，他笑了笑道：「沒事兒，反正我剛巧醒了。」心中暗忖，若是這兩位不來，只怕這會兒自己褲子都濕了，凡事得往好處想，至少不用換內褲了。

蘇廣聚和柳當歸兩人走入房內，胡小天邀請他們坐了，輕聲道：「不知柳掌櫃找我有何事？」

柳當歸的眼淚說來就來，一手拉起衣袖，遮住面部道：「我命好苦啊……」

胡小天也就是在戲劇舞台上看到別人這麼哭，看到柳當歸哭得這麼誇張，這貨非但沒感到同情，反而有點想發笑，倒不是幸災樂禍，只是覺得柳當歸這種博同情的方式有點滑稽，有事說事，你哭什麼啊。

柳當歸哭了一聲，意識到胡小天沒啥反應，也感覺到自己有點誇張了，於是尷尬地擦了擦眼淚，古人留個大袖子不是沒原因的，抹眼淚，擦鼻子，蘸口水都用得上，天熱的時候還能當扇子。柳當歸乾咳了兩聲道：「胡公子，柳某冒昧前來實則是有事相求。」

胡小天微笑道：「柳掌櫃但說無妨。」

柳當歸眼圈發紅，黯然道：「實在是難以啟齒，胡公子今晨應該看到我那不爭氣的兒子前往萬府鬧事。」

胡小天點了點頭道：「此事因何而起？」

柳當歸重重歎了口氣道：「這還要從昨日說起，萬府二公子萬廷盛突然昏迷不醒，遍請本地醫生，我也受邀前往萬府為他診病，只是我醫術淺薄，當場坦誠無能為力，卻因這句實話而觸怒了萬員外，他讓家丁將我轟了出來，胡公子當時也看到了，我從萬府被趕出來的時候不小心扭了腳踝。我那兒子是個火爆脾氣，我最擔心這件事被他知道，卻想不到人算不如天算，終究還是讓他得知了事情的真相，今早便到萬家興師問罪，一言不合跟那幫家丁打了起來。接下來的事情胡公子都看到了，那萬家財雄勢大，豈是我們能夠招惹起的，現如今我那苦命的孩兒被官府拿去，關在監牢之中，我那可憐的孩兒啊……」柳當歸又擦起了眼淚。

胡小天安慰他道：「柳掌櫃不必擔心，即便是官府判他尋隙滋事，打架鬥毆，至多也就是挨一頓板子，罰點銀子，算不上重罪。」胡小天這段時間也在空閒時翻看了一些大康律例，對這些事情的處理心中有了回數。

柳當歸道：「胡公子有所不知啊，萬家做事向來不留餘地，官府只會向著他們說話，又豈肯公平處置，不瞞公子，我先後去了萬家兩趟，想求見萬員外，只求他網開一面放過我兒，可是他根本不願相見，還讓人轉告我，說我兒這次輕則充軍發配，重則人頭落地。」說到這裡，柳當歸又不禁潸然淚下。

胡小天並不相信事情會鬧得如此嚴重，在他眼中無非是一起普通的鬥毆，有沒有造成人員傷亡，換成現代社會，大不了也就是判個拘留罰款，怎麼可能人頭落地呢？他輕聲道：「我有什麼地方能夠幫助柳掌櫃嗎？」

柳當歸道：「我聽說胡公子救了萬廷盛的性命？」

胡小天笑了笑，想不到這件事傳得倒是挺快：「柳掌櫃聽誰說的？」

一旁蘇廣聚道：「胡公子，現在外面都傳開了，有人親眼看到您揭了萬家的懸賞文書，昨晚您去了萬家，今天萬家二公子就脫離危險了。」

胡小天笑了起來，看來他們還是推測出來的，自己雖然有恩於萬家，可萬家不至於拿這件事大張旗鼓的宣傳。胡小天道：「我本不想說，可兩位既然都這麼認為我還是實話實說吧，其實我是一個捉鬼師，萬家請我前去乃是去畫符捉鬼。」

「捉鬼？」兩人異口同聲道。

胡小天點了點頭：「萬家鬧鬼啊，難道你們不知道？」這貨可謂是居心叵測，他要將這件事借著兩人的嘴傳出去，眾口鑠金積毀銷骨，用不了幾天，整個青雲的人都會知道，外面的流言勢必會進一步加重萬家的心理壓力，到時候萬伯平為了解決這件事，肯定會不惜血本，自己剛好可以狠撈一票。

柳當歸對萬家鬧鬼的事情沒興趣，他真正關心的還是自己的兒子，鼓足勇氣道：「胡公子，我知道我來求您有些冒失，可是我實在是想不出其他的辦法，我只有闊海一個兒子，若是他出了什麼事情，我也不能活了。」

胡小天道：「你想我去萬伯平面前幫你求情？」

柳當歸連連點頭，他從懷中取出二十兩金子，放在胡小天面前，要說這些金子已經是柳當歸大半生的積蓄了。

如果換成昨天，胡小天或許會為這二十兩金子眼前一亮，可今時不同往日，他已經是腰纏三百金的闊少了，當然不會為這點黃金心動，胡小天將那二十兩金子悉數推了回去。

柳當歸一臉失落地望著他，以為胡小天不願幫忙，他咬了咬嘴唇道：「胡公子，我只有那麼多了，若是胡公子能夠救小兒出來，日後柳某必結草銜環報答您的大恩大德。」

胡小天道：「柳掌櫃，我不是嫌錢少，我只是一個普普通通的捉鬼師，就算我願意幫你，萬家也未必肯給我這個面子，好鋼要用在刀刃上，錢一定要花在該用的地方，我看你還是用這些錢去衙門打點，只要衙門裡裡外外疏通好關係，你兒子自然會沒事。」

柳當歸歎了口氣，聽胡小天說得倒也坦誠，其實他何嘗不想去衙門疏通，只是他這點錢送過去還不夠縣令塞牙縫的呢，比財力就算他把藥鋪賣了也不是萬家的對手。只怕縣令收了錢一樣還是向著萬家說話，那可就是肉包子打狗有去無回了。

胡小天執意不收，柳當歸只能拿著金子離開，蘇廣聚並沒有跟他一起走，故意落後了幾步，等柳當歸走後，他向胡小天歉然道：「胡公子，柳掌櫃過來可不是我的主意。」

胡小天心想不是才怪，我在你客棧裡住著，一舉一動都在你的眼皮底下，你要是不說，柳當歸怎麼能知道？不過他也知道蘇廣聚並沒有惡意，只是熱心幫助老鄰居罷了，於是微笑道：「蘇掌櫃，其實我也想給他幫忙，可我在萬員外那裡就怕說不上話，如果有可能，我肯定會盡力幫忙。」

蘇廣聚笑道：「那我幫柳掌櫃先謝謝胡公子了。」

胡小天道：「蘇掌櫃，我有件事想拜託您。」

蘇廣聚道：「可千萬別這麼說，胡公子有什麼事情只管吩咐。」

胡小天道：「我在青雲可能要待很長一段時間，總住在客棧裡也不太方便。」

蘇廣聚巴不得他在自己店裡住一輩子呢，慌忙道：「有什麼不方便的，就當這裡是自己家一樣，長期住，房錢好商量。」心中卻隱約猜到胡小天應該是因為剛才的事情產生不快，所以才決定離開。

胡小天道：「蘇掌櫃沒明白我的意思，我打算在青雲住個三年五載，所以想在這裡租一套房子。」他此前已經打聽清楚，縣衙內除了縣令許清廉，其他人一律在外面居住，本來胡小天還為這件事發愁，現在手頭有了金子，一切自然迎刃而解。

蘇廣聚點了點頭道：「胡公子將條件說說。」

胡小天將條件簡單說了，蘇廣聚一口應承了下來。

翌日清晨，胡小天一早就前往青雲縣衙，這貨仍然是便服前往，左邊梁大壯，右邊慕容飛煙，三人都是衣衫鮮亮。為了今天的上任，胡小天特地打扮了一番，自以為風度翩翩玉樹臨風，可在慕容飛煙看來卻是油頭粉面，十足紈絝子弟的形象。

人要衣裳馬要鞍，在任何社會，外表形象的經營都相當重要，胡小天今天再來，衙門門口的倆門子一看就覺得這位公子氣度不凡，門子雖然地位低下，可他們也有觀相識人的本領，看到對方衣冠楚楚，舉止高貴，臉上頓時沒有了昔日面對百姓的戾氣，手中的水火棍老老實實拄在地上。仍然是右側的李二發話道：「這位公子有什麼事？」

其實也不僅僅是胡小天他們今天的華麗衣著起到了作用，縣令許清廉早已傳話下去，今天是新來縣丞的上任之期，讓三班衙役全都放亮招子。

這幫衙役知道了這件事，所以今天對誰都表現得非常客氣，其實他們倒沒有把胡小天和新任縣丞聯繫在一起，畢竟胡小天太過年輕，在他們的印象中，至少青雲縣還沒有過這麼年輕的官員。

到了現在，胡小天已經沒有了隱瞞身分的必要，向梁大壯使了個眼色，梁大壯昂首挺胸道：「有什麼事？你們難道連胡大人都不認識？」

兩名衙役都是吃了一驚。

梁大壯中氣十足喝道：「這位就是新任縣丞胡大人！」這廝憋了好幾天的悶氣在此時全都爆發了出來，橫眉怒目，威風凜凜，即便是在京城的時候，這廝都沒那麼威風過。

兩名衙役看了看胡小天，趕緊躬身行禮。

「卑職李二。」

「卑職王三。」

「參見胡大人！」

胡小天看都沒看他們兩個，舉步向大門走去。

李二、王三兩人慌忙跟上前去，王三的嗓子也不小，揚聲道：「新任縣丞胡大人到！」這是在提醒縣衙內所有同事注意呢。

胡小天昂首闊步，進入大門通過甬道，聽到傳訊的衙役已經分列兩旁，儀門大開，過了儀門，左邊是兵刑工房，右邊是吏戶禮房，各房胥吏也全都趕了過來，夾道相迎。表面看上去，倒也場面熱烈，一片和諧。只差幾個少年兒童手捧鮮花，沿途獻花了。

胡小天眼光一掃，已經知道這胥吏衙役早有準備，縣令許清廉卻不在縣衙內，目前只有主簿郭守光留在縣衙內代為主持。胡小天走過戒石坊，來到大堂。只見主簿郭守光慌慌張張從大堂出來，帶著幾名胥吏遠遠一揖到地，長聲道：「卑職郭守光不知胡大人前來，有失遠迎還望贖罪！」

胡小天本來走得虎虎生風，可看到郭守光出來，反倒停下了腳步，我才是領導嗳，領導當然要拿出領導的風範，誰見過領導和下屬握手大步向前的？往往都是領導原地不動，或者是象徵性地走上兩步，下屬必須要屁顛屁顛地陪著笑臉迎過來。

主簿郭守光嘴上這麼說，可事實上他早就知道縣丞要前來的消息，縣令許清廉這兩天下去視察，其中也有故意迴避的意思，按理說新任縣丞上任，這麼重要的事縣令應該在場，可許清廉故意選擇不在，用意就是給這位新任縣丞一個軟釘子碰。

早在聽說上頭委派了一個新任縣丞過來，青雲縣的這幫官吏就開始四處打聽消息，不過胡小天的身分極其神秘，因為老爹胡不為特別交代，所以吏部對他的資料保密措施做得很好，青雲縣的這幫官吏打聽到最後，不知哪兒聽來了一個錯誤的消息，說這位新任縣丞胡大人是一位東海鹽商的兒子，家裡花了大價錢給他捐了個九品官。

如果說胡小天是十年苦讀，金榜題名，御筆欽賜的官員，或許這些胥吏還會對他多些敬意，可一聽說他的官是買來的，在胡小天沒露面的時候，所有人就已經開始看輕這廝。

胡小天今天算得上是第一次正式露面，別看主簿郭守光表面上做得畢恭畢敬，可看到這縣丞如此年輕，穿著如此富貴華麗，又一臉傲氣，心中頓時有些不爽。郭守光雖然是縣裡的一個小官，可今年已經四十五歲，在官場中廝混也有了二十多年，迎來送往的官員不知有多少，自然有自己的一套官場哲學。青雲縣的官吏中他是資格最老的一個，上上下下對他都非常的客氣。

官大一級壓死人，雖然心中不爽，但是表面上不能有絲毫表露，人家再年輕那也是上級，也得恭恭敬敬。郭守光來到胡小天面前又是一個九十度的深躬：「卑職郭守光參見胡大人！」作揖鞠躬也是有講究的，面對上級官員，鞠躬必須要到位，而且人家不發話還不能輕易就把腰給直起來。

胡小天居然沒說話，眼睛四處搜尋著：「咦？許大人不在啊？」

郭守光保持著這個姿勢，弓著腰撅著屁股，當著一幫胥吏面前這老臉有點掛不住了：「啟稟胡大人，許大人下鄉巡視去了。」

「哦……」胡小天點了點頭：「他還回來嗎？」

一句話把郭守光給問愣了，什麼情況？這位縣丞大人什麼意思？稍一遲疑，方才答道：「許大人沒說！」郭守光其實心裡明明白白的，許清廉是故意選擇迴避，給這位新來的縣丞大人一個軟釘子碰，今天是不會露面了。

胡小天道：「不回來啊，那今天豈不是要我來主持局面，真是麻煩啊，我才上任第一天啊！就壓給我這麼重的擔子。」

郭守光瞪大了雙眼，望著這個比自己兒子還要年輕的新任縣丞，能要點臉嗎？誰讓你主持大局了，許清廉走的時候分明是把這邊的事情交給了我，你官階比我大不假，可也不能一來到就以一把手自居吧？

胡小天壓根沒把這小小的主簿放在眼裡，擱在過去也就是個秘書長，老子才是縣長，今兒縣委書記不在，青雲縣就是我說了算。胡小天第一天上任就把內心的野望展示得淋漓盡致，這貨有的是底氣，跟這幫基層官員都懶得玩智商，老子從今兒起就要以絕對實力無情碾壓你們。

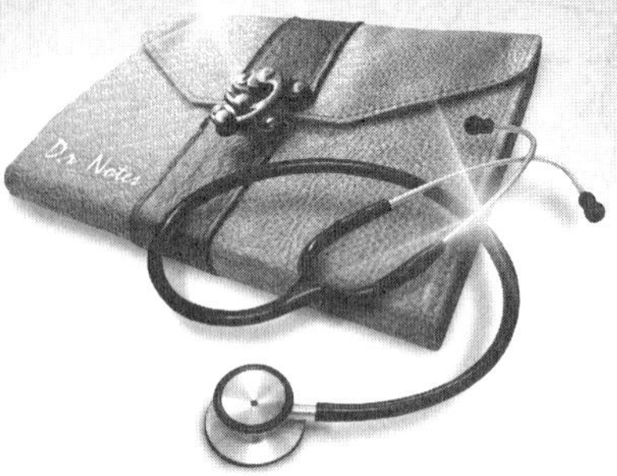

第四章

一波三折的案情

趙良此時已經被胡小天嚇得內心防線完全崩塌，顫聲道：「大人……那都是大公子讓我們做的……」此言一出滿堂皆驚。誰都沒有想到案情的發展一波三折，萬廷昌原本是過來告柳闊海的，可堂審到這裡卻問出了新情況，事情朝著對萬廷昌不利的方向發展。

慕容飛煙在一旁聽著，忍不住想笑，胡小天壓根不知道低調做人的道理，才第一天上任，就如此高調，不怕激起下級官員的反感嗎？不過想想他狂妄自然有狂妄的資本，他爹是戶部尚書，他未來岳父又是西川開國公，有這樣的後台坐鎮自然不會將這幫基層胥吏放在眼中。

看到胡小天徑直往裡面走，郭守光只能一路小跑跟上，難為他這把年紀，必須要保持腳步的節奏，始終保持落後胡小天半個身位，還得低頭哈腰。胡小天繞過大堂，直奔二堂，眼看著這貨的目的地是要前往內宅。郭守光趕緊上前一步道：「胡大人，前方是許大人家眷的居處。」

胡小天這才停下腳步，咧開嘴呵呵笑了起來，露出一口雪白整齊的牙齒。他的笑容很有感染力，郭守光也覺得這年輕人長得不討人厭，跟著一起笑了起來。

胡小天道：「我以後住哪兒啊？」

郭守光早有準備，恭敬道：「縣衙可用之房本就不多，除了許大人之外，大家都在外面另覓居處，這是多年以來定下的規矩。」這廝特地強調規矩兩個字，意在告訴胡小天，你也不能例外。

胡小天道：「房租給報銷嗎？」

「什麼？」郭守光一頭霧水，報銷對他來說還是個新名詞兒。

胡小天懶得計較這廝的理解力，又道：「我辦公室在哪兒？」

「呃……」郭守光真有些不能理解了。

胡小天的新奇詞彙對梁大壯和慕容飛煙來說早已見怪不怪，梁大壯從旁解釋道：「胡大人在何處辦理公務？」

郭守光這才明白，可不是嘛，辦理公務的房間的確是辦公室，這位胡大人從京城過來，說話和地方上自然不同，真是言簡意賅，郭守光道：「此事許大人並沒有交代。」

胡小天一雙明亮的眼睛瞇了起來，老子好歹也是青雲縣的二把手，是你的上司噯，有沒有搞錯，住的沒給我安排就算了，連辦公室都沒給我安排，居然還抬出許清廉來壓我，他不安排，你們這些下級官吏就不懂得尊敬老子了？胡小天雖然有些惱火，可是並沒有當場發作，嘿嘿笑道：「看來許大人真是操勞得很吶，這青雲縣衙內事無巨細，全都要他親力親為，我以後一定要多多幫他分擔。」

郭守光焉能聽不出他說的是反話，順著他的話音道：「許大人克己奉公，以身作則，是我等的楷模。」

胡小天感歎道：「現如今這種鞠躬盡瘁死而後已的官員已經不多見了。」

郭守光下面的話接不上去了，這位縣丞大人還真是不一般啊，剛來就詛咒許清廉去死，要是讓許清廉聽到，只怕是真的要被他氣得半死。

胡小天沒有往裡面繼續走，折回頭來直接去了大堂，吩咐郭守光道：「把留在衙內的人都叫過來，大家認識認識。」

郭守光應了一聲，許清廉外出視察，帶走了一批胥吏，留下的也不少，除了少數幾個請假的，大都來到了大堂，胡小天在他前去請人的功夫，就在大堂暖閣的屏風後換了官服，人要衣服馬要鞍，穿在身上頓時感覺自己神氣了不少。

等這幫胥吏衙役到得差不多，胡小天已經穿戴整齊在大堂上端坐了，官印以及吏部授權的文書全都放在公案之上，這些都是他的身分證明。

要說這青雲縣衙最近幾年除了縣令許清廉之外，還沒有其他人膽敢端坐在大堂之上。這幫胥吏偷偷打量著這位新任縣丞大人，共同的一個感受就是年輕，根據他們得到的情況，胡小天剛剛十六歲。這麼年輕的官員在青雲縣的歷史上還是第一次出現。不但人年輕，衣裳也鮮亮，官服是第一天上身，光鮮亮麗，在一干衣著破舊，甚至還打著補丁的胥吏之中顯得鶴立雞群，尤為顯眼。

主簿郭守光來到大堂之上，恭恭敬敬走到胡小天身邊，陪著小心道：「胡大人，留在衙內的人我全都叫過來了。」

胡小天笑瞇瞇環視了一下眾人，點了點頭道：「今日是我第一天來青雲縣上任，原本應該先參見許大人，由許大人將我介紹給諸位，可許大人公務纏身不在這裡，所以只能我來做個自我介紹了。」

眾人皆沉默不語，今天在縣衙內，胡小天無疑官階最高，眾人對他的底牌並不清楚，也不瞭解他的脾氣性情，所以保持沉默才是最為明智的。胡小天使了個眼色，梁大壯和慕容飛煙，一人捧著官印，一人舉著吏部的任命文書走了下去，一一出示給眾人。

胡小天道：「以後的日子咱們都在一個衙門內共事，我這人生來坦誠，想要取信於人，也必須以誠相待，官印文書，大家現都看仔細了，千萬不要說我是冒充的，哈哈哈……」他自己笑了起來，笑聲在大堂內久久回蕩，卻沒有一個人作出回應。

這幫胥吏已經意識到這位年輕的縣丞大人似乎來者不善，渾身上下都透著狂妄和自大。

證明完自己的身分之後，胡小天朝郭守光勾了勾手指，郭守光趕緊又靠了過去，胡小天道：「許大人這麼忙，身為縣丞我理當為他分憂，有什麼事情需要我做的？」

郭守光陪著笑道：「胡大人，您從京城一路翻山涉水長途勞頓，我看還是先休息一下再說，今日中午，我等在鴻雁樓訂了位子，給胡大人接風洗塵。」

胡小天卻搖了搖頭道：「我不累，為官一任，不敢說造福一方，至少要做到身盡其責，我的任期自今日開始，自然要從今日開始做事，最近有什麼懸而未決的案子沒有？」

郭守光笑著搖了搖頭道：「胡大人，您來之前，本縣的治安一直好得很，雖然民族眾多，可長期以來一直相安無事，老百姓安居樂業，路不拾遺，夜不閉戶，已經有很長一段時間都無人告狀了。」他這番話一語雙關，一方面自誇青雲治安不錯，另一方面又在暗示胡小天，要是治安不好也是你來之後的事情。

胡小天笑道：「許大人還真是治理有方啊。」心中暗罵郭守光往臉上貼金，這兩天他對青雲縣的狀況已經摸了個差不多，沒人告狀，那是因為你們這幫胥吏太黑，吃完原告吃被告，搞得老百姓都不敢過來打官司了。

郭守光道：「本地的老百姓都稱許大人為許青天。」

一幫胥吏跟著附和道：「是啊！」

胡小天嘿嘿笑道：「許青天！大康當得起青天這兩個字的還真沒有幾個。」他向郭守光道：「讓人把大門打開，本官今日就在這裡坐堂，為許青天大人分點憂解點難。」

郭守光心中暗笑，這胡小天當真是不知天高地厚，別說你在這裡坐堂一日，就算你坐堂一個月也不會有人告狀。他在青雲縣待了這麼久，對這件事當然有足夠的把握。

果不其然，胡小天在大堂坐了一個時辰，也沒見有一個人告狀。眼看就到了中午，胡小天自己都有些洩氣了，看來青雲縣的老百姓都讓這衙門給嚇怕了，這樣等下去不是辦法，不行，得另外想個主意才行。

郭守光又湊過來向胡小天提起中午接風洗塵的事情，胡小天雖然對吃飯沒什麼興趣，可想想初來乍到，一起吃飯的確是相互交流的好機會，正準備點頭的時候，外面突然響起了鼓聲。

郭守光內心一怔，真是邪門了，居然真有人前來告狀。胡小天聽到鼓聲，頓時來了精神，揚起手中驚堂木往公案上用力一拍。

啪的一聲脆響，把他自己都嚇了一跳，這什麼木料的，甩上去動靜真是不小，難怪叫驚堂木，黑檀還是紫檀？有年月了，被摸得油光滑亮，看不出紋路了，拿到舊貨市場應該能換點銀子。

沒過多久時間，一胖一瘦兩人被帶上了公堂，兩人都是鼻青臉腫，胡小天看得真切，這兩人正是前兩日因為爭羊打官司的賈德旺和賈六。

兩人被帶進來之後，同時口呼冤枉，搶著往原告石上跪，到底是賈六身體靈活，再次搶先。

胡小天看到兩人的樣子心中暗笑，這兩人還真是死豬不怕開水燙，前兩天因為打官司鬧得被打板子罰錢，傷疤恐怕都沒好呢，居然又來擊鼓鳴冤，幸虧今天許清廉不在，不然的話，肯定再給你們每人幾板子，順便再罰點銀子。

賈德旺高聲道：「大人，小的冤枉啊！」

胡小天笑瞇瞇道：「你有何冤枉？」

賈德旺還沒說話，賈六搶著道：「大人，小的才冤枉，路上和此人狹路相逢，他衝上來抓住我便打，打得我鼻青臉腫，苦不堪言。」

胡小天道：「你們兩個抬起頭來！」

兩人齊齊將面孔抬了起來，兩人都是鼻青臉腫，看來誰都沒占多大便宜，這兩人都看出今天坐堂的並非是縣令許清廉，而是換了一個年輕官員。賈六倒還罷了，賈德旺總覺得這位年輕官員有些眼熟，仔細一看，打心底冒出一股冷氣，乖乖哩格隆，這不是那晚的獄友嗎？

從賈德旺突變的神色，胡小天就猜到他認出了自己。

賈德旺嚇得趕緊把腦袋耷拉了下去，一旁賈六道：「請大人驗傷！」

賈德旺突然咳嗽了起來，賈六有些錯愕地看了他一眼，賈德旺又連續咳嗽了幾聲。

胡小天道：「胖子，你姓甚名誰，家住何處，有何冤情？」

一旁郭守光聽得直搖頭，哪有這麼問案的，公堂之上用胖子稱呼人家實在是太不像話。

賈德旺這會兒腦袋就快耷拉到地面上了，他低聲道：「大人，小的不告了！」

旁邊的賈六似乎也察覺到今天的情況有些不對頭，也跟著道：「大人，我也不告了。」

主簿郭守光怒道：「以為我不認得你們兩個，之前你們為了爭搶山羊之事就鬧得不可開交，這才過去幾天，又來公堂鬧事，無故滋擾公堂，該當何……」

胡小天手中的驚堂木重重一拍，將郭守光的話從中打斷，目光捎帶著冷冷看了這貨一眼，老子才是一把手嗳，你衝出來搶老子風頭幹嘛？

郭守光因胡小天的這記驚堂木，窘得老臉通紅，心想這位縣丞大人太不給面兒了，我是幫您說話呢。

胡小天可不領情，笑眯眯望著下面跪著的兩人道：「狀！不是那麼告滴，你們以為想告就告，想不告就不告，這裡是公堂，你們說了不算……」這貨滿懷深意地又看了郭守光一眼，右手的大拇指指了指自己的胸膛，威風八面道：「我說了才算！」

一幫胥吏衙役都聽出來了，這位胡大人在指桑罵槐呢，表面上呵斥這倆人，實際上是在給郭守光提個醒，讓他別多說話，分清主次。

郭守光惱得把腦袋耷拉到肩膀下頭了，老子多嘴，老子犯賤，狗咬呂洞賓，不識好人心。

胡小天道：「到底是誰先動手的？」

賈六和賈德旺對望了一眼，賈德旺眨了眨眼睛，他們之間的細微互動根本瞞不過胡小天的眼睛，胡小天從他之前聽到看到的事情，已經將這件事猜了個七八成，上次兩人為了一頭羊打官司就是做戲，最終的目的應該是將賈德旺送入牢中，從賈德旺對周霸天畢恭畢敬的態度可以看出，這廝甘願被關就是衝著周霸天去的。

賈六道：「我……」

「為何要動手？」

賈六道：「啟稟大人，小的賈六，因為我心中有怨氣，上次他偷了我的羊，還惡人先告狀，拽著小人來縣衙打官司，結果害得小的挨了板子罰了銀子，連山羊也被沒收了，所以小的看到他才分外眼紅，衝上去先打了他一拳。」

胡小天道：「胖子，他說的對不對？」

賈德旺生怕胡小天認出自己，腦袋就快戳到大肚子裡去了，低聲道：「大人，他說得是真的。」

胡小天道：「你偷了他的羊？還害得他罰了銀子？」

賈德旺道：「嗯……」

胡小天道：「來人，將這胖子拿了，關進監獄，賈六無罪，當堂釋放，把山羊發還給他。」

賈德旺的腦袋耷拉得更低，賈六趕緊叩頭：「青天大老爺，您真是青天大老爺！」

胡小天看了看一旁的郭守光，這貨憋得滿臉通紅，似乎有話要說，可因為剛才被胡小天當堂教訓的緣故又不敢說，胡小天問道：「你怎地了？是不是尿急？」

郭守光窘得滿臉通紅，一幫胥吏衙役聽到這句話誰都繃不住了，全都哈哈笑了起來，頓時之間滿堂哄笑。

郭守光老臉一直紅到了脖子，然後上前附在胡小天的耳邊低聲道：「大人，山羊沒了……」

胡小天眨了眨眼睛：「什麼？」

郭守光又低聲道：「那山羊因看管不力，走失了。」事實上那頭山羊被沒收的當天，許清廉就找人做了全羊宴，郭守光身為主簿也分到了一杯羹。

胡小天暗自冷笑，只怕這山羊走失到你們這幫人的肚子裡去了，他也沒點破，揚起手中的驚堂木又敲了一記：「賈六，你剛說今天是你率先打了他一拳？」

「呃……」

胡小天道：「當街滋事，挑起紛爭，我今日若不罰你，一定難以服眾。」

賈六趕緊道：「大人，羊我不要了，求您別打我板子。」

胡小天道：「把他們給我抓了，每人各打十板，給我押出去。」一會兒功夫又把判決給改了。

一連串的冤枉聲中，兩人被先後拖了出去，胡小天朝慕容飛煙看了一眼，捕捉到慕容飛煙唇角淡淡笑意，似乎對他目前的表現非常滿意，胡小天心中大悅，這胖瘦二人肯定有鬼，以為衙門口隨隨便便什麼人都能進啊！這牢也不是你們想坐就能坐。

郭守光擦了擦額頭的汗水，正準備勸說胡小天退堂吃飯的時候，門外突然又響起一陣急促的擊鼓聲。不但是他，連所有胥吏都感到意外，今兒究竟是怎麼了？大半年都不見有人擊鼓鳴冤，這縣丞一來，一個接著一個。

胡小天大聲道：「何人擊鼓鳴冤？」

下方衙役已經過來通報：「啟稟胡大人，擊鼓鳴冤的乃是萬家大公子萬廷昌！」

胡小天一聽，心中暗樂，正是踏破鐵鞋無覓處，得來全不費工夫，老子還沒去找你，你居然自己就告上門來了，我倒要看看你萬廷昌在我這一畝三分地想翻出什麼名堂？心念及此，手中驚堂木重重一拍，大聲道：「傳上來！」他忽然發現了一件事，拍驚堂木果然是能成癮的。他很快就想明白了其中的道理，成癮的是權力，驚堂木只是一個象徵。

萬家大公子萬廷昌大搖大擺走上公堂，在他的身後還跟著兩名萬府家丁，這貨的手中握著一把摺扇，邁著八字步，一步三搖地走上大堂，換成普通老百姓，沒有人敢在公堂之上如此招搖，可萬家不同，他們連縣令許清廉都不放在眼裡，更不用說一個新來的縣丞。

萬廷昌來到大堂之上，這貨眼神不太好，抬頭看了看堂上之人，影影綽綽能看出不是許清廉，但是看不清面目，只是拱了拱手道：「學生萬廷昌見過縣丞大人。」

胡小天揚起手中的驚堂木啪！的一下敲了下去，冷冷道：「堂下何人？見了本官因何不跪？」

萬廷昌聽著這聲音有些耳熟，可他無論如何也不會將這位縣丞大人和在他家裡裝神弄鬼的招魂師聯繫在一起，傲然道：「學生是秀才，有功名在身，大康律例寫得清清楚楚明明白白，秀才在公堂之上按例是不需跪的！」

胡小天朝郭守光看了一眼，郭守光點了點頭，證明的確有這條規矩。胡小天心中暗罵，連萬廷昌這種人都能混上秀才，看來這大康的學歷也很水啊。

萬廷昌得意洋洋，認為自己打勝了一場，連身後兩名家丁也是滿臉傲氣，站在那裡根本沒有下跪的意思。

胡小天道：「你來告狀？」

萬廷昌點了點頭，神情一如既往的倨傲，要說在這青雲縣，他還真沒把哪個官員放在眼裡。

胡小天道：「站到原告石上去！」

萬廷昌一怔，心想這新任縣丞不知道自己是誰嗎？怎麼說話這麼不客氣？他冷哼一聲，舉步走上了原告石，舉目望向胡小天，這視力不好就是麻煩，怎麼都看不清胡小天的面容，公堂有公堂的規矩，又不能隨隨便便走近，只能對這位縣丞繼續保存著神秘感。

胡小天冷冷道：「萬廷昌！你有何冤情？要告何人？」

萬廷昌道：「我要告回春堂的少掌櫃柳闊海，他蠻橫無理，兇殘霸道！仗著身強力壯來我家門前鬧事，打傷我家僕人，擾我家人清靜，敗壞我家名聲。」

胡小天道：「那柳闊海現在何處？」

主簿郭守光起身道：「啟稟大人，那柳闊海因尋隙滋事已被捕獲，如今正關押在監房之中等候提審。」

胡小天道：「將柳闊海給我提上來！本官要親自審理這件事。」

郭守光不得不又厚著臉皮來到胡小天身邊，附在他耳邊低聲道：「胡大人，這件案子許大人說過，要等他回來親自審理。」

胡小天身體向後撤了撤，手掌在鼻翼前搧了搧道：「你早晨沒刷牙啊？你有口臭噯！」

郭守光窘得老臉又紅了起來，內心中將胡小天祖宗十八代默默問候了一遍，我每天都漱口的，你是一點面子都不給我留啊。

滿堂胥吏想笑又不敢笑，只覺得這位縣丞大人並不易於相處，第一天上任已經把主簿羞辱得體無完膚，明顯在處處針對他，難道兩人之前有仇？

胡小天道：「許大人日理萬機嘔心瀝血，我怎麼忍心讓他如此受累，朝廷派我來青雲，就是為了要給許大人分憂解難。」

郭守光心想你蒙誰呢？不就是想奪權嗎？畢竟是年輕人，剛剛來到就鋒芒畢露，一看就知道不懂得人情世故，你等著栽跟頭吧。

胡小天說完提審，兩旁衙役半天沒有動靜，一個個偷偷望著郭守光，顯然是在等郭守光拿主意，胡小天初來乍到，雖然挾縣丞之威，但是在一干胥吏衙役的心中他還是一點威信都沒有。更何況在青雲縣當家作主的還是縣令許清廉，目前輪不到胡小天當家作主。

胡小天揚起驚堂木又拍了下去：「把柳闊海給我帶上來！」

郭守光悄悄向那班衙役使了個眼色，他算看出來了，今日胡小天來勢洶洶，不鬧出點動靜這貨是不會輕易收手了，有道是新官上任三把火，胡小天的火燒得未免太急，小子，你馬上就會知道是你自取其辱。

郭守光發話之後那幫衙役方才動作起來，沒多久柳闊海被帶了上來，這小子頭髮蓬亂，衣衫破裂，不過身上倒沒有什麼傷痕，來到大堂之上雙目怒視萬廷昌，當真是仇人相見分外眼紅，他張大嘴巴，如野獸般向萬廷昌咆哮了一聲。

萬廷昌嚇得向後退了一步，一下就從原告石上退了下去，腳步踉蹌，險些摔倒在地。

兩旁衙役上前拿住柳闊海的雙臂，逼他跪下，柳闊海頗為強硬，立在那裡一動不動，郭守光使了個眼色，一名衙役衝上來揚起手中的水火棍照著柳闊海的膝彎就是一下，柳闊海負痛，悶哼一聲，仍然倔強站在那裡，兩名衙役上前連續擊打了數棍，他吃不住疼痛，這才雙膝一軟跪在了被告石上。

柳闊海仰起頭怒視大堂之上負責審案的官員，目光落在胡小天臉上之時，不由得虎目圓睜，臉上流露出不可思議的表情。柳闊海的眼神要比萬廷昌好得多，幾乎在第一眼就認出胡小天正是那位幫助過他父親，福來客棧的住客。他手指胡小天愕然道：「你不是……」

慕容飛煙擔心這廝道破胡小天的身分，厲聲斥道：「大膽刁民，竟敢對新任縣丞胡大人不敬！」

柳闊海就算是再傻，聽到慕容飛煙這番話也已經明白了，他現在已經能夠確認了，胡小天身邊的這兩位也是住在福來客棧的，搞了半天人家居然是新任縣丞大人，柳闊海心中不由得一喜，過去自己在縣衙沒人，這位胡公子能夠對自己老爹伸出援助之手想必不是壞人，興許對自己也會出手相助。心念及此，柳闊海老老實實跪在被告石上，低聲道：「小的柳闊海參見青天大老爺！」看來這小子並不傻。

胡小天不無得意地朝郭守光笑了笑，只要坐在這個位子上，不愁沒人叫青天大老爺。

萬廷昌道：「胡大人，學生告的就是這個凶徒！他蠻橫無理，仗著身強力壯來我家門前鬧事，打傷我家僕人……」

胡小天聽到一半已經不耐煩了，擺了擺手道：「你剛剛不是說過一遍，來點新鮮的好不好？有點創意好不好？」

萬廷昌道：「在下說的是事實。」

「可有人證？」

萬廷昌身後的兩名家丁全都閃身出來，萬廷昌雙手向前一揮：「脫！」

兩名家丁在大庭廣眾之下就將上衣脫去，赤裸的上身之上傷痕累累，其實不用脫，兩人臉上也是青紫一片。

萬廷昌指著兩名家丁身上的傷痕道：「人證在此，大人看得清楚嗎？」

「物證……」

萬廷昌從長袍之下抽出一根手腕粗細的木棍，雙手呈上道：「這便是他來我家行兇時攜帶的兇器！」

胡小天雙手托腮，呵呵笑了起來。萬廷昌雖然看不清楚，可聽得清楚，也跟著嘿嘿笑了起來，冷不防胡小天突然停住笑聲：「你笑什麼？」

萬廷昌道：「大人既然笑得，學生為何笑不得？」

「我是官吶！這裡是公堂噯，你不怕我判你藐視公堂之罪？」

萬廷昌道：「喜怒哀樂乃是人之常情，學生情之所至，並無藐視公堂之意，大人剛才發笑，難道也是藐視公堂嗎？」他據理力爭，場面上絲毫不落下風。

胡小天冷笑道：「好一張利嘴！來人！」

萬廷昌心頭一凜，難道這新任縣丞真敢不給自己面子？

胡小天轉向郭守光道：「藐視公堂按照大康律例應當如何處置？」

郭守光倒吸了一口冷氣：「呃……這……」

他實在是不好回答，慕容飛煙道：「啟稟大人，藐視公堂按照大康律例當場杖責，以儆效尤。」

「說得好！」胡小天的目光落在公案上的四個籤筒上，這四個籤筒外分別寫著執、法、嚴、明，四個大字，執字筒中放著的是捉人的簽字，等同於現代社會的逮捕證，其餘三個籤筒內分別放著紅白黑三種籤子，每支籤子一尺長度，白簽一支代表一板子，黑色一支代表五板子，紅色一支代表十板子，根據量刑輕重分別選取不同顏色和數量的籤子。

胡小天抓了兩支黑簽扔了出去，然後道：「將萬廷昌……」說到這裡他故意停頓了一下。

萬廷昌內心咯噔一下，這廝當真翻臉要跟自己玩真的？不對啊，他怎麼敢不給我們萬家面子？

胡小天針對的卻不是萬廷昌，指了指他身邊兩名家丁道：「……左右兩人給我拖出去，各打五板！見到本官居然不跪，再有下次，定斬不饒！」好嘛，說得順口，連定斬不饒都出來了。

所有人都愣了，這新任縣丞大人太牛氣了，下次見到他不敬都要砍人家頭了，這譜兒可非同尋常，即便是縣令大人也不敢輕易說這樣的大話。

萬廷昌本來被嚇了一大跳，以為新任縣丞翻臉要打他板子，後來才明白是要打他的家丁，打心底鬆了口氣，可隨即這貨又回過味來，打狗還得看主人呢，兩名家丁是跟他一起出來的，打了他們根本就是不給自己面子。

兩邊衙役面面相覷，誰都知道這是萬府的家丁，誰都知道萬家的背景。

胡小天看到衙役們都不動手，心中不由得有些著惱，怒道：「難道要本官親自動手不成？」

慕容飛煙道：「無需大人動手，卑職願意代勞。」

梁大壯也跟著挺身而出：「大人，我來！」這貨自打從事家丁這一行當開始就沒有今天這麼威風煞氣過。本來覺得跟少爺來到邊陲小城當個跟班等若流放，可漸漸發現真正出來之後，處境也沒有想像中那麼壞，甚至比過去逍遙了許多，自在了許多。

胡小天擺了擺手，目光盯住那幫衙役，手指兩名負責打板子的衙役道：「你們給我打！」

兩名衙役嚇得面無人色：「大……大人……」

胡小天看到兩人嚇成這個樣子，不由得勃然大怒，驚堂木一拍：「真是廢物，李二王三何在！」他也就記住了在縣衙門口看大門的兩名門子的名字。

李二王三其實也在大堂之上，聽到胡小天叫他們，趕緊出列，躬身行禮道：「大人！」

胡小天道：「從今日起，你們和他們兩人的職責對換，他們去守門，你們倆負責打板子！」

李二和王三喜形於色，要知道在衙門之中打板子絕對是個肥缺，和頂著風吹日曬負責守門的門子相比簡直是一個天上一個地下，這倆貨做夢都想得到這個差事，想不到新來的縣丞大人一來到就幫他們實現了，要說這倆貨也有點缺心眼兒，縣丞畢竟是青雲縣的二把手，上頭還有縣令許清廉呢，兩人被從天而降的肥差衝昏了頭腦。果然衝了上去，將兩名家丁摁倒在地，扒下褲子，抄起板子就打。

打板子是有學問的，真正的高手可以將板子打得啪啪響，犯人皮肉無恙。據說他們從打豆腐練起，用小板子打一方豆腐，只有響聲不見打破，等打完之後豆腐還是四四方方一塊，可裡面早已稀巴爛。

李二和王三顯然沒有經過這方面的訓練，十大板結結實實分攤在兩名家丁的屁股上，打得這倆貨哀嚎不止，口中直叫少爺。

萬廷昌沒想到胡小天說打就打，一時間居然被他的氣勢給震住，等他回過神來，板子已經打完了。他氣得大聲理論道：「大人，我這兩名家丁所犯何罪？你因何不問案情上來就打？」

胡小天微笑道：「他們之所以敢藐視公堂全因你管教不善，你管不好自家的奴才，本官當然要代你好好管管。」心中暗自冷笑，你是秀才可以不跪，你的兩名家丁可不是秀才，老子打得光明正大，打得理所當然。

萬廷昌這會兒已經意識到眼前的這個胡大人很不好對付，心中暗忖，等我回去將今日之事告訴我爹爹，讓他出面找你問罪。不過胡小天打他的家丁也算是師出有名，畢竟他的兩名家丁在公堂之上沒有行跪拜之禮，按照大康的律例的確該罰。

萬廷昌想起自己前來的主要目的，他再度拱了拱手道：「大人，學生這兒有訴狀一封，還請大人過目。」

胡小天心中暗罵，現在才拿狀紙出來，你萬廷昌以為衙門是你自家開的，還真是囂張啊。他使了個眼色，慕容飛煙走了下去，從萬廷昌手中接過狀紙。

萬廷昌雖然看不清胡小天，可慕容飛煙走近之後，他頓時覺得這名捕快有些眼熟，再一想，此人分明就是那個江湖郎中的同伴，回想起剛剛新任縣丞的聲音，這廝從心底倒吸了一口冷氣，哎呀呀，我好糊塗啊，竟然沒有認出這端坐大堂之人竟然是跑到我家裡坑蒙拐騙的江湖郎中，此人好大的膽子，居然敢跑到衙門裡冒充起縣丞來了，萬廷昌第一個念頭就覺得胡小天是假冒縣丞。為了看清楚胡小天的樣貌，他不由自主向前走了一步，慕容飛煙怒叱道：「大膽刁民，給我退下！」

萬廷昌心中暗暗叫苦，他已經能夠確定眼前的這位新任縣丞就是給他兄弟治病的江湖郎中，腦子裡頓時亂成了一團，後脊樑骨一股涼氣嗖嗖往上躥升。

狀紙實在是太長，胡小天扯著狀紙上上下下流覽了一遍，無非是把責任全都推到柳闊海的身上，胡小天將狀紙放在一邊，揉了揉眼睛道：「字怎麼寫這麼小？蒼蠅似的，這是要考校本官的眼力嗎？」然後向萬廷昌道：「萬廷昌，我且問你，柳闊海當時可曾對你出手？」

萬廷昌搖了搖頭道：「沒有，他打了我家的家丁，撞壞我家大門。」

胡小天道：「既然如此，你先退下，等我需要你作證你再上來！」

萬廷昌此時已經被胡小天的身分變化給弄懵了頭腦，聽胡小天這樣說，居然沒有據理力爭，老老實實退了下去，他需要好好消化一下，這江湖郎中怎麼就突然變成青雲縣丞了呢？不是他不明白，而是這世界變化實在太快。

看到胡小天並沒有難為萬廷昌的意思，郭守光也從心底鬆了口氣，真要是胡小天當場翻臉，給萬廷昌一個教訓，他也不能完全脫開干係，畢竟縣令許清廉將這邊的事情委託給了他，原本是他們設計給胡小天一個軟釘子碰，卻想不到胡小天如此強勢，這事兒必須要儘快通報給縣令大人。

萬廷昌退下之後，兩名家丁老老實實跪在原告石上，剛剛挨了五大板，兩人的氣焰頓時被打了個乾乾淨淨，再加上主人都不在了，這倆奴才也沒有了傲慢的資本，耷拉著腦袋哭喪著臉，如同秋後霜打的茄子。

胡小天道：「你們兩個仔仔細細看清楚了，昨天清晨是不是他打了你們，是不是他跑到萬家上門鬧事？」

兩名家丁朝柳闊海看了一眼，然後同時點了點頭，齊聲道：「大人明鑒，就是此人前來萬府鬧事，我們好言好語勸他離開，他非但不聽，還對我們大打出手。」

柳闊海道：「你們打傷我爹，我自然要找你們算帳。」

胡小天怒道：「混帳，我讓你說話了？」

柳闊海被胡小天罵了一句，心裡很是不服氣，可他多少也看出來了，至少到目前為止胡小天都是在針對萬廷昌，針對萬廷昌那就是向著自己，柳闊海趕緊閉上了嘴巴。

其中一名家丁道：「大人，這柳闊海是一派胡言，他父親是回春堂的掌櫃，被我家老爺請來府上看病，可是他非但無法治好我們二少爺的病，反而信口胡說，搞得老爺好不傷心，我家老爺一向與人為善，並沒有深責，只是將他請出府去，是他自己不小心扭傷了足踝，想不到居然賴上了我們。」

另外一名家丁道：「大人，他們父子兩人根本是想勒索萬家的錢財。」

胡小天道：「萬家二公子得的究竟是什麼病？」

一名家丁道：「啟稟大人，我家二公子前夜不慎酒後摔倒，頭撞在了地上，所以才昏迷不醒。」

胡小天道：「你們兩個誰先發現的？」

兩名家丁分別指向對方道：「他……」說完之後，才意識到縣丞怎麼突然問這種問題。

胡小天揚起驚堂木狠狠拍了一下，怒道：「究竟是哪一個？」其實從兩名家丁一進來，他就已經認出，這兩人正是多次前往西廂探察萬廷盛傷情的家丁，既然兩人撞到了自己的槍口之上，只能怪他們倒楣，今兒必然要將萬廷盛受傷之事，查他個水落石出。

兩旁衙內配合著驚堂木同時呼喝道：「威武！」

萬府的兩名家丁本來前來縣衙是跟著二公子過來告狀的，誰曾想會遭遇如此場面，先挨了板子，又被胡小天的官威一嚇，此時已經是魂飛魄散，兩人跪伏在地上，顫聲道：「大人……冤枉啊……」

胡小天指著其中一名家丁道：「你給我原原本本老老實實將發現二公子的經過說給我聽，倘若敢說半句假話，我必然讓你無法活著從這裡走出去。」

赤裸裸的恐嚇，可恐嚇在多數時候是能夠起到效果的。

那名家丁嚇得連連叩頭道：「大人明鑒，我……我和趙良前夜負責值守，我們在二更時分巡視到東廂附近，發現地上有一個黑衣蒙面人……我們本以為是飛賊，可揭開面紗一看，竟然……竟然是二公子。」

另外那名叫趙良的家丁道：「大人，郭彪說得句句是實，我們發現了二公子，趕緊往大公子那裡報訊，然後就忙著給二公子遍請郎中……」

胡小天對當晚的情況最清楚不過，萬廷盛是他當頭一棒打暈過去的，也是他拖到了東廂附近扔在那裡，至於後面的事情他就不清楚了，當下冷笑道：「看來不給你們用刑你們是不肯說實話了，你們發現二公子之時以為他是飛賊，剛又說二公子酒後摔到了腦袋，究竟哪句是真哪句是假？」

兩名家丁無言以對。

胡小天一把抓住面前的紅簽，這一把下去至少有十根之多，算起來要有一百板子朝上了，兩名家丁嚇得臉都白了，剛才的五板子已經打得他們死去活來，倘若再來一百大板，即便是兩人分擔，只怕兩條命都要同時掛掉了，必須要死在這公堂之上。

包括主簿郭守光在內的胥吏衙役全都聽出這位縣丞大人已經將案情引導到別處，可礙於他們的身分，無人敢出言制止。卻聽胡小天怒道：「還不老實交代，萬廷盛頭上的傷到底是誰擊打所致？」

兩名家丁嚇得一哆嗦，胡小天已經將一把紅簽兒全都拽了出來。

趙良膽小，眼看胡小天就要把紅簽扔出來，嚇得涕淚之下道：「大人，此事和我無關啊……」

郭彪一聽愣了，跟你無關，難不成這件事都是我幹的？郭彪哀嚎道：「大人……這件事也跟我無關啊……」

胡小天道：「人命關天，我手中早已掌握了確鑿的證據，萬廷盛頭頂的傷分明是有人用棍棒擊打所致，你們再不說實話，我將你們一併收監，判你們一個同謀弒主之罪，等到秋後一同問斬！」

趙良此時已經被胡小天嚇得內心防線完全崩塌，顫聲道：「大人……那都是大公子讓我們做的……」此言一出滿堂皆驚。誰都沒有想到案情的發展一波三折，萬廷昌原本是過來告柳闊海的，可堂審到這裡卻問出了新情況，事情朝著對萬廷昌不利的方向發展。

胡小天當場讓這兩名家丁在供詞上簽名畫押，得了這兩份供詞之後，胡小天讓人先將柳闊海押下去，然後重重敲了敲驚堂木，揚聲道：「將萬廷昌給我帶進來！」

胡小天嗓門雖大，可惜沒起到什麼效果，衙役們對他這位新任縣丞並不買帳，一個個只當沒有聽見，站在那裡無動於衷。最後還是慕容飛煙出去拿人，方才發現萬廷昌早已逃之夭夭了。其實早在萬廷昌認出胡小天之時就感覺到形勢不妙，這貨在外面待了一會兒，便有相熟的衙役將裡面的情況透露給他，萬廷昌聽後大駭，顧不上多想，轉身就逃出了縣衙。

胡小天聽聞萬廷昌已經逃了，也沒有著急拿人。其實他也看出來了，三班衙役根本不聽自己的命令，就算是勉強傳令下去，必然也是弄得灰頭土臉。

一幫胥吏都悄悄看著他，以為胡小天還會繼續折騰下去，卻想不到胡小天居然擺了擺手道：「退堂！」

所有人都深深鬆了口氣，郭守光又提起為胡小天接風洗塵的事情，胡小天卻擺了擺手道：「不用，我還有要事在身，此時改日再說。」

在胡小天坐堂的時候，郭守光已經讓人給胡小天臨時安排了房間休息，胡小天來到這間臨時的辦公室脫下官府換上尋常裝束，梁大壯倒了杯茶送了過來，喜氣洋洋道：「少爺，您今天在公堂之上真是威風八面，大殺四方啊。」

胡小天接過茶盞，抿了一口笑道：「以後不要叫我少爺。」

梁大壯深深一揖道：「是，胡大人！」

主僕兩人同時笑了起來。

胡小天將茶盞緩緩放在桌面上：「大壯，如今我已經平安來到青雲了，待兩天你就回京城去吧。」

換成過去，梁大壯聽到這個消息肯定喜不自勝，可如今他反倒覺得回去還不如留在這裡自在，今天親眼見識到胡小天在公堂之上的威風，如果自己始終追隨在他的身邊，不愁日後沒有飛黃騰達之日，有了這樣的想法，梁大壯撲通一聲就在胡小天面前跪了下來：「少爺，我不走，自從老爺派我伺候少爺之日起，我便立下宏圖大志，這輩子都要追隨少爺鞍前馬後。」

胡小天暗笑，什麼時候當奴才也變成了宏圖大志了，他點了點頭道：「不走就留下，過兩天給你安排個差事做做，起來吧。」

梁大壯滿臉欣喜地站起身來。

慕容飛煙拿著剛剛萬府家丁的兩份證詞走了進來，遞給胡小天，梁大壯知道他們兩人有事情要商量，趕緊退了出去。

胡小天望著慕容飛煙笑瞇瞇道：「今天我的表現可打幾分？」

慕容飛煙道：「上任伊始不懂得低調做人，鋒芒畢露，咄咄逼人，若非我和梁大壯在背後支持你，放眼這青雲縣衙內就沒有人願意和你站在同一陣營。」

胡小天道：「愛站不站，早晚我會將這幫不聽話的傢伙全都掃地出門。」

慕容飛煙當然知道他不是在說大話，在胡小天旁邊的太師椅坐下：「你準備怎麼辦？」

胡小天笑道：「兩個家丁的供詞隨時都能推翻，很難將萬廷昌治罪，不過有了這兩份證詞，萬伯平那隻老狐狸會心甘情願地拿出一筆錢出來擺平這件事。」

慕容飛煙有些詫異地望著胡小天：「胡小天，你不想著伸張正義，滿腦子都是如何斂財，你對得起朝廷的信任嗎？對得起皇上的恩寵嗎？」

胡小天道：「拜託，別動不動就跟我上綱上線，我這官跟皇上有什麼關係？我又沒見過他，是我老爹為我安排的好不好，我對得起他就行。不是你說我鋒芒畢露，咄咄逼人嘛？我這才決定韜光隱晦。咱們剛剛來到，就想搞掉萬伯平，沒那麼容易，更何況我頭上還有許清廉壓著。」

慕容飛煙道：「你想利用這兩張證詞勒索萬伯平？」

胡小天笑瞇瞇道：「別說得那麼難聽，什麼叫勒索？我只是想人盡其才，物盡其用，初來青雲，人生地不熟的，沒幾個朋友是萬萬不行的，你說是不是？」

慕容飛煙道：「你好奸啊！以後註定是個奸臣。」

胡小天道：「這年月貪官遍地，一個個奸詐陰險，我想當個好官，當個清官，就不能老實了，必須要比他們還奸，比他們還要壞，方才能打敗他們。」

慕容飛煙還是頭一次聽到這種邏輯，一雙美眸習慣性的瞪圓了：「奸臣怎麼可能是清官？」

奸臣怎麼不可能是清官呢？老子不拿老百姓一針一線，我坑的是土豪劣紳，訛的是貪官污吏，這樣的官員就算奸點又有何妨？

雖然胡小天拒絕了手下胥吏為他接風洗塵的請求，可主簿郭守光卻不敢怠慢，特地讓人送來午餐，縣衙內有個廚子，平日裡專門負責縣令許清廉一家的飲食起居，他的廚藝只能說是二流，可在青雲這樣的小縣城也已經算得上難得了。

胡小天填飽了肚子，在慕容飛煙的陪伴下視察監房。

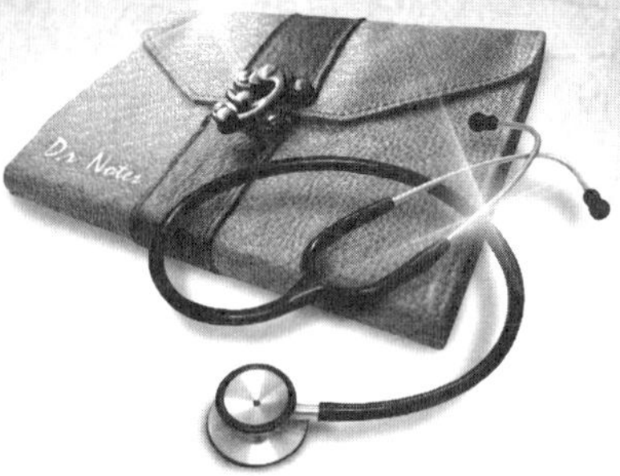

第五章

邊緣化危機

許清廉道：「前兩日暴雨衝毀了青雲橋，百姓出行諸多不便，你去現場看看情況，回頭咱們商量商量該如何解決。」胡小天點了點頭，心中卻明白，許清廉這是要把自己邊緣化，不讓自己在縣衙裡待了，到任第二天就把自己趕到城外去了。

青雲縣的監房格局本來不大，分成男女兩部，可女監內並無人犯，今天胡小天上午坐堂就親手將四名犯人送入監房，男監內已經沒有空餘之地，所以臨時將這四人都關在了女監。胡小天去的卻是男監，他在刑房坐了，讓獄卒將周霸天給提過來。

周霸天帶著枷鎖走入刑房，刑房內燈火通明，兩名衙役本想將周霸天在柱子上鎖了，胡小天擺了擺手道：「不用！你們先出去。」

周霸天聽出了這官員的聲音，舉目望去，馬上認出眼前這位提審自己的官員正是那天被關入同一監房的獄友。

胡小天讓兩名獄卒出去，手中拿著周霸天的卷宗道：「你因當街鬥毆而入獄，至今已經在牢中待了三個月，刑期原本是一個月，可沒到刑滿之時你就會生出事端，不是打人就是鬧事，所以刑期才會被不斷延長。」

周霸天站在那裡充滿警惕地望著胡小天。

胡小天道：「照這樣下去，你這輩子都準備在牢中度過了，是要把牢底坐穿啊！」

周霸天道：「大人年紀輕輕，戲卻演得不錯，卻不知想從周某這裡得到什麼？」

胡小天知道他誤會了自己，以為自己那天被衙役打入牢中只是故意表演的一齣苦肉計，他笑瞇瞇搖了搖頭道：「我都不認識你，為什麼要演戲？」指了指對面的椅子道：「坐！」

周霸天大剌剌在椅子上坐下，胡小天向慕容飛煙使了個眼色，輕聲道：「你去外面等我。」

慕容飛煙不免有些擔心，看周霸天魁梧壯碩的身材，即便是帶著枷鎖，真要是發起狂來，只怕胡小天根本制不住他，胡小天笑道：「你不用擔心，我和周大哥是很好的朋友。」

周霸天聽他叫自己周大哥，心中越發迷惘起來。

慕容飛煙終於還是走了出去，輕聲道：「我就在門外等你。」

鐵門關上之後，刑房內只剩下胡小天和周霸天兩人。

周霸天瞇起雙目，充滿疑竇地望著胡小天道：「大人有什麼話只管直說。」

胡小天道：「我是青雲縣新任縣丞胡小天，今天是我到任的第一天。」

周霸天道：「恕我眼拙，想不起在哪裡還見過大人。」他臉上的表情倨傲冷漠，似乎根本沒把這個新任縣丞放在心上。

胡小天道：「前天晚上，多謝周大哥為我解圍。」

周霸天哼了一聲，心想你小子休要給我耍花樣，還不知打什麼鬼主意。

胡小天道：「今日賈德旺和賈六兩人又來堂上打官司，這兩人的用意何在，我想你比我要清楚吧？」

周霸天內心一怔，他身在牢中並不知道賈德旺和賈六兩人又被關起來的事情。

胡小天道：「我剛剛看了你的卷宗，其實你只要繳納罰銀二十兩，就無需下獄，可你聲明分文沒有，所以才淪為了階下囚，以我在獄中一晚所見，你不是一個魯莽之人，可你在獄中的所作所為卻完全出乎我的意料之外，一個月的刑期硬生生被你坐成了三個月，你在這獄中究竟想幹什麼？」

周霸天道：「每個人的愛好不同，我生來就喜歡在牢裡待著，干你何事？」

胡小天道：「賈德旺和賈六兩人打官司根本就是做戲，賈六和城外紅柳莊過從甚密，以紅柳莊的財力拿出二十兩銀子，根本不費吹灰之力，賈德旺既然叫你大哥，相必賈六和你的關係也非同一般，他們打官司的目的就是入獄，若是我沒猜錯，他們正是借著入獄的機會向你通報情況，你根據他們通報的情況再決定去留。」

周霸天哈哈笑了起來：「大人的想像力真是讓周某佩服，當得起異想天開這四個字。」

胡小天道：「異想天開也罷，捕風捉影也罷，只要抓得到蛛絲馬跡，我就能抽絲剝繭找出真相，想要查出這三個月以來進出監房的人並不困難，我若將這群人全都抓起，你猜這其中會不會有人將真相說出來？」

周霸天斜睨胡小天，一股凜冽的殺氣從他周身升騰而起，迅速向四周彌散而去，刑房之中瞬間被他的殺氣所籠罩，胡小天沒來由感覺到一股無形的壓力，不過胡小天的表情依然平靜無波，淡淡然道：「你是不是惹了什麼厲害的對頭，所以才想了這麼蹩腳的一個辦法，待在縣衙的監房中躲著？」

周霸天道：「這世上的聰明人往往不會長命。」這句話等於間接證實了胡小天的推斷。

胡小天道：「我本不想管你們的事情，可是身為青雲縣丞，我絕不允許有人在我的眼皮底下搞事。」

周霸天道：「我要是想離開，你以為區區幾個衙役攔得住我嗎？」他右腳輕輕一頓，只聽到一聲磚石的破裂聲，腳下的青石板竟然被他踏得宛如蜘蛛網般龜裂開來。

胡小天雖然早有心理準備，此時也不禁吃了一驚，周霸天武力如此驚人，倘若他真對自己起了殺心，恐怕自己難逃一死，胡小天不禁有些後悔，剛剛就不該讓慕容飛煙離開。

周霸天道：「你做你的縣官，我當我的囚犯，你我井水不犯河水，相安無事最好！」他起身向外面走去。

胡小天叫住他道：「你站住！」

周霸天停下腳步，胡小天來到他的身邊，低聲道：「若要人不知除非己莫為，我既然能夠看出你的破綻，別人一樣可以，我對你絕無惡意。」

周霸天緩緩轉向胡小天道：「禮下於人必有所求，你對我這個階下囚如此客氣，該不是有什麼事情想讓我幫忙吧？」

胡小天搖了搖頭道：「我只是仰慕周大哥的英雄氣概，所以想跟你做個朋友。」

周霸天哈哈笑道：「信你才怪！」他拉開房門徑直走了。

慕容飛煙第一時間回到房間內，看到胡小天安然無恙這才放下心來。她雖然對胡小天和周霸天之間的對話非常好奇，可是並沒有詳詢。

下午的時候，萬府萬伯平特地差遣管家萬長春過來送上拜帖，邀請胡小天當晚前往萬府赴宴。胡小天知道萬伯平一定知道了今天的事情，請他過去肯定是為了這件事，於是欣然應允。

萬府的兩名家丁被胡小天暫時收入監中，並吩咐下去，沒自己的命令任何人不得釋放他們兩個。至於賈德旺和賈六兩人，每人各打十大板，罰銀十兩，放任他們各自離去。

縣令許清廉當天始終沒有露面，胡小天在上任的第一天美滋滋在縣衙內當了一天的老大。

當天傍晚胡小天退堂之後，應邀去了萬府。此時他已經沒必要隱瞞身分，乘著馬車帶著梁大壯一起來到萬府，萬伯平聽聞他前來，趕緊在門前恭候，遠遠拱手道：「胡大人，您瞞得我好苦啊！」萬伯平春風滿面，對白天公堂上發生的事情隻字不提。

胡小天呵呵大笑，雖然剛剛才進入官場，可是笑裡藏刀的功夫已經修煉得頗有火候：「若是我之前便道出我的身分，萬員外還相信我會看病嗎？」

萬伯平此時是滿腹的心思，自從知道兩名家丁當堂指證大兒子才是導致二兒子重傷的罪魁禍首之後，他便坐立不安，可萬伯平也清楚此時決不能操之過急，否則只能自亂陣腳，他對這位新任縣丞的路數還摸不清楚。雖然目前兩名家丁已經被他下獄，可畢竟沒有派捕快來自己的府上拿人。萬伯平知道這其中必有文章，想起胡小天之前對自己的敲詐勒索，心中隱約猜到這次把柄被人抓住，只怕又要破費不少，不禁一陣肉疼。

胡小天對於今天審案之事隻字不提，首先提出去探望一下萬廷盛的傷勢，順便給萬廷盛換藥，拋開胡小天的官職不提，單單是胡小天的醫術就已經被萬府上下視為上賓。萬廷盛此時已經甦醒，只是身體虛弱懶得開口說話。

萬伯平夫婦也因為兒子病情的好轉而欣喜非常，胡小天換完藥之後，將那塊從萬廷盛腦殼上敲下來的頭骨，遞給萬伯平，之前特地讓人煮過，雖然如此萬伯平接過這頭骨也是心頭一顫。

胡小天道：「留個紀念。」

萬伯平不禁苦笑，這頭蓋骨白森森的有啥好紀念的，翻開頭蓋骨看看，裡面還用毛筆寫著三個小字——萬廷盛，上面畫了一個紅圈兒，據胡小天所說是用來鎮魂之用。萬伯平將頭蓋骨交給了萬長春收好，然後邀請胡小天前往花廳用餐，梁大壯則被萬長春陪著去另外的地方飲酒吃飯。胡小天一看就明白，萬伯平是想跟自己單獨商談。

兩人在花廳坐定，萬伯平也是老奸巨猾，並沒有主動提起今天的案子，而是詢問起兒子的傷勢：「胡大人，照您看，廷盛需要幾日才能徹底恢復？」

胡小天道：「再過六天就能拆線，接下來需要靜養一段時間吧，我看最多兩個月就能恢復如初。」

萬伯平聽說兒子沒事，也是徹底放下心來，故意歎了口氣道：「我這兩個不肖子真是讓我頭疼啊！」

胡小天端起酒杯飲了一杯道：「家家有本難念的經，可憐天下父母心。咦，萬員外，怎麼沒見你家大公子？」

萬伯平心中暗罵，你這不是明知故問嗎？今天在公堂之上，你將矛頭指向我兒子，嚇得他膽戰心驚，連家都沒敢回就逃往夔州去了，現在居然還裝腔作勢。萬伯平道：「我讓他送一批貨前往南越邊境，短時間內不會回來。」

胡小天緩緩落下酒杯，吃了口菜，話歸正題道：「萬員外，今日公堂上發生的事情想必你都知道了。」

萬伯平已經沒有了隱瞞的必要，點了點頭道：「此事我聽說了一些，那兩名家丁，一個叫趙良，一個叫郭彪。」

胡小天道：「他們在大堂之上當眾說了一些不利於大公子的話。」他從懷中掏出兩份供詞，慢慢放在萬伯平的面前，其實胡小天現在的做法已經不合規矩。

萬伯平拿起供詞看了看，不由得有些心驚肉跳，這對萬家來說可謂是一個天大的醜事，雖然萬伯平此前已經瞭解到這件事的全部，可是親眼看到家丁的供詞仍然不禁有些震驚，他抿了抿嘴唇，將供詞啪地一聲拍在桌上，怒道：「真是豈有此理，這幫奴才居然敢栽贓陷害，侮我兒清白！」只有萬伯平自己才清楚自己的底氣何其不足。

胡小天笑瞇瞇道：「說大公子設計陷害二公子，我也是不信的，兄弟如手足，骨肉親情，又怎麼可能骨肉相殘，冷血如斯？」

萬伯平道：「我這兩個兒子自小感情好得很，廷盛昏迷不醒之時，廷昌最為緊張，忙裡忙外，他怎麼可能加害自己的同胞兄弟，肯定是那兩名奴才惡意栽贓……」萬伯平的語氣明顯帶著不自信，他其實一早就對這件事產生了懷疑，最早發現二兒子的是大兒子萬廷昌，至於二兒子醉酒摔倒也是他說的，現在想想大兒子在這件事上的確擁有最大的嫌疑，倘若二兒子死了，那他變成了萬家偌大家業的唯一繼承人。

萬伯平此時內心痛苦到了極點，一方面他恨極了大兒子如此冷血殘忍居然能對親兄弟下得去手，一方面他又要竭力掩蓋這件事，對萬家來說這是一件極大的醜聞，兄弟鬩牆，為了家產弄到你死我活的地步。可現在麻煩的是兩名家丁已經寫下了供詞，落在官府手裡只怕會有麻煩。就算能夠逃脫刑責，可家醜外揚，到最後也要成為別人口中的笑談。

胡小天道：「如果我將這兩份供詞呈上去，只怕萬府這段時間是無法太平了。」

萬伯平看到他拿起那兩份供詞，心中已經明白，胡小天壓根沒有想把這件事張揚開來的意思，他是在等著自己表態。

萬伯平道：「胡大人，實不相瞞，那兩名家丁前些日子做了錯事，被我大兒子痛責了一頓，我沒想到他們居然懷恨在心，做出這樣的事情。」

胡小天笑道：「這種奴才的供詞不足為憑。」他居然拿起供詞湊在燭火之上，當著萬伯平的面燒了個乾乾淨淨。

萬伯平看到那兩份供詞都化為灰燼，心中頓時鬆了口氣，他猜測到胡小天不會平白無故這樣做，此番示好必有目的，於是低聲道：「回頭我差人給胡大人送兩百金作為安家之用。」想起這兩天自己在胡小天的身上就要花費五百金，萬伯平不禁一陣陣肉疼，可眼前的形勢下，他必須要有所表示，這廝不是個省油的燈。

胡小天呵呵笑了一聲道：「萬員外，錢財乃身外之物，比起感情來說，不值一提。」

萬伯平微微一怔，不知胡小天這句話是什麼意思。

胡小天道：「我初來青雲，在此地舉目無親，更談不上有什麼朋友，我和萬員外雖然認識的時間不久，可是感覺萬員外是一位忠厚長者，是一位值得相信的朋友。」說到這裡他故意停頓了一下，然後道：「卻不知萬員外願不願意跟我交朋友？」任何一位成功政治人物的背後都有一個或者多個強有力財閥的支持，胡小天想要在青雲官場上站穩腳跟，首要解決的就是這個問題。

萬伯平此時已經完全明白了，胡小天是想借助自己在當地的影響，這才會提出和自己做朋友的事情。他拿起酒壺趕緊斟滿了酒杯，端起酒杯道：「在我心中不僅將胡大人當成朋友，更將胡大人當成我的恩人！」

胡小天和他共飲了一杯道：「這兩名家丁說的到底是不是實話，你心裡清楚，我心裡也清清楚楚。萬員外想的是家庭和睦，做生意要得是和氣生財，我想的是造福一方，在青雲縣踏踏實實做點事，有了政績方能更進一步。」

萬伯平微笑道：「我們生意人素來講究互利互惠，胡大人給我幫了這麼大的忙，我自然會為胡大人的事情不遺餘力。」

胡小天點了點頭，趁機提出自己另外的一個要求：「回春堂柳當歸乃是我的一個遠房親戚，還望萬員外在他兒子的事情上高抬貴手。」

事到如今，萬伯平又豈敢說一個不字，柳闊海在他眼中無非是個小人物罷了，他點了點頭道：「胡大人怎樣安排，悉聽尊便。」

胡小天離去之時，萬伯平親自將他送出門外，遙望馬車在月光下越走越遠，萬伯平臉上的笑容卻慢慢凝固，他向身邊萬長春道：「你去燮州一趟，幫我查清他的出身來歷。」

萬長春恭敬道：「是！」

「還有，找到那個不成器的東西，給我揪回來，我要當面好好問問他。」

胡小天回到福來客棧已經是夜色深沉，慕容飛煙早已在客棧中等候，客棧老闆蘇廣聚聽到車馬聲到來趕緊迎了出來，他也是剛剛才知道，這位年輕的住客居然是青雲縣新任縣丞胡小天。蘇廣聚自責自己有眼無珠的同時，又不禁感到暗暗驚喜，這算是遇到貴人了。

看到胡小天下了馬車，蘇廣聚趕緊上前作揖行禮：「小的蘇廣聚，有眼無珠，不知大人前來，還望大人恕罪。」一揖到底，虔誠無比，雖然蘇廣聚對胡小天一直都非常客氣，可今日明顯又多了幾分敬畏。

胡小天笑著拍了拍他的肩頭道：「蘇老闆不必客氣，我瞞了你這些天，還望你不要介意的好。」

遠處一個聲音傳來：「胡大人……」卻是回春堂的老闆柳當歸，他一直都在遠處候著，看到胡小天的車馬回來，趕緊過來相見，距離胡小天還有一丈左右的地方，柳當歸屈起雙膝就要跪下，胡小天快步上前一把將他攙住：「柳掌櫃無需如此大禮。」

柳當歸含淚道：「還請胡大人為小民做主。」

胡小天笑道：「你不用心急，進去再說。」

這才進了客棧，不等柳當歸求情，胡小天已經將萬家答應放過柳闊海的事情說了，他笑道：「本來現在就能將他放出來，可我想了想，他脾氣如此毛躁，如果不給他一個教訓，以後肯定還要惹事，讓他在監房裡多待一晚冷靜一下也好。」

柳當歸連連點頭，得知萬家已經撤訴，兒子自然沒了麻煩，心中的感激溢於言表。

蘇廣聚善於察言觀色，向柳當歸道：「柳掌櫃，胡大人今日操勞了一天，需要早點休息，有什麼事情明天再說。」

柳當歸心事已了，自然沒什麼異議，他向胡小天告辭之後離去。

等他走後，蘇廣聚向胡小天稟報導：「大人托我找的宅院已經找到了，就在三德巷，距離這裡不到半里的路程，原是綢緞莊謝金貴的宅子，這謝老闆因為生意轉向了西州，所以才將房屋掛牌出售，價錢是二十兩金子，裡外計有七間房屋，前後還各有一個小院，鬧中取靜，非常不錯，謝家一直都人丁興旺，這些年來從未聽說他們有什麼晦氣事兒。」

胡小天點了點頭道：「如此最好不過。」

蘇廣聚道：「胡大人何時有時間，我陪您去看看房子？」

胡小天道：「明天下午吧。」

兩人約好時間之後，胡小天返回房間，看到慕容飛煙一個人坐在後院的葡萄架下納涼，於是笑了笑，在慕容飛煙身邊坐了：「一個人納涼賞月是不是有些寂寞？」

慕容飛煙瞥了他一眼道：「你到萬家又勒索了什麼好處？」

胡小天哈哈笑道：「在你心中，我始終都不是什麼好人。」他將前往萬府之後的事情簡略說了一遍，慕容飛煙聽他成功說服萬家放過柳闊海也是非常欣慰，可聽到胡小天將兩份供詞全都燒了，頓時秀眉顰起，低聲道：「難道你想將萬廷昌意圖謀殺的事情不了了之？」

胡小天道：「我都跟你說過，單憑家丁的口供是無法告倒萬廷昌的，咱們剛到青雲，沒必要樹敵太多，當前最大的敵人乃是……」

他的話說到這裡，忽見蘇廣聚引著一個人匆匆走了進來，那人卻是青雲縣主簿郭守光。胡小天於是停下說話，站起身來。

郭守光拱手行禮道：「胡大人，許大人回來了，特地差我過來請胡大人前往官邸一聚。」

胡小天心想：這都幾點了，老子今天第一天來上任，你給我來了個避而不見，送了顆軟釘子給我，現在都到了熄燈就寢的時候，你又差人過來叫我去府中相聚，搞什麼？你當老子呼之即來揮之即去嗎？

胡小天打了個哈欠道：「今日太晚了，我就不去許大人府上打攪了，等明日一早，我再去大人府上拜會。」

郭守光向胡小天湊近了一些，全然忘記了胡小天嫌棄他口臭這件事：「胡大人，許大人親自相邀，不去只怕不好吧？」

胡小天冷冷看了這廝一眼，狗仗人勢的東西，你也敢狐假虎威，他皮笑肉不笑的嘿嘿了一聲，然後轉身就回房間去了，將郭守光晾在院落之中，郭守光是真沒想到胡小天拒絕得如此乾脆，不留任何的迴旋餘地。

胡小天說到做到，第二天，天濛濛亮這貨就從床上爬起，洗漱之後，徑直前往縣衙去拜會自己的頂頭上司，縣令許清廉。

青雲縣衙內只有許清廉住在其中，胡小天直接繞到後門。蓬蓬蓬的敲門聲將許清廉的美夢吵醒，這貨從婆娘圓滾滾的肚皮上爬起，瞇著一雙惺忪睡眼，憤怒道：「何人在外面敲門？」

門外家丁許安道：「啟稟老爺，新任縣丞胡小天前來拜會。」

許清廉內心中一股無名火騰的就躥升起來，心想：這個胡小天委實過分，昨夜我差主簿郭守光去請你過來見面，你不給我面子，今天一早卻來驚擾我的好夢，真是豈有此理，不給你點顏色看看，你不知道這青雲縣的老大究竟是誰？

許清廉慢條斯理地從床上坐起來，一邊緩緩穿上衣服一邊道：「讓他在外面稍等片刻！」

說是稍等，許清廉卻拿定了主意，先讓這不知天高地厚的小子乖乖站上半個時辰。於是許清廉刻意放慢了起床的節奏，等他穿衣洗漱，收拾好之後，時間已經消磨得差不多了，許清廉晃悠悠來到後門處，迎面遇到許安，他一臉得意道：「他還在外面？」

許安低聲道：「在對面的麵攤吃麵呢！」

許清廉皺了皺眉頭，來到門前，卻見到門外橫著一條板凳，一個年輕人背身坐在那裡，手裡捧著一大碗牛肉麵，正在那裡美美吃著，不是胡小天還有哪個？

胡小天聽到身後的腳步聲，轉身回過頭來，露出一臉比晨光還要燦爛的笑容道：「許大人，您吃早飯沒有？」

許清廉耷拉著面孔沒什麼好臉色給他，搖了搖頭。

胡小天揚聲道：「老闆再送一碗麵過來！」麵攤就在對面，叫起外賣那是相當的方便。

許清廉真是有些哭笑不得了，他乾咳了一聲道：「胡大人，咱們身為朝廷命官，就這麼坐在外面吃麵，人來人往的，好像有些不妥吧？」雖然許清廉的外貌長得委實不怎麼樣，可他對自身形象還是非常看重的，事實上這是官員的通病，又有哪個官員不在乎形象的？哪怕是背地裡幹得全都是男盜女娼坑蒙拐騙的齷齪事，對外也要經營出光鮮亮麗剛正不阿的表像，古往今來皆是如此。

胡小天扒拉了一大口麵道：「許大人，此言差矣，民以食為天，咱們雖然是朝廷命官，可也得吃飯睡覺，無非是當街吃一碗牛肉麵而已，老百姓誰也不會說三道四，總不能因為咱們吃了碗麵，就說咱們貪污受賄，生活腐化，你說是不是？」

此時那麵攤老闆將一碗熱乎乎的牛肉麵又送了過來，雖說他在這裡開麵攤有一段時間了，可縣令大人吃他的麵還是第一次，麵攤老闆不由得有點小激動，手都哆嗦起來，潑了不少麵湯出來。

胡小天接過牛肉麵，又給了麵攤老闆五文錢，將那碗牛肉麵遞給許清廉：「許大人，我請客，這牛肉麵味道好極了。」

許清廉沒奈何只能接過那碗麵，他接觸的大小官員也算有不少了，可胡小天這種風格的人物還是第一次見到。端著牛肉麵在胡小天身邊坐下了，低頭吃了口麵，還別說，這牛肉麵的味道真是不錯。

麵攤老闆隔著道路望著眼前的一幕，實在是難以想像，縣令大人和縣丞大人共坐在長條凳上，一起品嘗著自己的牛肉麵，此情此境那是相當的友愛。

許清廉喝了口肉湯，鼻尖見汗，目光望著冷冷清清的後街：「昨晚胡大人為何不來？」

胡小天道：「下官雖然心中很想和許大人見面，但是想到許大人外出視察，辛苦一天，晚上本該好好休息，於是只能謝絕了大人的好意。」

許清廉沒說話，默默對付自己面前的那碗牛肉麵，以這種方式來表達對胡小天的鄙視，這樣低級的謊言想哄騙在官場摸爬滾打近三十年的許清廉，似乎沒那麼容易。

胡小天於是也沉默下去，對付剩下的麵湯，很快吃了個碗底朝天。

許清廉慢吞吞吃完那碗麵，舒了一口氣道：「舒服，很久沒吃得那麼舒服了。」然後目光落在胡小天年輕而充滿朝氣的臉上：「胡大人真是善解人意啊！」

胡小天笑道：「青雲只有一個大人就是您許大人，你叫我小胡就行，不然就叫我小天，聽起來更親切一些。」

許清廉心中暗罵，我跟你很熟嗎？點了點頭道：「那我就叫你小天。」

胡小天道：「許大人，在下剛到青雲為官，以後還望許大人多多提攜。」

許清廉暗忖，我是正九品上，你是正九品下，我提攜你，你但凡升了半級就跟我平起平坐了，不是我不願意提攜你，而是我沒那個資格。他微笑道：「同朝為官，自當互相照應。」

胡小天道：「大人今日何時開堂？」

許清廉道：「我聽說你昨日在公堂之上將幾件案子處理得井井有條，心中甚感欣慰，過去事無巨細全都壓在我一人身上，你來青雲之後，我終於可以鬆口氣了。」

胡小天嘿嘿笑道：「以後我一定多多向大人學習。」

許清廉心中暗罵，山中無老虎猴子稱大王，老子昨天故意留給你一點空間讓你表現，想不到你的本性就暴露無遺，恨不能將老子的權力全都搶過去，年紀輕輕，笑裡藏奸，口蜜腹劍，一看就不是什麼好東西，心中罵著胡小天，臉上卻掛著友善的笑意：「一年之後我任期即滿，這裡是屬於你的。」

無論他這句話說得多麼心不甘情不願，可事實就是事實，早在得知上頭派來一位年輕縣丞的時候，許清廉就已經明白，這是來接替自己位置的。只是他沒有想到胡小天的背景何其深厚，區區一個九品縣令根本沒有被他放在眼裡。

胡小天對自己此次前來青雲任職看得很透，老爹在政治上應該遭遇了前所未有的危機，所以他才考慮到將自己這個獨生子派來青雲為官，萬一老爹在此次的大統更替中栽了跟頭，青雲山高皇帝遠，或許能夠保住自己這棵胡家的獨苗，如果老爹順利度過這次風波，那麼自己在青雲為官的這段歷史就可以為自己的履歷增添濃墨重彩的一筆政績，為日後飛黃騰達扶搖直上打下堅實的基礎。

背景不同，目標自然不同，有人一輩子目標都不可能看得更遠，比如許清廉，他終日所想的無非是將手頭的權力如何最大化，如何在告老還鄉之前盡可能地撈取一筆財富。而胡小天的目光當然不會局限於青雲一縣，他甚至壓根沒把許清廉視為自己的對手，燕雀安知鴻鵠之志哉！

許清廉不認為胡小天是鴻鵠，他認為胡小天和自己一樣都是一隻燕雀，這個年輕人正想從自己的碗裡奪食。依大康律例，縣令掌導風化，察冤滯，聽獄訟。統管一縣所有軍政事務。縣丞乃是他的副手，這個年輕的縣丞一來到就表現出咄咄逼人的強勢，許清廉自然產生了強烈的危機感。他的任期還有一年，這一年中他必須要確保自己的政治利益不受侵犯。

兩人吃完了牛肉麵，並沒有馬上離開，而是繼續坐在門前的長條板凳上，許清廉道：「我聽說你昨天抓了萬府的兩名家丁？」

胡小天點了點頭道：「確有此事，這兩名家丁恩將仇報，栽贓陷害，誣陷萬家大公子萬廷昌。」

許清廉皺了皺眉頭，他聽到的卻不是這個版本，主簿郭守光是他的親信，沒理由在這件事上欺騙他，可胡小天這麼說，是不是事情又有了變化？萬家背景深厚，靠山強大，或許胡小天已經聽說了這件事，所以才突然改變了態度？如果真是如此，這小子倒也算得上識時務。

許清廉道：「這件事你無需過問，我會親自查個水落石出。」

胡小天應了一聲，許清廉終於憋不住了，在自己的面前展露官威，他故意道：「許大人，有沒有什麼事情交給我去做。」

許清廉道：「有，前兩日暴雨衝毀了青雲橋，這道橋樑是青雲通往燮州、西州的必經之路，百姓出行諸多不便，你去現場看看情況，回頭咱們商量商量該如何解決。」

胡小天點了點頭，心中卻明白，許清廉這是要把自己邊緣化，不讓自己在縣衙裡待了，到任第二天就把自己趕到城外去了。

胡小天和許清廉分別之後，繞到縣衙前門，正看到主簿郭守光和一幫衙役朝這邊走來，郭守光明顯比昨日神氣了許多，見到胡小天雖然依舊行禮作揖，可這腰躬下的曲度顯然有些敷衍：「胡大人！」

胡小天笑道：「好早啊！」

郭守光道：「今日許大人升堂問案，所以早來準備一下。」

胡小天心中暗罵，老子昨天審過的案子是不是準備一件件推翻重審？

郭守光故意道：「胡大人這是往哪兒去？」

胡小天道：「去城外視察一下青雲橋的損毀情況。」

郭守光其實心知肚明，要說這個主意還是他給許清廉出的，要把這個目中無人傲慢無禮的小子從衙門裡支出去，省得看著他在這裡指手畫腳礙眼。假惺惺道：「胡大人辛苦！」

此時慕容飛煙帶著柳闊海從衙門裡走了出來，郭守光看到柳闊海不由得微微一怔，大聲道：「哪裡去？」

慕容飛煙冷冷看了他一眼根本沒有搭理他，來到胡小天面前拱了拱手：「胡大人，我將柳闊海帶來了。」

胡小天道：「走吧！」

郭守光看到柳闊海跟著他們就走，趕緊上前跟上胡小天的腳步：「胡大人，此人乃是前往萬府門前鬧事的罪犯，您怎麼……」

胡小天向他勾了勾手指，郭守光湊了過去，胡小天問道：「主簿大還是縣丞大？」

「呃……下官不敢跟大人相比！」郭守光老臉發熱道。

胡小天點了點頭道：「記住，我的事兒你最好別管。」

「呃……」

「還有，你離我遠點兒，你的嘴真的很臭啊！」

柳闊海帶著胡小天和慕容飛煙來到青雲橋前，通濟河水勢平緩了許多，河面上有幾艘渡船往來，自從青雲橋被洪水衝斷之後，渡船就成了百姓們渡河的主要途徑，要不就只能向下游走七十里地，那兒才有一道永濟橋。

胡小天在河灘上抓起一顆扁扁的石子，在水面上打了個水漂兒，石子蹦蹦跳跳一直飛到河心，然後沉了下去。柳闊海也學著他的樣子抓起一顆石子，可惜力量沒有掌握好，水漂兒沒打起來，咚的一聲就沉入了水裡。

胡小天道：「做事情不能只靠蠻力，很多時候還得開動這裡。」他點了點自己的腦袋。

柳闊海訕訕笑了起來，他對胡小天充滿了感激：「胡大人，你將我私自放了出來，該不會有麻煩吧？」從他說出這樣的一句話，就證明他已經開始動腦筋了。

胡小天道：「放心吧，我既然放了你，就保證你沒事。」如果不是解決了萬家的問題，威脅萬伯平老老實實撤訴，胡小天當然不會自作主張將柳闊海放了，他在岸邊的殘破橋墩上坐下，望著前方流淌的河水若有所思。

慕容飛煙在遠處臨時的碼頭和船老大說著什麼，過了一會兒她回到胡小天身邊。

胡小天懶洋洋道：「打聽到了什麼消息？」

慕容飛煙道：「他說這橋不是被洪水衝斷的，而是被人炸斷！」

胡小天微微一怔：「被人炸斷？怎麼可能？」

慕容飛煙道：「上個月連降暴雨，山洪突發，所有人都以為這橋樑是被洪水衝斷，可有船夫卻說，當晚聽到驚天動地的爆炸聲。」

一旁柳闊海走了過來，他點了點頭道：「那天我也聽到了那聲音，所有人都說是雷聲，可現在回想起來又不像，等天亮就聽說山洪暴發，青雲橋被衝塌了。」

慕容飛煙道：「我剛剛在青雲橋周圍的河灘上走了走，發現了不少散落的石塊，這些石塊全都來自於橋樑之上。」她指著不遠處的一段青石護欄道：「倘若是山洪暴發衝垮了橋樑，橋樑即便是崩塌，石塊石欄應該落入水中，而且大體保持完整，河灘之上本不該散落這麼多的石塊，從護欄斷裂的痕跡來看，應該遭受了強大的衝擊力，絕非是水流所致，更何況橋面高出水面那麼多，倘若山洪將橋面衝塌，那麼河岸早已決堤。」

胡小天聽慕容飛煙分析得很有道理，點了點頭。

柳闊海道：「其實青雲縣每年都會遭遇山洪，上個月的那場雨下得並不算太大，我們也奇怪，為何會發生橋樑坍塌的事情。」

胡小天道：「還記得是哪天嗎？」

柳闊海道：「上個月三十，我記得特別清楚。」

胡小天暗自盤算，今天是六月初十，距離橋斷也就是十多天的功夫，他指了指上游的方向：「咱們向上走走！」

有了柳闊海這個識途嚮導，他們自然不用擔心道路方向的問題，柳闊海從小就在青雲長大，對當地的地形極為熟悉，雖然他並不知道胡小天要去上游幹什麼，可胡小天對他來說就是救命恩人，若非胡小天幫忙，他現在還在牢中待著呢。

三人循著河岸一直向上走去，走了約莫五里，前方出現了兩座高山，通濟河就是從兩座大山之間的峽谷中流出。

柳闊海介紹道：「左邊的山叫臥牛山，右邊的叫拉犁山，從咱們現在的位置看過去，像不像一個農夫趕著老牛在耕地？」

胡小天和慕容飛煙舉目望去，果然有幾分神似，胡小天笑道：「想不到你還是一個不錯的導遊呢。」

「導遊……」

胡小天解釋道：「就是引導遊覽的人。」

柳闊海恍然大悟：「胡大人，要說這青雲一帶，論到地形之熟，還真沒有幾個人能夠超過我。」

慕容飛煙看到日頭已高，到了正午時分，輕聲詢問胡小天道：「大人，還要不要繼續前行？」

胡小天點了點頭道：「再往前走走，難得出來放鬆一次，權當旅遊了。」

慕容飛煙對胡小天嘴裡層出不窮的新奇詞彙早已見怪不怪，柳闊海聽得一愣一愣的，不過他認為是自己沒見過世面，胡大人是京城過來的官員，人家的層次又豈是他這種偏僻縣城的小老百姓能夠懂得的。

走入臥牛山和拉犁山之間的山谷之中，河岸兩旁樹木蒼翠，遮天蔽日，因為山坡的落差，這一段的河水變得湍急無比，兩旁山體長年衝刷，形成了不少的斷壁殘崖，特殊的地理環境決定水汽難以迅速蒸發出去，積累在山谷之中，所以山谷中濕氣極大，利於植物的生長，隨處可見參天古木，千年老藤。

山谷中只有一條三尺寬的小路可以通行，因為很少有人經行的緣故，小路上雜草叢生，藤蔓處處，慕容飛煙不得不抽出長劍斬斷前方擋住道路的藤蔓，連她也不知道胡小天繼續前行的目的何在？究竟是遊興所致，還是另有其他的想法？

胡小天有一個意外的發現，這山谷濕潤陰涼的氣候利於植被的生長，在其中發現了不少種類的藥草，車前子、三七、田七之類的中藥材隨處可見，這自然引起了胡小天的注意。再往前行，前方的水面突然收窄，河岸旁狹窄的路面上散落著不少的碎石。

胡小天從地上撿起一個石塊，這是半塊鵝卵石，斷裂的邊緣很新，應該沒有多久的時間，路面上還有許許多多的石塊，多數都斷裂破損，失去了原有的天然性狀，肯定是外力使然。

幾人沿著斜坡靠近通濟河，在河岸邊緣仍然可以看到殘留築壩的痕跡，慕容飛煙輕盈跳上那段殘留的築壩，胡小天可沒有她那樣的身法，站在岸邊提醒她道：「小心點，河水太疾，衝下去就沒命了。」

慕容飛煙笑道：「膽小鬼！」她駐足觀察了一會兒，方才重新回到胡小天的身邊：「之前這裡應該有人築壩。」

胡小天早已看出了這一點。

柳闊海有些迷惘道：「為何在這裡築壩？今年雨水不少，沒必要蓄水啊，過去我也從未聽人說過有人在通濟河築壩。」

胡小天道：「築壩的目的是為了蓄水，可蓄水的目的卻並非是為了留到日後灌溉，應該是有人想要製造山洪衝垮橋樑，在行動中發現這種想法不切實際，橋樑仍然完好無損，於是只能退而求其次採取炸掉橋樑的方法。」

慕容飛煙望著胡小天，美眸中流露出欣賞之色。胡小天思維縝密，將眼前的情景分析的絲絲入扣。

柳闊海道：「可青雲橋又沒得罪他們，為什麼要炸掉青雲橋？」

「問得好！」胡小天繼續向前走去，柳闊海緊跟他的腳步，胡小天道：「青雲橋是青雲縣往東的咽喉要道，連接前往燮州、西州的官道，若是青雲橋被毀，採取渡河的方式除了船隻以外還有什麼？」

柳闊海想了想道：「必須向下游行走七十多里，那裡還有一座永濟橋。」

胡小天道：「永濟橋是否仍然屬於青雲縣？」

柳闊海搖了搖頭道：「永濟橋屬於紅谷縣。」

慕容飛煙道：「如果你的假設是正確的，這青雲橋遭到別人故意破壞，那麼他們的目的很可能是截斷這條通路，讓人改成向紅谷縣進發，從那裡通過永濟橋。」

胡小天轉向柳闊海道：「從青雲到紅谷縣，途中有沒有馬賊出沒？」

柳闊海想了想搖了搖頭道：「青雲周圍鬧得最凶的就是天狼山的馬賊，天狼山位於青雲西南，他們打劫的大都是南越前來的商隊，我沒聽說過他們在這條道路上活動，近些年南越也很少有商隊從天狼山經過，他們寧願從黑涼山繞路。」

胡小天道：「假如有商隊從西方而來，是不是不會經過天狼山？」

柳闊海道：「西方沙迦國和拜月國的商隊當然不會經過那裡，只不過大康和這兩國並非友邦，斷交數十年了，在我的記憶中從未有過來自這兩國的商隊。」

慕容飛煙從地上撚起一顆石子在手中拋了拋，突然雙眸覷定密林中的某處，手臂一抖，石子追風逐電般射了出去，樹林之中傳來一聲慘呼。

慕容飛煙騰空飛掠而起，代表性的前空翻外加側空翻。柳闊海也在第一時間反應了過來，怒吼一聲大踏步朝著密林中衝去。如果說慕容飛煙是一隻輕盈的穿雲燕，柳闊海就是一頭凶猛的鑽山豹，他距離那片密林更近，地形雖然險峻，可是根本無法對他造成影響。

胡小天啟動最慢，比平時散步快不了多少，等他走過去，藏匿在林中的那人已經被抓住，一看臉居然也是一張熟悉的面孔，正是兩度前往縣衙打官司的瘦子賈六。

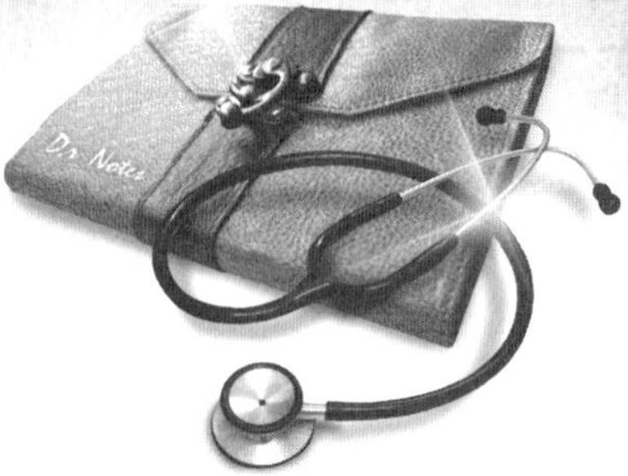

第六章

好官變狗官

老太婆轉過臉來，滿是皺褶的臉龐露出前所未有的厭惡表情，
唇角蹦出兩個字：「狗官！」
胡小天內心一怔：「呃……」
小孫子忽然朝著胡小天啐了一口，這口水噴得又多又遠！

柳闊海才不管三七二十一，抓住這廝之後，照著臉上就是狠狠一拳，打得賈六鼻血長流金星亂冒，幸虧慕容飛煙及時趕到，才阻止了他繼續出拳。

柳闊海將賈六拖到路邊的空地上，胡小天也來到了他們身邊，笑瞇瞇望著賈六道：「這不是賈六嗎？這麼巧啊，你這是跟蹤我呢？還是跟蹤我？」

賈六捂著鼻子，模樣狼狽無比：「大……大人……冤枉……」

柳闊海怒道：「你冤枉個屁，居然敢偷偷跟蹤大人，說，到底有什麼目的？」

賈六道：「我就是打獵，沒幹別的。」

慕容飛煙沒說話，手中長劍一動，嗤的一聲將賈六的袖子劃破，藏在其中的一支單筒望遠鏡滾落出來，剛才正是賈六躲在林中用望遠鏡偷窺之時，鏡片的反光被慕容飛煙察覺到，根據這個線索找到了藏匿在林中的賈六。

胡小天拾起那支望遠鏡，閉上一隻眼睛向遠處看了看，然後直接揣到了懷裡，明顯是要據為己有的意思。

賈六道：「大人冤枉啊……」

胡小天向柳闊海道：「闊海，我記得後面有一段山崖，有幾十丈高吧？」

柳闊海點了點頭，他不知道胡小天指的是哪一段，總之後面有很多段山崖。

胡小天道：「如果人不小心從上面跌下去會不會摔死？」

柳闊海明白了他的意思，一把將賈六從地上拖起，賈六嚇得心驚膽顫，這哪是當官的，根本就是強盜啊，殺人放火沒有他不敢幹的，嚇得慘叫道：「大人，大人，我錯了，我以後再也不敢跟蹤您了……」

胡小天嘿嘿冷笑了一聲，伸出手去在賈六乾枯瘦削的面頰上輕輕拍了兩下道：「你跟蹤我幹什麼？老老實實說出來，我放你一條生路。」

賈六道：「我就是好奇……沒別的意思……」

胡小天背過身去，柳闊海明白他的意思，將賈六老鷹抓小雞一樣拎了起來，賈六亡命掙脫，居然將外衫扯脫，來了個金蟬脫殼，柳闊海只抓住了他的衣物，還好慕容飛煙及時包抄而至，一腳將賈六踹翻在地，挺起長劍抵住賈六的咽喉：「哪裡跑？」

賈六跌倒在地上，因為衣服被柳闊海扯脫，上半身赤裸，露出胸膛刺青，胸膛上刺著一顆威風凜凜的老虎頭。慕容飛煙皺了皺眉頭，驚奇道：「你是西州虎頭營的兵衛？」她從紋身的形狀上做出了這樣的判斷。

胡小天嗤之以鼻道：「這玩意兒隨便哪個紋身店都能做！」

一旁柳闊海道：「大人說的不錯，俺也有一個！」這貨把袖口拉了上去，左臂之上果然也紋著一顆老虎頭，只是他這個紋身的工藝實在太差，看起來就像是個學前兒童的作品。

慕容飛煙仔細看了看，確信這紋身絕非普通的仿冒品，認定了賈六的身分，手中長劍向前一抵，威脅道：「說，你是不是虎頭營的人？」

賈六神情慘澹，知道自己的身分已經完全暴露，他咬了咬嘴唇道：「既然落到你們的手中，要殺要剮悉聽尊便。」

胡小天聽他說得如此硬氣，點了點頭道：「既然想死，滿足他，闊海找個沒人的山崖，把他扔下去。」他分明是在故意恐嚇。

賈六剛才表現出的勇敢只是硬撐，聽說要殺他滅口，嚇得頓時魂飛魄散，顫聲道：「大人，求您饒命……」

慕容飛煙冷冷道：「西州虎頭營乃是西川節度使李大人麾下最勇猛強悍的一支軍隊，怎麼會出你這樣的人物。」

慕容飛煙雖然遠在京城，對西川的情況還是有些瞭解，西川節度使李天衡乃是大康名將，當年平黑苗敗沙迦，為大康西南的邊陲的穩定立下不世之功，這才得皇上信賴，冊封南西川節度使、光祿大夫、檢校兵部尚書、同平章事、西州尹、西川開國公、食邑三千戶。坐鎮西南，在大康軍中被人成為西南虎。而李天衡手下有一支近衛軍就是虎頭營，每次戰場之上，總是衝鋒在前，以一當十，勇猛過人，等同於現代社會的特種部隊，所以慕容飛煙並不相信賈六這種膽小怕死的傢伙會是虎頭營的成員。

賈六歎了口氣道：「我在虎頭營中本是文職，因為我擅長西南各部的方言，才得以加入。」

胡小天點了點頭，示意慕容飛煙將手中劍移開，輕聲道：「賈德旺也是你們的人了？」

賈六被胡小天道破機密，不由得一臉惶恐。

胡小天笑道：「又不是什麼天大的秘密，你們兩個演技實在太差，瞞得過糊塗官，以為能瞞得過我嗎？」

賈六道：「大人，我對您絕無惡意。」

胡小天道：「你們身為西州虎頭營的兵衛，不在西州服役，為什麼會來到這裡？」

賈六咬了咬嘴唇道：「大人，實不相瞞，四個月前我等隨軍前來青雲剿匪，可是在天狼山不幸中了埋伏，死傷慘重，到最後只有我們幾個逃了出來，如果回去擔心遭到軍法處置，所以一直流落至今。」他歎了口氣黯然道：「今日落在大人手裡，如何處置，悉聽尊便。」

胡小天從賈六的表情推測到他所說的十有八九都是實情，當然其中還有不少隱瞞的成分，胡小天也沒有進一步逼問他的意思，示意他站起身來，指了指身後的河中殘留的堤壩道：「你對這邊的事情瞭解多少？」

賈六道：「天狼山的那幫匪徒曾經在此築壩蓄水。」

胡小天皺了皺眉頭：「他們想幹什麼？」

賈六道：「他們想放水衝毀青雲橋，可並沒有達到目的，最後不得不用炸藥炸掉橋樑，造成青雲橋被山洪衝毀的假像，青雲縣的老百姓乃至這幫官僚幾乎全都被蒙在鼓裡……」說到這裡，他忽然想起胡小天也是官僚之一，臉上露出畏懼之色。

胡小天道：「你不用顧忌，我和那幫人不同。」

賈六道：「大人，我所知道的只有這些了。」

胡小天嘿嘿笑了起來，他笑的時候顯得格外奸詐，賈六聽到他的笑聲不禁心底一陣發毛，將頭顱低垂下去。

胡小天笑完之後又道：「你既然不敢回去，為何還要留在青雲不走，這青雲縣仍然屬於西川境內，難道你不擔心有一天被人發覺，仍然難逃軍法的處置？」

賈六道：「啟稟大人，小的家鄉就在青雲，故土難離。」

「好一句故土難離，我看是另有打算吧。」胡小天目光犀利盯住賈六，賈六眼神飄忽躲避胡小天的注視。只覺得此人雖然年輕，可是非比尋常，目光彷彿能夠直視自己的心底。

胡小天道：「本官對你的閒事也沒有什麼興趣，只是這青雲縣乃是我的治下，我只當沒有見過你，你最好老老實實做人，不要給我增添任何的麻煩，去吧！」

賈六連連點頭，他沒想到胡小天這麼容易就放過了自己，趕緊謝過之後向山下走去，走了兩步想起自己的望遠鏡，回頭一看，卻見胡小天正拿著自己的望遠鏡欣賞遠方風景呢，估摸著是據為己有了，賈六心中暗罵，可好漢不吃眼前虧，能全身而退已經相當的不容易。

賈六這邊剛走，慕容飛煙向胡小天低聲請示道：「我跟他去看看。」

胡小天點了點頭，這邊也和柳闊海一起起身返程。

回到城內天色已是黃昏，走入城門的時候，看到主簿郭守光自城牆上方走了下來，他的身邊還有一人，正是青雲縣尉劉寶舉，這兩人都算得上青雲縣的高層幹部了，縣尉等同於現代社會的縣公安局長，在青雲縣還算得上實權人物。劉寶舉和胡小天是第一次見面，這廝是個笑面佛，見誰都笑嘻嘻的，遠遠招呼道：「胡大人！下官有禮了！」

胡小天沒聽郭守光介紹之前還真不認識他，心想老子跟你很熟嗎？微微頷首算是打了個招呼，郭守光為他介紹了劉寶舉之後，又道：「胡大人，今晚許大人在縣衙後花園設宴，為您接風洗塵，特地令下官在此恭候。」

胡小天心想許清廉總算有點人味兒了，老子來了都兩天了，你昨兒躲著不見面，大晚上準備折騰我去給你請安，今天又把我支出去，現在想起給我接風洗塵了？晚了，老子不領你的情。

不領情歸不領情，可面子是一定要給的，胡小天道：「我累了一天了，一身的臭汗，我先回客棧，洗個澡換身衣服馬上就過去。」

郭守光點了點頭，胡小天的要求非常合理，他拱手道：「那就半個時辰之後相見。」

胡小天笑道：「一定！」

臨別之前郭守光不禁向柳闊海多望了幾眼，胡小天擔心他尋柳闊海的晦氣，主動道：「闊海是我表弟。」

郭守光將信將疑地看了柳闊海一眼，很難相信胡小天說的是實話，不過他既然將話說到了這個份上，顯然是護定了柳闊海，萬家也已經主動撤了訴狀，郭守光才懶得管這種閒事，沒必要因為一個小老百姓跟這位新任縣丞撕破臉皮。

胡小天和柳闊海返回福來客棧的途中，柳闊海咧著嘴巴笑道：「胡大人，你真是我表哥？」

胡小天沒好氣瞪了他一眼道：「你十九，我十六，你以為呢？」

「那你是我表弟？」

「咱倆沒親戚！」

胡小天回到福來客棧方才記起，原本答應了客棧老闆蘇廣聚去看房子，可因為一天都在外面居然將這件事給忘了，等見到梁大壯才知道他下午跟著蘇廣聚已經去過了，房子就在附近的三德巷，正如蘇廣聚所言，方方面面的條件都很不錯。房主開價二十兩金子，聽說是新任縣丞大人要買，他主動將價錢降低到十八兩。

胡小天讓梁大壯代為決定這件事，至於那二兩的人情就不必要了，因為他的身分所限，不想別人說他仗勢欺人。

夜幕降臨，華燈初上，梁大壯備好馬車，載著胡小天來到縣衙，據說今晚負責做菜的全都是從鴻雁樓請來的廚子，鴻雁樓是青雲縣最有名的酒樓，平日縣衙有什麼重大活動，接待重要客人，要麼就來鴻雁樓，要麼就從鴻雁樓請廚子過去。經過鴻雁樓的時候，胡小天特地留意了一下，果然看到門前停了不少的車馬，其中一輛車內下來了一位熟人，卻是萬家老爺萬伯平，看來隨著他二兒子萬廷盛病情漸趨穩定，萬伯平的心情也開始轉好，居然外出吃飯了，因為有事在身，胡小天沒有過去跟他打招呼，盯住梁大壯儘快通過。

馬車繞行到縣衙後門，發現後門也停了不少的車馬，青雲屬於下縣，胥吏薪水微薄，能有車馬已經不容易，哪還談得上豪華，即便是主簿郭守光他的馬車車廂也是非常陳舊，車簾上還補了幾塊補丁。跟胡小天購置的這輛新馬車擺在一起，頓顯寒酸。

郭守光在青雲縣衙內佔有相當重要的地位，大小活動的組織，各個部門的疏通，乃至上下級的指令傳遞都能見到他的身影。

胡小天這邊下了馬車，郭守光就迎了上來，拱手笑道：「胡大人，您可來晚嘍，大家都在等著你呢。」

胡小天笑道：「這讓本官真是誠惶誠恐了，何必如此客氣？」

郭守光道：「大人是今晚的主賓啊！」

「是嗎？哈哈哈哈哈！」這貨笑得有點得意忘形。

跟隨郭守光來到後花園內，卻見花園的涼亭內擺了一張桌子，有資格坐在這裡的是縣令、縣丞、縣尉、主簿外加各房典曹，至於其他的跟班捕頭都另外安排兩桌，距離涼亭有十多丈的距離。

郭守光引著胡小天來到涼亭內，縣令許清廉端坐首席紋絲不動，他不動，其餘那幫胥吏也都沒有起身，許清廉道：「胡大人來了，快請坐！」

眾人都說胡大人請坐。

胡小天發現給他留的位置並不在許清廉身邊，而是在許清廉對面，不對啊！按理說老子是青雲縣的二把手，又是今晚的主賓，你許清廉應當安排我在你的左手座位啊。雖說是圓桌，你許清廉坐的地方是首位，我跟你對面豈不是末位，我曰，這老許有點不厚道啊，跟我玩心眼兒，想在這麼多同僚面前踩我？我靠！赤裸裸的下馬威啊！看來今天是一場鴻門宴。

胡小天還不至於因為一個位置排序就當場翻臉，笑瞇瞇在空位上坐下，再看酒桌之上，菜也算得上豐盛，不過酒菜全都動過了，還以為這幫人會等自己，搞了半天人家早就開始了，這幫孫子也忒沒禮貌了，一點待客之道都不懂得。

這邊胡小天剛剛坐下，縣令許清廉就道：「胡大人來晚了，按例罰酒三杯！」

胡小天笑道：「不好意思，路上堵車。」一個在現代司空見慣的理由，在這種時代何其的蒼白無力。青雲縣道路雖然不寬，可整個縣城內跑著的馬車就找不出幾輛，堵車？鬼才相信。

筷子還沒動，三大杯酒就端到了胡小天的面前，貨真價實的三大杯，確切地說不是杯子，應該叫茶盅，一盅得有二兩多。胡小天一看就明白了，這擺明了是坑我，許清廉這隻老狐狸是想在所有同僚面前挫一挫他的威風，煞一煞他的銳氣，順便讓所有人知道，他才是青雲當之無愧的老大。

胡小天心中暗罵，整我啊！這三大杯灌下去，真要將老子給灌翻了，當著那麼多人的面，真想出我洋相？胡小天笑瞇瞇道：「我酒量不行，過去從不飲酒。」

許清廉笑道：「凡事都得講個規矩，酒場如官場，規矩不能亂。」這句話分明帶著敲打胡小天的意思。

胡小天望著這有眼不識泰山的老傢伙，恨不能抓起一杯酒潑在他的臉上，可想起臨行前老爹的囑咐，這身分還是別輕易暴露的好，於是退而求其次道：「還是一杯吧，許大人不想我當場醉倒吧？」

許清廉道：「不醉無歸，今天你是主賓，只有你喝好了大家才能高興。」

胡小天嘿嘿冷笑，我要是喝翻了，你們這幫孫子更高興，喝就喝，三杯酒，以為當真能把我給難住，於是胡小天端起酒杯咕嘟咕嘟灌了下去。

胡小天這邊喝完了一杯，那邊主簿郭守光湊了過來，及時給他端起第二杯。

許清廉使了個眼色，眾人齊聲喝彩，這是要製造聲勢，讓胡小天騎虎難下。事到如今胡小天也不能讓這幫人看輕，反正酒量在，怕他們作甚，於是一口氣連乾了三杯。

這三杯酒喝完，現場氣氛頓時活躍了起來。許清廉端起面前的酒杯道：「胡大人海量，老夫代表青雲縣的各位同僚歡迎胡大人到來，老夫先乾為敬。」

胡小天還沒來得及阻止，這貨已經先把那杯酒給喝了，這擺明了是要坑胡小天的架勢，胡小天連一口菜都沒吃呢。那邊郭守光已經將胡小天的酒杯給斟滿了，這幫人之前就已經達成了默契，先罰三杯，然後大家輪番上場，今天晚上一定要讓胡小天醉倒當場，出盡洋相。

胡小天點了點頭，也沒拒絕，跟許清廉喝了兩杯，笑瞇瞇坐下，拿起筷子吃了口菜，還沒等他緩過勁來，郭守光又端起酒杯來：「胡大人，下官敬您兩杯。」

胡小天嘿嘿笑道：「郭大人，咱們等會兒再喝，我尿急！」

一群人聽胡小天如此說都哈哈笑了起來，胡小天起身如廁，原本想趁機鬆口氣，可郭守光如影相隨地跟了上來，笑道：「胡大人，天黑路滑，還是我陪您去。」他可不是關心胡小天，而是擔心胡小天趁機逃了。

胡小天咧嘴笑道：「最好不過。」他腳步輕浮，走路踉踉蹌蹌，明顯喝多的樣子。

身後有人竊竊私語道：「胡大人好像喝多了……」

郭守光攙著胡小天來到茅房前，低聲向胡小天道：「胡大人，到了！」

胡小天應了一聲，很禮貌地做了個手勢：「郭大人請！」

郭守光道：「還是大人先請！」兩人先後進入了茅房，胡小天撩起長袍，發現郭守光看著自己，笑著提醒道：「郭大人，你自己也有，不必如此關注我家寶貝。」

郭守光哈哈大笑，趕緊把頭扭過去，這貨道：「胡大人，回頭我得好好敬您三大杯，你可不能不給我面子哦！」

胡小天原本就看他不順眼，聽到他這麼說，分明是要落井下石把自己灌趴下的架勢，如果說胡小天對許清廉這位頂頭上司還有些許顧忌，對郭守光這個下級官吏壓根就是正眼都不看他，想想這種小人都敢狐假虎威，招惹自己，不由得怒由心生，今兒不給你老小子點厲害嘗嘗，你不知道我的厲害，給你面子？還真當自己是個人物？當下抬腳照著郭守光的屁股就是一下。

郭守光無論如何都想不到這位新任縣丞居然敢對自己下手，猝不及防被胡小天一腳踹倒在地，身體失去平衡，一下就撲倒在尿池裡面了。

郭守光反應也算敏捷，張口叫道：「來人啊……」話沒說完，感覺一隻大腳迎面而來，胡小天一腳踹在他面門之上，咬牙切齒道：「那麼喜歡喝，你就喝個飽！」

郭守光慘叫道：「我要告……」

「可有人證，可有物證？哈哈哈……」胡小天得意洋洋，官大一級壓死人，老子虐的就是你，然後一轉身走出茅房，大聲叫道：「快來人啊，郭大人掉進去了……」

一干衙役率先反應了過來，將郭守光從裡面揪了出來，郭守光狼狽不堪，欲哭無淚，他就算想破腦袋都想不出來為什麼胡小天會突然下黑手，難道這廝就不怕自己告他？他眼中就沒王法了嗎？郭守光氣得都哆嗦了起來，顫聲道：「是他把我推下去了……」

眾人聞言都是大吃一驚，再看郭守光一隻眼睛已經成了熊貓眼，顯然是被人擊打所致。

胡小天卻像沒事人一樣走回飯桌，裝出七分醉意：「狗咬呂洞賓，不識好人心，各位大人，你們若是相信他，就走過去站在他那一邊，如果相信我，就站在我這邊。」這廝分明在讓大家站隊。

雖然多數人心裡都向著郭守光，可現在郭守光身上臭烘烘的，自然無人願意走到他身邊。

胡小天道：「我就說嘛，群眾的眼睛是雪亮的，我一個堂堂縣丞想要對付一個小小的主簿，何須用如此暴力的手段，郭守光，你誣我清白，此事絕不能就此作罷，拿出人證物證，只要能證明是我打了你，我胡小天甘願受罰。」他向許清廉拱手道：「請許大人明鑒。」

許清廉瘦削的面頰之上肌肉接連顫動了兩下，從場面上看，肯定是郭守光吃了虧，從感情上他和郭守光當然親近得很，可這起風波根本就在他的意料之外，胡小天居然出手打人，這廝實在是太猖狂了，可沒證據啊，要說這郭守光也犯賤，他撒個尿，你跟著去幹什麼？挨揍也是你自找的。在今晚這種場合，並不適合當眾追究，許清廉乾咳了一聲道：「趕緊送郭大人回去換衣服，有什麼事明天再說。」

發生了這起風波，所有人的興致自然大受影響，郭守光被揍這件事雖然未經證實，可畢竟給所有人都造成了心理陰影，接下來居然無人敢主動向胡小天敬酒，都看出來了，這廝是個黑心黑手的主兒，得罪了他沒好果子吃。

沒人找胡小天喝，這廝居然反客為主主動出擊了，除了許清廉以外全都是他的下級，這貨跟人喝酒的時候都是淺嘗輒止，別人卻得喝乾，許清廉看到胡小天興致高漲的樣子，心中如同打翻了五味瓶，複雜到了極點，沒多久就主動結束了這場酒宴。

胡小天卻有些意猶未盡，最後主動給許清廉端起酒杯：「許大人，我敬您一杯。」

許清廉道：「事皆有度，酒能助興，可過量不好。」他現在居然用這種口吻說話了。

胡小天道：「許大人老了，顧惜身體，您抿一口，我乾了！」他一仰脖將那杯酒喝了個乾乾淨淨。

許清廉冷笑望著胡小天道：「我雖然老了，可不至於連一杯酒都飲不下，胡大人一番盛情，我又怎麼忍心拒絕呢。」他也乾了那杯酒，伸手拍了拍胡小天的肩頭道：「小天，你等等再走。」

胡小天聽他叫得如此親切，料定這老傢伙必然沒有好事，不知又想出什麼主意來折騰自己。

眾人先後離去，花園內除了負責收拾的雜役，就只有許清廉和胡小天兩個。

許清廉道：「小天，今日視察情況如何？」

胡小天道：「青雲橋斷，百姓通行受阻。」

「這青雲橋關係到滿城老百姓的出行，是必須要儘快修好。」

胡小天雖然發現了一些不正常的地方，可是並沒有告訴許清廉，他認為許清廉身為地方官，應該比他瞭解的情況更多，點了點頭道：「我也是這樣想。」

許清廉道：「我準備將修葺青雲橋的事情交給你來做。」

胡小天馬上提出了一個最重要的問題：「大人打算撥給我多少經費？」

許清廉歎了口氣道：「小天，你也看到了，咱們庫房空虛，連修縣衙的錢都沒有，那還有錢去修青雲橋？」

「巧婦難為無米之炊，沒有經費，我也修不起這青雲橋。」

許清廉嘿嘿笑道：「小天，咱們相識的時間雖然不長，可是我卻看出你是個極有本事的人，交給別人我不放心，可交給你我完全放心，我幫你出個主意，你可以發動青雲縣的百姓認捐，青雲縣這麼多戶人家，只要一戶出五兩銀子，這青雲橋也修起來了。」

胡小天心中暗罵，許清廉啊許清廉，你這是坑我啊，沒有比這更餿的主意了。我要是挨家挨戶的要銀子，豈不是把青雲縣所有老百姓都得罪了？當官還沒幾天呢，就已經落下罵名，根本是設圈套給我鑽。胡小天道：「大人，這兩年青雲天災不斷，百姓升級困難，連地主家都沒有餘糧，一戶五兩銀子，老百姓未必拿得出來。」

許清廉道：「你好好想想，一定想得出辦法，我對你有信心。」說完這句話，又拍了拍胡小天的肩膀，起身回自己的府邸休息去了。

修青雲橋這件事對胡小天來說並不算難事，畢竟背後還有萬伯平呢，只要給這老傢伙施加一點壓力，萬伯平肯定會心甘情願地掏出這份錢。只是胡小天沒那麼聽話，許清廉設計為難自己，自己豈能順從於他？

胡小天也沒有馬上離去，他去了監房，讓衙役將周霸天提到刑房。

周霸天被深夜提審明顯有些不耐煩，看到又是這位新任縣丞，不由得歎了口氣道：「縣丞大人，這麼晚了，您不去休息，又來找我作甚？」

胡小天道：「這兩日失了外面的消息，心中是不是有些忐忑？」

周霸天冷冷望著胡小天道：「大人什麼意思？」

胡小天從懷中取出那支從賈六手中搶來的望遠鏡，緩緩放在桌上，微笑道：「這東西你認識吧？」

周霸天瞇起雙目望著那支望遠鏡：「不認識，也沒見過。」

「虎頭營的名字你總聽說過吧？」

周霸天忽然宛如一頭暴怒的雄獅一般起身衝了過來，雙手抓住胡小天的衣襟，虎目圓睜彷彿要將他撕碎。

胡小天絲毫沒有被他的聲勢嚇住，神情一如古井不波，雙目靜靜望著周霸天道：「想談就坐下！不想談只管對我下手，不過下手之前最好想想你在外面的那些弟兄。」

周霸天愣了一會兒，居然在胡小天的目光下屈服了，緩緩坐了下去，低聲道：「你想怎樣？」

胡小天整理了一下衣服，輕聲道：「這句話應該我問你才對，為什麼你要躲在青雲獄中？你明明可以離開這裡遠走高飛。」

周霸天一雙大手放在桌面上，濃眉擰在一起，思索了一會兒方才道：「我奉命前往天狼山剿匪，可沒想到被人陷害，途中遭遇伏擊，我手下的弟兄傷亡慘重，去了二百人，最後只有十幾個逃了出來。」

胡小天道：「你擔心遭到軍法處置？」

周霸天搖了搖頭道：「我不怕死，可不能這麼窩窩囊囊地死去，我必須要查清究竟是誰在背後害我。」

「所以你留在了青雲。」

周霸天道：「害我的人以為我死了，我想來想去，只有這裡才是最安全的地方。」

胡小天點了點頭，越是危險的地方越是安全的地方，很多時候的確如此，陷害周霸天的人應該不會想到他居然老老實實地蹲在青雲獄中。

胡小天道：「為什麼不去西州，當面向李大人稟明這件事？」

周霸天臉上的肌肉抽搐了一下，顯然問到了他的痛處。

胡小天道：「我今日看到青雲橋斷，循著通濟河上行，又發現通濟河的上游有人留下築壩的痕跡，方才知道這青雲橋並非是山洪衝斷，而是有人故意損毀。」

周霸天道：「青雲橋是這邊通往東邊的最短途徑，損毀之後，通常商隊會選擇一路向南，在紅谷縣境內通過永濟橋。」

胡小天道：「是不是馬匪所為？他們想在途中打劫商隊？」

周霸天道：「自從橋斷之後，這條路上還從未發生過一起搶劫事件。」

胡小天皺了皺眉頭，低聲道：「難道時機未到？」

周霸天不無欣賞地望著眼前的這個年輕人，他的頭腦極其聰穎，從自己的寥寥幾句話之中迅速把握住了事情的關鍵，周霸天道：「我也不清楚，我只是知道，這青雲橋斷得蹊蹺，用不了幾日必然有大事發生。」

胡小天沉默了下去。

周霸天道：「你剛剛上任，倘若在青雲縣的範圍內發生了一起驚天大案，只怕你也保不住頭頂的烏紗。」

胡小天聽出周霸天在對自己發動心理攻勢，淡淡笑道：「大不了我回去繼續當我的老百姓，有什麼好怕。」

周霸天哈哈笑道：「那也要看怎樣的案子，如果案情重大，不僅僅是保不住官職那麼簡單，只怕連你項上人頭也要落地！」

胡小天內心一沉，他知道周霸天並非危言聳聽，在大康歷史之上不乏這樣的先例，他低聲道：「你藏在這裡，就是為了這件事？」

周霸天道：「我必殺閻魁！」他雙拳緊握，手臂上虯結的肌肉輪廓分明，神態威猛猶如天神一般。閻魁正是天狼山的馬匪頭領，正是此人的埋伏害得周霸天損失了百餘名弟兄。

胡小天道：「殺掉閻魁，剿滅天狼山的馬匪肯定是大功一件。」

周霸天向前湊近了一些：「我不要功勞，我要的是閻魁的性命，你若願意，功勞全都歸你。」經歷了幾次彼此的試探，周霸天終於主動向胡小天提出合作。

胡小天慢慢向周霸天伸出手去，兩人雙手相握。周霸天低聲道：「我的事情，你千萬不可走露任何的消息，我懷疑這衙門之中，有人和天狼山的馬匪勾結。」

胡小天點了點頭，周霸天從腰間取出一枚木雕虎符，低聲道：「找到賈六，將這枚虎符給他看，你就什麼都明白了。」

胡小天主持修葺青雲橋之事，幾乎在一夜之間就傳遍了大街小巷，一起散播開來的還有即將出台的捐款消息，每戶五兩銀子，這對富戶算不上什麼，可是對貧困家庭來說等若是逼迫他們砸鍋賣鐵，甚至傾家蕩產都不為過。胡小天從周圍人看自己的眼神中已經察覺到了異常，不過這世上的事情往往最後知道的那個人才是自己，直到蘇廣聚詢問這件事的真假，胡小天才知道為何會有那麼多青雲的老百姓突然對自己抱有敵視目光。

胡小天第一反應就是被許清廉擺了一道，把這件吃力不討好的事情推到了自己的頭上，對外放出風聲，這捐款的主意是自己提出來的，青雲的老百姓們聽說讓他們捐錢，對他這個新任縣丞自然不會有什麼好感。

蘇廣聚道：「大人，捐款之事可否屬實？」

胡小天搖了搖頭道：「我怎麼沒聽說？」

蘇廣聚道：「胡大人，現在街頭巷尾大家都在議論這件事，說胡大人負責主持修復青雲橋，要每戶捐助五兩銀子。」

胡小天道：「主持修復青雲橋是真，可捐助五兩銀子的事情卻是無中生有，這麼重要的事情，我一個人也拿不了主意。」

此時慕容飛煙和梁大壯一起走了進來，慕容飛煙道：「胡大人，我看你今天最好別出門，捐款的事情傳得滿城風雨，都說是你出的主意，老百姓恨不能將你生吞活剝了。」

胡小天撓頭道：「哪個混蛋這麼害我？」他心中當然明白，肯定是許清廉那個老烏龜幹的，讓老百姓捐錢的餿主意根本是他想出來的，如今卻賴在自己身上。

梁大壯叫苦不迭道：「少爺，這事兒必須得說清楚，我剛剛出門，都被人丟了臭雞蛋。」跟著胡小天上任剛剛威風了兩天，形勢卻突然急轉而下，一夜之間變成了人人喊打的過街老鼠。

胡小天打腫臉充胖子道：「清者自清，我剛來青雲，一心想當個好官，怎麼可能出這種盤剝老百姓的主意。」

蘇廣聚望著胡小天，心中將信將疑，這年頭好官可是個稀罕物，打著燈籠都找不著。

胡小天懶得解釋，準備前往縣衙理論，慕容飛煙和梁大壯跟著他一起出了福來客棧的大門，兩人都表現出非常的謹慎，和胡小天保持一段的距離，生怕出門就落入一個群起攻之的場面，可出了大門之後，發現外面並沒有幾個人。

胡小天站在大門外懶洋洋伸了個懶腰，笑瞇瞇回過身來，方才發現他們兩個距離自己如此之遠，不禁搖了搖頭道：「有什麼好怕，我行得正站得直，別人想陰我沒那麼容易，老百姓的眼光都是雪亮的。」

此時一名老太婆帶著小孫子從前方走過，胡小天認得這是鄰居阿婆，笑瞇瞇招呼道：「阿婆早！」

老太婆轉過臉來，滿是皺褶的臉龐露出前所未有的厭惡表情，唇角蹦出兩個字：「狗官！」

胡小天內心一怔：「呃……」

小孫子忽然轉過身去，朝著胡小天啐了一口，這口水噴得又多又遠，胡小天慌忙抬起衣袖擋住面孔。

轉瞬之間，從周圍的巷口街道湧出了一群破衣爛衫的老百姓，群情洶湧道：「打狗官啊！」爛菜葉、臭雞蛋、西瓜皮與朝霞齊飛，胡小天壓根沒想到周圍會有那麼多人埋伏，這貨嚇得掉頭就逃，再看慕容飛煙和梁大壯兩人已經先於他逃入了福來客棧。

胡小天這個鬱悶吶，沒義氣！慕容飛煙身為一個女人顧惜羽毛倒還罷了，梁大壯你個畜生啊，前兩天還信誓旦旦地說要保護老子，遇到危險你還是閃得飛快！

胡小天逃得雖然很快，可腦袋屁股上還是挨了幾顆飛來雞蛋的襲擊，雖然攻擊時間很短，可架不住火力密集，這貨閃入房門，慕容飛煙和梁大壯兩人合力將房門給掩上了，只聽到大門上蓬蓬之聲不絕於耳，老百姓喪失了目標，只能將憤怒的火力宣洩在門板之上。

胡小天頭頂戴著綠葉，耳朵旁還掛著兩條爛菜葉，形象狼狽之極。看到他的樣子，慕容飛煙禁不住格格笑了起來，胡小天搖了搖頭：「沒義氣！」又指著絲毫無損的梁大壯道：「沒人性！」

胡小天換好衣服，讓蘇廣聚先去後門探路，發現後門處也埋伏了不少的老百姓準備堵截他，無奈之下，只能選擇爬過牆頭來到隔壁的回春堂，改由這邊離開。畢竟老百姓不會想到他能從這裡溜出去。

胡小天並沒有因為老百姓不分青紅皂白的攻擊而生氣，這些老百姓都是被人誤導愚弄罷了。冤有頭，債有主，這筆帳必須要找許清廉清算。

回春堂這邊也搭好了梯子，胡小天沿著梯子走下去，看到扶梯子的是柳當歸、柳闊海父子二人，他連忙稱謝道：「多謝柳掌櫃仗義出手。」

柳當歸笑道：「胡大人幫了我們這麼大的忙，區區小事又何足掛齒。」

柳闊海道：「胡大人，我相信您不可能這麼做，肯定是有人誣陷您。」

胡小天拍了拍柳闊海的肩膀，表示欣賞。

柳闊海道：「胡大人，我備好了馬車，您上車我帶您出去。」他們父子二人對胡小天這次的大恩銘記在心。

胡小天嗯了一聲，來到馬車裡坐了，柳闊海駕車出了後門，果然大搖大擺從老百姓的層層埋伏中走了出去。因為車廂內座位有限，胡小天只叫上慕容飛煙一起離開，至於貪生怕死的梁大壯，胡小天讓他滾回去老老實實待著。

等出了這條巷子，柳闊海方才問道：「胡大人往哪裡去？」

胡小天道：「去縣衙！」

去縣衙的目的只有一個，就是儘快發佈一張正式公文，讓老百姓明白，所謂每戶捐款五兩銀子純屬謠言。雖然胡小天知道是許清廉在從中作祟，可他也沒有找這老東西理論，畢竟他沒有任何的證據，就算跟許清廉攤牌，人家一樣可以來個概不承認。

許清廉一直讓人留意胡小天的舉動，聽說這廝被老百姓圍追堵截，惶惶如喪家之犬，心中大感快慰，看到胡小天過來，料定他要找自己理論，此前許清廉已經想好了全套對策，正所謂兵來將擋，水來土淹，對付年輕的胡小天，許清廉自問不在話下。

胡小天的臉上卻沒有許清廉想像中的沮喪和懊惱，這廝的表情看起來還有那麼點的沾沾自喜，彷彿遇到了什麼大喜事似的，看到這廝嬉皮笑臉的表情，許清廉成功報復後的爽快感頓時大打折扣，故意道：「小天，你沒去募集修橋資金，來這裡做什麼？」

胡小天心中暗罵，老子好歹也是青雲縣二把手吶，這縣衙又不是你們家開的，憑什麼我就不能來？胡小天的涵養功夫絕非是這幫基層官吏能夠比上的，笑瞇瞇道：「特地來和大人商量一件要事！」

許清廉點了點頭，示意胡小天坐下說。

胡小天拿出了一份事先擬好的告示，這份告示是他剛剛讓慕容飛煙執筆的，內容無非是公告全縣，由他主持青雲橋修葺之事，至於資金方面由他來負責籌措，縣裡的所有百姓本著自覺自願的原則，捐或不捐，捐多捐少，官府都不會干涉。

許清廉看到這份告示心中不由得樂開了花，看來這小子這個跟頭栽得不輕，老百姓一個個都把他當成了不共戴天的仇人，恨不能殺之而後快，名聲對一個官員來說極為重要，在青雲老子悉心經營了兩年，你一個乳臭未乾的小子，剛來到就想取而代之，這世上哪有那麼容易的事情？只要我動一根小拇指，就能讓你在青雲成為過街老鼠，人人喊打。

許清廉看完胡小天草擬的那份公告道：「小天，你初來青雲，對此地的百姓並不瞭解，青雲窮山惡水，潑婦刁民，你若是對他們太過仁慈，聽之任之，只怕到最後連一兩銀子都籌措不上來，修葺青雲橋之事又從何談起？」

胡小天充滿信心道：「大人無須多慮，這件事我自有辦法。」

許清廉道：「話雖如此說，可修橋之事刻不容緩，此前已經有不少刁民越級向燮州告狀，燮州方面也幾次差人督促此事，如果我們不能及時將青雲橋修復，肯定要被追責，至少也是個監管不力之罪，小天啊，到時候我也護不住你。」

胡小天眨了眨眼睛，他沒聽錯，許清廉這老東西根本是要把所有責任推到自己頭上的節奏，干我鳥事？青雲橋在老子來到這裡之前已經斷了，要說監管不力，也是你許清廉。老子不跟你計較，你居然蹬鼻子上臉，當真覺得我是軟柿子嗎？

許清廉以為胡小天是敢怒不敢言，語重心長道：「小天，我只能給你一個月的期限，如果你一個月內無法將修橋的資金籌措到位，只怕我也……」

胡小天打斷他的話道：「許大人，你是你，我是我，我的事情自己擔待，你無需為我擋風遮雨，上頭真要追究下來，你也沒這個能力。」

「呃……這……」許清廉被他嗆得老臉通紅。

胡小天笑瞇瞇道：「我既然把修葺青雲橋的任務接下來了，那就一定能幹好。」

許清廉道：「口說無憑！」他一步步逼近，試圖將胡小天推入自己早已設好的圈套。

胡小天卻偏偏不上他當，想我給你立軍令狀嗎？門兒都沒有，再說你也不配啊，胡小天道：「大人，咱們身為青雲父母官，理當為百姓分憂解難，而不是往老百姓的身上強加負擔，你說對不對？」

許清廉點了點頭：「我也是這麼想。」

胡小天冷笑看著許清廉，才怪！你不是號稱青天高三尺嗎？吃了原告吃被告，青雲縣的老百姓提起你哪個不是怨聲載道，這會兒居然在我面前充好人了。胡小天道：「己所不欲勿施於人，咱們想讓老百姓順順當當地捐錢，就應當做個表率，以身作則才能服眾，你說對不對？」

許清廉有些明白胡小天的意思了，這小子是想他們這些當官的帶頭捐錢，許清廉生就的吝嗇性情，讓他掏錢比割他的肉還難，他咳嗽了一聲道：「小天，非是本官不贊同你的提議，可是你也知道，咱們每年的俸祿實在是可憐，也就剛剛夠養家糊口，哪有多餘的錢捐出去，即便是咱們每人都捐出一些銀兩，那也是杯水車薪，解決不了根本的問題。」

胡小天道：「態度！老百姓想要的無非是咱們的一個態度，杯水也是水，積少成多，聚沙成塔，有道是莫以善小而不為，如果咱們都不願做，老百姓又怎麼可能心甘情願地拿錢出來呢？」

許清廉又連續咳嗽了兩聲道：「此事需要和諸位同僚商量一下，暫且不要操之過急。」

胡小天早就看出這廝是個小氣鬼，上不得檯面的貨色，當下拱了拱手道：「許大人，這篇公告還望您儘快發佈出去，以免老百姓以訛傳訛，影響了我個人聲譽事小，影響到整個衙門的公信事大。」

許清廉點了點頭，目送胡小天遠去的背影，唇角不由自主又浮現出一絲冷笑。

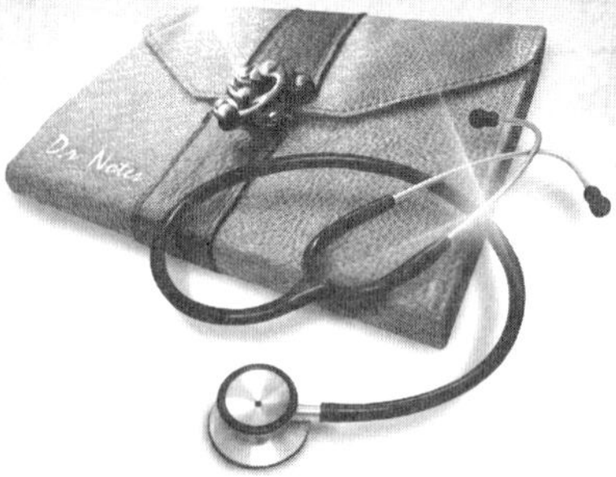

第七章

官匪一家的隱秘

胡小天內心不由得一怔，這方面他還從未考慮過，
如果蕭天穆的說法屬實，那豈不是官匪一家？
他沉吟了一下，他們這群人自從剿匪失敗之後，
一直潛伏在青雲縣默默調查，掌握的內幕應該比自己要多得多，
此人的話不可不信，也不可全信。

胡小天出了大堂，看到一個灰色的身影倏然躲到了右側的牆拐處，雖然身法很快，可仍然沒能逃得過他的眼睛。

胡小天笑著走了過去，繞到牆角處，看到主簿郭守光滿面尷尬地躲在那裡，郭守光的右眼之上仍然烏青一塊，這是被胡小天昨兒一腳給踹的，想起昨晚被胡小天一腳踹倒在地痛毆的場景，郭守光此時仍然恨得牙根癢癢。雖然他在青雲只是一個主簿，官算不上大，可好歹也稱得上是德高望重，在這麼多人面前胡小天讓他丟盡了面子，士可殺不可辱，此仇不報非君子。

這個世界上有很多種人，有人從來都不把自己當成什麼君子，可有人明明幹著卑鄙無恥的事情，卻偏偏要以君子自居，郭守光顯然屬於後者，見到胡小天恨由心生是一方面，害怕是另一方面，所以郭守光才會躲起來。

胡小天眼神何其犀利，雖然只是匆匆一瞥，卻已經認出了郭守光，快步跟了過去，嬉皮笑臉道：「郭大人，你在跟我藏貓貓嗎？」

藏你大爺個頭，郭守光內心憤憤然罵道，可這種話他斷斷然是不敢輕易說出來的，昨天已經領教了胡小天的黑腳，這貨顯然是個不懂尊老愛幼的無賴，更讓郭守光鬱悶的是，他居然還是自己的上司。

郭守光耷拉著腦袋，非常敷衍地作了個揖：「胡大人，卑職這廂有禮了。」

胡小天看到郭守光半隻熊貓眼的狼狽模樣心中暗樂，再想起昨天一腳把這廝踹到尿坑裡面的情景，心中馬上湧現出一個大大的爽字，玩虛偽胡小天從來都不甘人後，裝模作樣道：「郭大人，你眼睛怎麼了？」

郭守光在心裡默默問候胡小天祖宗十八代，你這不是明知故問嗎？昨晚不是你在我眼睛上踹了一腳，老子會淪落到如今這副模樣？他歎了口氣道：「昨晚的事情，胡大人不記得了？」

「昨晚的事情……」胡小天一臉迷惘，裝出一副苦思冥想的模樣，過了一會兒他方才撓了撓頭道：「昨晚的事情我好像記得一些，許大人灌了我幾杯酒，然後……好像你過來敬酒，再然後，咱倆好像一起去茅廁……再然後……我就不記得了……」

郭守光氣得只咬牙，你選擇性遺忘，對你不利的完全都忘記，根本就是在裝。

胡小天當然是在裝，而且還裝得有模有樣：「那啥……郭大人，我昨晚該不會在酒後做出什麼逾越禮節的事情，如有失禮之處，還望郭大人多多擔待。」

郭守光心中再生氣也明白這次沒地兒說理去，誠如胡小天昨晚所言，他毆打自己的時候根本沒有其他人在場，誰也無法替自己作證，這頓揍十有八九是白挨了。

胡小天道：「郭大人，剛剛我跟許大人說過，許大人也同意了，回頭你幫我將公告廣為散發出去，拜託了啊！」

郭守光一頭霧水道：「什麼公告？」

胡小天道：「等你見到許大人就清楚了。」

郭守光目送胡小天離去，這才匆匆來到大堂和正在那裡翻看卷宗的許清廉相見，他把剛剛遇到胡小天的事情說了。許清廉點了點頭，將胡小天剛剛草擬的那份公告遞給郭守光過目。

郭守光看完之後，壓低聲音道：「大人同意將這張公告廣為張貼出去？」

許清廉道：「他現在的日子只怕不好過吧？」

郭守光低聲道：「過街老鼠，人人喊打！」

許清廉呵呵笑道：「守光啊，還是你的主意多，讓他去修青雲橋，單單是募集資金就足夠他頭疼了。」

郭守光道：「大人有沒有給他設定期限？」

許清廉搖了搖頭道：「這小子相當的狡猾，暫時我還沒有搞清他的來路，不適合將事情做得太絕。」

郭守光哀歎道：「大人難道看不出，此子狼子野心，上任第一天起就覬覦大人的位子，大人千萬不可太過仁慈，否則必受其害。」

許清廉雖然對胡小天沒什麼好感，可也並不認為他對自己有太大的威脅，自己在青雲經營了兩年，正是根深蒂固的時候，一個剛剛到來的年輕人就想動搖自己的根基，只怕沒那麼容易，他漫不經心道：「知己知彼，百戰不殆，下手之前必須查清楚他的背景來路。

郭守光道：「此人驕橫無理，昨晚我好心陪他如廁，他卻在我背後突施冷腳，我跌倒之後，他還一腳踹在我的眼睛上，大人要為卑職做主啊！」

許清廉道：「這件事我問過他，他矢口否認，守光啊！畢竟當時無人在場，沒有認證，我也無法將他治罪。要說這小子還是有些頭腦的，居然想出了讓我們先出頭捐錢，說什麼以身作則。」

郭守光對這位縣太爺的吝嗇性情是非常瞭解的，他歎了口氣道：「大人，咱們縣衙上上下下，薪水實在是微薄得很，大家都是有心無力，即便是硬要捐，也拿不出太多錢來，那點錢和修橋所需的銀錢相比，根本就是九牛一毛啊！」

許清廉深有同感道：「可不是嘛！」

郭守光道：「他想借著這件事出風頭，根本沒有考慮過同僚的感受。」

許清廉點了點頭，手指不由自主地落在驚堂木上，拿起卻又想起現在並非是開堂之時，而後又輕輕放下，低聲道：「你有什麼主意？」

郭守光向他靠近了一步：「他既然答應去修建青雲橋，就等於拿到了一塊燙手山芋，拿到手裡容易，想要丟掉……嘿嘿……」他冷笑了一聲又道：「這橋沒那麼容易修起來的，他籌措不到錢，完不成您給他的任務，罰他也是天經地義，若是他籌集到銀錢，順利將橋修起來，一樣會遭到百姓的不滿，到時候只要有人告他個製造名目，名為捐錢實為斂財，您說變州府會不會坐視不理？」

許清廉嘿嘿笑了起來，乾枯的手指輕撫頷下長髯道：「公告的事情先壓一壓。」

郭守光道：「我將徵召河工石匠的告示先貼出去。」

「簽他的名字讓他蓋上官印。」許清廉勢要把刁難進行到底。

郭守光因為挨了胡小天那頓痛揍的緣故留下了心理陰影，低聲道：「大人，他那個人無禮得很，倘若再找我的麻煩……」

許清廉冷笑道：「你放心，有本官給你撐腰，諒他沒那個膽子。」

郭守光信他才怪，挨打的時候就在許清廉的官邸，怎麼沒見他為自己出頭？以上兩更為保底更新！求保底月票！

胡小天即便是上輩子鬧醫療糾紛的時候，都沒混到人人喊打的份上，為了防止被老百姓認出，這貨連斗笠都用上了，做賊一樣來到馬車內，等車簾放下，這貨才舒了口氣，將斗笠取了下來：「悶死我了！」

慕容飛煙道：「公告的事情解決了？」

胡小天搖了搖頭道：「許清廉那個老東西巴不得我被老百姓給亂拳打死，我看他肯定還會製造麻煩。」

「你就打算逆來順受坐以待斃？」

胡小天目露凶光，咬牙切齒，伸手輕輕搭在慕容飛煙的香肩之上：「飛煙，今晚你幫我一刀咔嚓了這隻老狗！」

「什麼？」慕容飛煙被這廝嚇了一跳，有沒有搞錯，你是當官啊，還以為是做賊？再看胡小天，臉上已經是沒心沒肺的笑容，方才明白這貨是故意這麼說逗自己玩，氣得揚起了粉拳。

胡小天慌忙道：「且住，君子動口不動手……」他當然知道慕容飛煙粉拳的威力，慕容飛煙化拳為指，只是在胡小天身上輕輕一戳，胡小天頓時感到身體麻痹動彈不得：「喂……你居然點我穴……哈哈哈……」

慕容飛煙顯然沒有輕易放過他的打算，接著又點了胡小天的笑腰穴，馬車內響起胡小天歡快而瘋狂的笑聲。

外面趕車的柳闊海開始還沒覺得什麼，可後來聽到這笑聲響起半天都沒停歇，笑得柳闊海寒毛直豎，雞皮疙瘩都生出來了，不就是跟美女同乘一輛馬車嗎？至於高興成這個樣子？

胡小天直到下車的時候方才止住笑聲，有生以來他第一次意識到原來發笑也是個體力活，臉笑得通紅，眼淚都流出來了，嗓子眼發乾，腹直肌一陣陣發疼，連倆屁股蛋子都被括約肌提拉得緊繃過度，虐待，絕對是虐待，胡小天望著慕容飛煙一臉的委屈：「丫頭，拜託咱以後別這麼陰險。」

慕容飛煙莞爾一笑，活脫脫一個青春靚麗善良單純的女孩子，胡小天暗暗呸了兩聲，我呸，我呸呸呸，裝什麼善良，這女人陰起來還真是沒有下限。

胡小天活動了一下腰肢，雙手托在後腰，以一個極其挺拔向前的姿勢傲立於陽光中，姿勢有些不雅，但是透著倔強和不屈。

前方有一道彎彎曲曲的小河，小河兩旁綠柳成蔭，微風吹過，吹亂了滿樹的綠色絲條，宛如少女的秀髮在飛舞輕揚。綠樹掩映中現出一座莊院，那裡就是胡小天今日前來的目的地——紅柳莊。

紅柳莊外看不到一棵紅柳，多少顯得有些名副其實。胡小天率先舉步走過前方的石拱橋，來到紅柳莊大門前，還沒有走進，大門就從裡面打開了。

白白胖胖，臉上一團和氣的賈德旺出現在大門前，今日他不是過去的農夫打扮，而是身穿葛黃色絲綢長袍，手中拿了一把摺扇，合上摺扇，恭恭敬敬作了一揖道：「胡大人大駕光臨，草民有失遠迎，還望大人不要見怪。」

胡小天知道他們早已察覺到自己的到來，微笑點了點頭道：「賈德旺，傷好了嗎？」

賈德旺似笑非笑道：「好了傷疤，可疼痛還在，大人的這頓板子，草民永銘於心。」

胡小天歎了口氣道：「繞了這麼多的彎子還不是記仇？」他大步走入紅柳莊

內，慕容飛煙和柳闊海兩人也跟著胡小天走了進去。

賈德旺快步跟上：「大人來這裡所為何事？」

胡小天道：「賈六沒跟你在一起？」

賈德旺雖然知道胡小天已經識破了他和賈六之間的秘密，可嘴上仍然不露半點口風，嘿嘿笑道：「大人越說，我就越糊塗了。」看到胡小天突然登門，賈德旺內心自然有些忐忑。

胡小天道：「真糊塗不怕，就怕裝糊塗。」他將周霸天交給自己的木雕虎符遞給了賈德旺。

賈德旺看到那虎符，臉上的表情立時一變，重新向胡小天作了一揖，這次是一揖到地，恭敬道：「大人恕罪，事關重大，草民不敢疏忽。」

胡小天道：「我來找你是想跟你說些事情。」

賈德旺做了個邀請的手勢，慕容飛煙和柳闊海本想跟著一起進去，賈德旺道：「兩位還請留步，有些話我需要和大人單獨相商。」

慕容飛煙對賈德旺並不信任，冷冷道：「有什麼話不能公開說？」

胡小天卻笑道：「你們在外面等我，有些話的確是需要單獨說。」他相信周霸天應該不會坑害自己，其實以他今時今日的地位，也算不上什麼重要人物。胡小天之所以選擇來紅柳莊，一是因為好奇，他想要搞清楚周霸天和這幫人之間的關係，以及這幫虎頭營的將士羈留在此到底想幹些什麼？還有一個原因，胡小天有種預感，這群人和自己是友非敵。

賈德旺和胡小天一起走入內宅，他笑道：「胡大人真是膽色過人，您難道真不擔心我會對您不利？」

胡小天哈哈大笑：「為了區區十板子，就耿耿於懷，想要復仇？我怎麼看你都不像是心胸那麼狹窄的人。」

賈德旺道：「胡大人帶著我大哥的虎符而來，我自當以上賓相待。」說話間他們已經來到了後院，偌大的後院中，坐著一位白衣文士，那白衣文士靜靜坐在一棵桂花樹下，手中盤玩著一串金星小葉紫檀的佛珠，雙目緊閉，並沒有因為客人的到來而停下。

賈德旺恭敬道：「蕭秀才，胡大人到了。」他將胡小天剛剛遞給他的虎符交到文士的手中。

那白衣文士點了點頭，雙目仍然閉著，衝著胡小天過來的方向道：「在下蕭天穆，因為身體抱恙，所以無法迎接大人。」

胡小天看到他雙目始終沒有睜開，推測出他雙眼有疾，在白衣文士旁邊的石凳上坐下，輕聲道：「蕭先生眼睛不方便？」

蕭天穆道：「盲了！」他的聲音平淡無奇，並沒有任何失落的意味。

胡小天道：「不好意思，我太過唐突了。」

蕭天穆卻笑道：「沒什麼不好意思的，我七歲的時候就已經失明，距今已經有整整十八年了，早已想不起這世界本來的樣子，還好我有一雙耳朵。」

賈德旺為胡小天奉上一杯香茗，又幫著蕭天穆將杯中蓄滿熱水。

蕭天穆將那只虎符遞給胡小天：「這虎符是我大哥交給你的？」

胡小天不置可否地點了點頭，卻又想起蕭天穆看不到自己的動作，輕聲道：「他說你們會告訴我一些事。」

蕭天穆端起茶盞，品了口茶道：「大人想從我這裡知道什麼？」

胡小天道：「四個月前，西州虎頭營有一支一百人的隊伍前來天狼山剿匪，只可惜這支西川赫赫有名的精銳部隊卻在天狼山中了埋伏，被匪首閻魁率領的那幫馬賊圍困於封狼谷，死傷慘重，根據我查到的結果，事後只有三人從封狼谷逃出，返回西州之後，卻最終難逃一死，被震怒之下的西州節度使李大人問斬。」

蕭天穆表情古井不波，氣息一如往常那般平穩，手中穩穩端著茶盞，胡小天的這番話對他並沒有絲毫的觸動。

胡小天道：「虎頭營這一百人的統帥乃是一名叫周默的將領，我查到之後的戰況通報，說周默和其餘的兵士全都戰死於封狼谷中。」

蕭天穆淡然道：「胡大人臨來之前應該下了不少的功夫。」

胡小天道：「我剛剛來到青雲為官，湊巧發現了一些奇怪的事情，對我來說，我只想自己的任期平平安安，不想節外生枝。」

蕭天穆道：「大人在青雲監房中的一夜待得還舒服嗎？」

胡小天聽他這樣問，不由得笑了起來，那晚他被巡夜的捕快誤抓到監房之中，正是這個原因才讓他遇到了周霸天和賈德旺，從蕭天穆的問話中他已經知道，肯定是賈德旺將這件事告訴了他。

胡小天道：「終身難忘。」

蕭天穆道：「大人來到青雲，不去縣衙上任，卻先選擇隱姓埋名，微服私訪，這樣的苦心實在是讓人佩服。」

胡小天道：「陰差陽錯，實不相瞞，我可不是故意要前往監房裡面待著。」

蕭天穆道：「有些時候，越是危險的地方就越是安全，封狼谷之役死傷慘重，虎頭營一百名將士逃出來的只不過十一人，除去三名逃回西州的士兵，還有兩人傷重不治陸續身亡，也就是說，活下來的只有六個。」說到這裡，蕭天穆的臉上滿是悲憫之色。

胡小天道：「周霸天就是周默？」

蕭天穆沒有否認也沒有承認，歎了口氣道：「你既然已經猜到了，為何沒有向上通報？」

胡小天低聲道：「他是誰和我無關，我是青雲縣丞，做好自己份內的事情就已經足夠了。」

蕭天穆道：「你初來青雲，對這裡的事情看來並不熟悉，天狼山的馬匪之所以如此猖狂，其實是因為他們在青雲縣有內應。」

胡小天內心不由得一怔，這方面他還從未考慮過，如果蕭天穆的說法屬實，那豈不是官匪一家？他沉吟了一下，他們這群人自從劉匪失敗之後，一直潛伏在青雲縣默默調查，掌握的內幕應該比自己要多得多，此人的話不可不信，也不可全信，低聲道：「你也是虎頭營的人？」

蕭天穆搖了搖頭道：「我是一個瞎子，試問軍營之中誰又願意收留一個瞎子，我在這裡已經住了二十多年，土生土長的青雲人。」

胡小天笑道：「你和周大哥是怎麼認識的？」

「他救過我的命！」回答的很簡單，卻很好地解釋了為什麼要冒著風險幫助周霸天。

胡小天又道：「賈德旺和賈六也都是虎頭營的人？」

蕭天穆道：「賈六是，賈德旺不是，賈六跟隨我大哥從封狼谷逃亡出來，暫時藏身在紅柳莊。」

胡小天道：「我聽周大哥說，他留在這裡的目的就是要伺機復仇？」

蕭天穆道：「封狼谷一戰，大哥所帶的這幫兄弟幾乎被那幫匪徒全殲，活下來的只有六個，除了我大哥入獄躲避之外，其餘人都藏身在青雲縣內。」

「為什麼不逃離這裡？」

蕭天穆道：「逃了就這輩子都洗不清身上的冤屈，我大哥一直將他手下的士兵視為手足兄弟，這次就算是拚上他的性命也要復仇！」

胡小天道：「他畢竟是虎頭營的將領，擔心別人發現他的下落，於是想出了藏身監房的辦法，你負責週邊，一旦有了什麼重要的消息就想辦法向他通報。」

蕭天穆道：「在青雲想進入監牢並不困難，許清廉貪得無厭，從不放過任何敲詐勒索的機會，一個人如果眼睛只盯在錢上，就會忽略很多其他的問題。」

胡小天想起之前賈六和賈德旺的官司，不由得露出一絲微笑，這兩人為了通報消息甘心挨了不少的板子。如果不是自己看出了其中的破綻，這計策還算奏效。

蕭天穆道：「我聽說胡大人目前的處境有些不妙。」

好事不出門壞事傳千里，蕭天穆也聽說了這位新任縣丞因為要強迫老百姓捐錢，重修青雲橋的事情，目前已經落到過街老鼠人人喊打的地步。

胡小天道：「初到貴地，人生地疏，自然會遇到欺生之人，他們想方設法地往我身上栽贓陷害，讓我先失了民心。」

蕭天穆道：「每戶五兩銀子，如果當真執行下去，不知要逼得多少人家家破人亡！」他緩緩搖搖頭道：「我不相信胡大人這樣的聰明人會做出這種糊塗決定。」

胡小天道：「我已擬好公告，很快就會貼出來，向所有老百姓澄清這件事。」

蕭天穆呵呵笑道：「防民之口甚於防川，一旦決堤，再想堵住這個口子很難。大人對許清廉的為人並不瞭解，此人雖然只是個區區九品，但是深諳權術之道，敲詐勒索投機專營卻是一個高手。」

言者無心，聽者有意，蕭天穆雖然說的是許清廉，可區區九品這四個字卻讓胡小天的內心一震，官小了連老百姓都看不起，不過胡小天也明白人家並非是刻意針對自己。

蕭天穆道：「許清廉在青雲當地有青天高三尺的稱號，自他上任以來橫徵暴斂，強取豪奪，這青雲百姓被他害得苦不堪言，在胡大人前來青雲之前，有位楊縣丞還算正直，因為看不過這幫貪官污吏的所為，跟他們據理力爭，卻遭到這幫官吏的處處排擠，前往燮州府又投訴無門，最後氣得重病吐血，就在去年秋季，通濟河秋汛之時還抱病前往河岸邊視察，卻不慎跌入洪水之中，到現在連屍體都沒找到。關於這件事有個民間傳言，說楊大人是被人給推下去的。」

胡小天聽到這裡不由得義憤填膺，過去只覺得許清廉這幫人只是貪得無厭，卻沒有想到他們居然膽敢謀害人命。

蕭天穆道：「許清廉在青雲官場根基很深，楊大人死後不久，對楊大人不利的言論便塵囂而上，藉口楊夫人服喪期間和姦夫來往，辱沒楊大人清譽，帶領三班衙役前往楊家去大肆搜捕，在楊大人借住的院子裡挖出了兩罈銀元寶，楊夫人受辱不過，當晚便懸樑自盡了，他兒子楊令奇原本前往進京趕考的路上，聽聞父母雙亡的消息折返回來討還公道，可人還沒有回到青雲人就已經失蹤了，至今也沒有絲毫的消息。」

胡小天怒道：「這幫混帳，當真以為沒有天理王法了嗎？」

蕭天穆道：「我雖然沒有做過官，可是我卻知道，官字兩個口，全憑嘴一張，不在乎你有沒有道理，只在乎你怎麼說，別人怎麼說？自古以來這官場之中就是最為殘酷的地方，順我者昌，逆我者亡，大人初來青雲便處處擺出和許清廉作對的架勢，以後只怕要小心了。」

胡小天非但沒有感到害怕，反而哈哈大笑了起來：「你看來對我也做過一番瞭解。」

蕭天穆道：「大人對我們的事情這麼感興趣，我們自然要多關心關心大人。」

胡小天道：「都瞭解到了什麼？說來聽聽。」

蕭天穆拱了拱手道：「大人從京城而來，據說是某位東海鹽商的公子，大富之家，出手闊綽，身邊兩位隨從，那位慕容姑娘武功卓絕，負責保護大人安危，大人來青雲之後，並沒有馬上前往縣衙上任，而是在青雲當地微服私訪，前兩日還打著郎中的旗號救活了萬家二公子萬廷盛。」

胡小天嘖嘖感歎道：「你不去搞諜報工作真是可惜了。」

蕭天穆聞言一怔，何謂諜報工作？他繼續道：「大人上任雖然沒有幾日，可是和縣令許清廉之間卻顯得格格不入，昨日大人前往通濟河視察，看來我們的縣令大人已經將修葺青雲橋的任務交給了你，一夜之間整個青雲縣的老百姓都知道您這位新任縣丞想要每家每戶拿出五兩銀子修橋的事情，大人目前的處境是不是有點舉步維艱？」

胡小天道：「難是難了一點，可還沒到山窮水盡的地步。」

「明槍易躲，暗箭難防！」

胡小天笑道：「兵來將擋水來土淹。」

蕭天穆道：「大人此來所為何事？」

胡小天道：「這目前的青雲縣衙對我來說猶如一塊鐵板，我如果硬生生踢上去，說不定會傷了我自己的腳。」

蕭天穆道：「大人真想紮根青雲？」

胡小天道：「想要紮根青雲必須要找到一片合適的土地。」他站起身道：「你這兒院子這麼大，卻不知土壤如何？」這句話等若委婉地拋出了橄欖枝。

蕭天穆道：「大人以為，這青雲的土地上長得出一棵參天大樹嗎？足以讓青雲百姓躲避風雨，享受蔭涼？」

胡小天自信滿滿道：「絕無問題！」

蕭天穆道：「大人切莫低估了自己的對手，青雲橋斷絕非偶然。」

「天狼山的馬賊為何要在通濟河上游築壩，他們為什麼一定要毀掉青雲橋？」

蕭天穆道：「青雲橋乃是青雲縣境內唯一通往燮州、西州的途徑。」

胡小天道：「不是還有水路，向下游七十里還有永濟橋。」

蕭天穆道：「汛期將至，通濟河水位不停上漲，水流湍急，進入七月為了保證河段安全，就會全面禁止舟楫來往，也就是說位於紅谷縣的永濟橋成為了不二選擇。任何商隊，過客都得從這裡通行。」

胡小天道：「天狼山的馬匪如果選擇在這條路段上下手，必然不會失手。可毀掉青雲橋……難道他們想要在紅谷縣境內下手？」想到這裡胡小天的內心不由得一驚，為什麼劫匪要刻意避開青雲，倘若劫案發生在青雲境內，青雲的這幫官吏必然難逃其責，首當其衝要被責罰的就是縣令許清廉，難道這許清廉和天狼山的劫匪有勾結？

蕭天穆意味深長地笑道：「其實大人已經想明白了。」

胡小天道：「到底什麼重要的東西，會讓他們如此煞費苦心？」

蕭天穆搖了搖頭道：「我也不知道，不過能讓天狼山馬匪如此興師動眾的事情，肯定不會是小事，對我們來說或許是一個復仇的機會，對大人來說也可能是紮根青雲剷除雜草的良機呢！」

胡小天此次前來紅柳莊可謂是收穫頗豐，從蕭天穆這裡他基本上搞清了青雲橋被炸的原因，更為重要的是，蕭天穆透露給他青雲官場內有人和天狼山的馬匪勾結，這件事非同小可。

胡小天臨行之前，蕭天穆道：「小心駛得萬年船，大人凡事還是謹慎為妙。」

胡小天笑道：「船到橋頭自然直，多謝蕭秀才提醒。」

為胡小天正名的公告遲遲沒有招貼出來，其實胡小天對此已經有了心理準備，許清廉那幫人沒那麼容易放過對付自己的機會。如今的青雲官場內，自己只能是孤軍奮戰，一個人無論能力如何強大，可終究有限，很多時候必須要借用外力，聯合周霸天只是第一步，想要在青雲迅速站穩腳跟，必須還要團結當地的實力財閥，胡小天能夠想到的那個人正是萬伯平。

身為青雲首富的萬伯平是青雲官場中每個人都想團結的對象，可萬伯平的背景讓他對青雲的這幫官吏始終嗤之以鼻，原本他是不會將胡小天這個新任縣丞放在眼裡的，九品芝麻官而已，連青雲的縣令許清廉他都不怎麼搭理，更別說這個新來的二把手，可胡小天和萬伯平的相識卻是結緣於萬家二公子萬廷盛的傷情，如果不是胡小天出手，只怕萬廷盛此時早已命喪黃泉了。

胡小天每天都會抽時間過來為萬廷盛換藥，順便檢查一下他的傷情。萬廷盛醒過來已有三天，可是他始終癡呆呆的一言不發，這讓萬家上下不禁有些擔心，命是救回來了，可腦袋上被開了一個大洞，萬一成了傻子，豈不是生不如死？

看到胡小天前來，萬伯平趕緊快步迎了上去，不禁憂心忡忡道：「胡大人，廷盛至今都沒有開口說話，還望大人為他診治。」

胡小天點了點頭，讓萬伯平耐心在外面候著，獨自一人走入了萬廷盛的房間內。

萬廷盛坐在床上，雙目靜靜望向前方，目光有些迷惘，不知他在想些什麼？胡小天先為他換了藥，確信傷口恢復得不錯，然後方才搬了一張椅子在床邊坐下，輕聲道：「你聽得到我說話嗎？」

萬廷盛的目光仍然沒有望向胡小天，連胡小天自己都有些心裡沒底了，該不會動手術的時候沒有將積血清理乾淨，壓迫到這廝的語言中樞，又或是腦部還有其他損傷沒有發現，這貨直接就變成了一個癡呆兒？

足足沉默了一分鐘左右，萬廷盛方才道：「我什麼都不記得了……」

胡小天聽到他終於開口說話，不由得長舒了一口氣，微笑安慰他道：「你頭部受了傷，恢復需要一定的時間，只要你耐心休養，一切都會慢慢好起來的。」雖然他對萬廷盛的為人非常不齒，可是看到自己成功將他的生命挽救了回來，心中仍然有種說不出的成就感。

萬廷盛轉向胡小天，他的臉上充滿了惶恐無助的表情，道：「我甚至不知道自己是誰？不認識我的父母兄弟……我不知道我過去做過什麼？我什麼都想不起來。」

胡小天輕輕拍了拍他的肩頭，他對萬廷盛的印象就是一個淫賊，這廝無所不用其極，買通樂瑤的貼身丫鬟，偷偷給樂瑤下藥，想趁著夜深人靜圖謀不軌，幸虧被自己及時發現，將樂瑤救了下來，保存了這小寡婦的清白。從萬廷盛現在的表現來看，他應該不是作偽，這貨將過去所有的一切都忘了，對大家來說未嘗不是一件好事，至少這世界上暫時少了一個壞人。

萬廷盛道：「你救了我？」

胡小天點了點頭，直言不諱道：「我沒那麼高尚，救你是為了拿酬金。」

萬廷盛充滿感激道：「胡先生，我雖然什麼都想不起來，可是我明白您是我的救命恩人，以後就算結草銜環，我也要報答您的大恩大德。」

胡小天暗自汗顏，萬廷盛如果知道最初的一棍子是自己打的，只怕將自己碎屍萬段的心都有了，他安慰萬廷盛道：「你不要有任何的心理障礙，他們都是你的家人，不會害你，克服內心的恐慌情緒，嘗試著和周圍人交流，有助於你恢復記憶，以你的身體狀況，用不了太久時間就能夠恢復健康。」

萬廷盛道：「謝謝胡先生。」

胡小天起身離去，心中暗忖，若是萬廷盛經過這次劫難之後真能變成一個好人，倒也不失為一件好事，可此人的本性極其陰險歹毒，等到他恢復了記憶或許會變本加厲地做壞事。

萬伯平一直在外恭恭敬敬地候著，聽聞兒子已經開口說話，自然是心情大悅。

胡小天提出有事和他單獨相商，萬伯平對這位新任縣丞也算是有了些瞭解，知道沒有天上掉金元寶的事情，引著胡小天來到自己的書房。

萬伯平的書房極大，紅木書架上擺放著成千上萬冊藏書，只不過這些書籍基本上都沒動過，像萬伯平這種富豪，即便腹中沒什麼墨水，也得弄點書籍充點門面。

一個俊俏的丫鬟走進來為兩人泡茶，一舉一動頗具一流茶藝師的風範，為兩人泡好茶之後，婷婷嫋嫋退出了門外，胡小天的目光不禁追逐著那丫鬟宛如風中擺柳的腰肢，其實這丫鬟也就是中上之姿，和小寡婦樂瑤這種極品美女自然無法相提並論，胡小天之所以表現得那麼誇張，是故意將破綻展露給別人，要讓萬伯平對自己產生貪財好色的印象。

萬伯平果然從胡小天色授魂與的表情中讀懂了什麼，他笑道：「這丫鬟非常懂事，長相俊俏，擅長茶藝，若是胡大人喜歡，我就將她送去伺候大人。」

胡小天心想萬伯平倒是捨得出血，嘿嘿笑了一聲道：「萬員外太客氣了，我那點微薄的俸祿可養不起這麼標緻的丫鬟。」

萬伯平心中暗罵，什麼意思？難不成我送丫鬟給你還要幫你養著？這貨本來也不是什麼慷慨人物，既然胡小天這麼說，趁機就下了台階：「胡大人想必是顧惜官聲啊，既然如此，我就暫且幫胡大人養著，您什麼時候想讓她陪您，我便給您送過去。」

胡小天嘿嘿笑了一聲，沒說同意，也沒說不同意，跟我玩性賄賂啊，你當老子那麼容易上當？他品了口茶讚道：「好茶！」

萬伯平道：「胡大人，照您看我兒子何時能夠恢復神智？」

胡小天道：「這件事不可操之過急，我看萬員外首先應該擔心的應該是如何改變一下萬府的風水佈局。」

萬伯平跟著點了點頭，他正要提起這件事呢。

胡小天卻在此時歎了一口氣：「我本想幫你解決這件事，只可惜最近諸事纏身，實在是抽身不能啊！」

萬伯平道：「胡大人遇到了什麼事情？可否說來聽聽？」其實他對胡小天遇到

的麻煩已經有所耳聞，隱約猜到，胡小天這次十有八九是要開口找自己要銀子。

胡小天道：「萬員外，咱們認識的時間雖然不長，可不知為了什麼，我感覺和你投緣得很。」

萬伯平虛偽笑道：「我也是一樣的感覺。」心中暗自警惕，你跟我投緣？投個屁的緣，你看上的是我的銀子吧。

胡小天道：「萬員外，我有一個不情之請。」

萬伯平暗歎，這狐狸尾巴終於露出來了，不知這廝想要多少？為了我兒子的病，我已經先後花了三百金，按理說夠你揮霍一陣子的了，這才幾天，又想要錢？看在你能幫我破風水局的份上，我再付出一次。

胡小天道：「既然你我彼此如此投契，不如咱們結拜為異姓兄弟怎樣？」要說結拜這一手，胡小天完完全全是從史學東那裡學會的，在當今這種時代背景下，結拜無疑是拉幫結派的最好手段，不是說結拜了就得同生共死，有句話不是那麼說嗎，兄弟就是用來出賣的。

萬伯平怎麼都不會想到胡小天會提出這樣一個要求，跟我結拜？這不是擺明了要占我便宜嗎？我的年齡當你爹還差不多，萬伯平雖然不敢輕視胡小天，可他並不認為胡小天有跟自己結拜的資格。在這個時代，結拜還是相當慎重的，並不是每個人都像胡小天、史學東之流將結拜當成過家家似的，興頭上來就八拜為交。

胡小天一看萬伯平表情遲疑，心中就暗叫壞了，今天是熱臉貼上了冷屁股，主動給人家拒絕的機會了。

萬伯平果然道：「胡大人，不是萬某不想高攀，而是我幼年時我娘找人給我算過命，說我命中註定沒有兄弟，所以……」

胡小天哈哈大笑，心中暗罵萬伯平給臉不要臉，不過這也怪不得人家，萬伯平是識破了胡小天的用心，當然不想白白被胡小天占了便宜，胡小天道：「其實結拜與否只是一個形式，只要咱們投緣，朋友也是一樣。」

「可不是嘛！」萬伯平也是滿臉堆笑，朋友？當我是朋友還坑了我那麼多金子，真要是跟你這種人結拜，老子豈不是要被你坑得吐血三升？

胡小天道：「既然萬大哥這麼說，我也就實話實說。」

萬伯平真是有些哭笑不得了，都說不跟你結拜了，你還厚著臉皮叫我大哥，莫非真準備訛上我了？雖然心中對胡小天戒備萬分，可目前還不敢開罪這廝，畢竟在風水破局方面還有求於他，且聽他說說，反正也沒什麼損失。於是萬伯平道：「胡大人請說！」隨便你叫得如何親熱，像你這麼狡詐的兄弟我可不敢認。

胡小天聽他對自己的稱呼就領會到這貨仍然是跟自己劃清界限的意思，又歎了口氣道：「朝廷派我來青雲為官，我滿懷熱情而來，不求能夠成就一番驚天動地的偉業，只希望能幫著青雲的老百姓踏踏實實做點好事，以造福一方為己任，怎料到我的理想如此美好，現實卻如此殘酷。」

萬伯平心中暗笑，胡小天雖然頭腦精明狡詐，可畢竟年輕，從目前掌握到的情況已經知道，胡小天在抵達青雲之後就碰了釘子，強龍不壓地頭蛇，你胡小天就算有些本事，也未必鬥得過在青雲經營多年的那幫官吏，許清廉那幫人可都是個頂個的老油條，萬伯平故意道：「胡大人是不是遇到了麻煩？」

胡小天點了點頭道：「一夜之間，這全城的老百姓都視我為仇，你說我剛剛才到青雲沒幾天，我究竟幹了什麼事兒鬧得天怒人怨，搞得人人喊打，我冤不冤吶？」

萬伯平不禁莞爾，他笑可不是幸災樂禍，是因為他在胡小天的身上居然發現了特屬於年輕人的天真，搖了搖頭道：「我聽說胡大人為了修葺青雲橋，要讓每戶捐獻五兩銀子？」

胡小天怒道：「這是哪個王八蛋在胡說八道？根本就是坑我嗎！」

這話雖然不是萬伯平說的，可聽胡小天爆粗痛罵，不由得也是老臉一熱，這小子的修養實在是有點讓人著急啊，你雖然官小了點，可畢竟是個官吶，當官的怎麼能口不擇言呢？

胡小天憤憤不平道：「萬大哥，你看我像不像個傻子？」

萬伯平聽他一口一個萬大哥叫得親切，大有賴上自己的趨勢，臉上露出苦笑道：「怎麼可能，胡大人一表人才年輕有為，除非是個瞎子才會這麼說。」

「那就是了，我剛來青雲，當然知道水能載舟亦能覆舟的道理，每戶五兩銀子，除非是頭豬才能想出這樣的主意去得罪老百姓。」

萬伯平聽他說得好笑，想笑又怕觸怒胡小天，只能強忍著，點了點頭道：「我也覺得這件事太過荒唐，而且官府也沒有正式張榜公告。」

胡小天道：「有人擺明了要坑我，要把我的名聲搞臭，讓整個青雲縣的老百姓都與我為敵！」

萬伯平故意道：「莫非胡大人在青雲有什麼仇家？」

胡小天道：「我一向與人為善，怎麼可能會有仇家？」

萬伯平道：「與人為善未必就沒有仇家，有些時候，連自己都意識不到就觸犯了別人的利益。」

胡小天道：「我初涉官場，之前就聽說這官場之中，勾心鬥角，爾虞我詐，官員之間為了爭權奪利，無所不用其極，現在看來果然如此啊！」

萬伯平深有同感地點了點頭：「官場上的事情我不清楚，實在是有心無力啊。」他是一頭不折不扣的老狐狸，已經看出胡小天今天前來，是為了尋求自己的支持，輕易不會蹚胡小天的這渾水，萬伯平認為胡小天應該是打聽到了自己的背景，得知他的妹夫楊道全是燮州太守。

胡小天道：「我想萬大哥幫我一個小忙。」

萬伯平道：「只要萬某力所能及，必傾力相助。」說話必須要給自己留有三分餘地，一旦勢頭不妙，趕緊順坡下驢，你在官場上的麻煩干我屁事，雖然你救了我兒子，可我也是付出了一大筆診金的，想要借用我在官場上關係幫你打壓同僚？我可沒那個閒情逸致。

胡小天道：「我本來是不想麻煩萬大哥的，可這青雲縣論到德高望重首推就是您。」

萬伯平雖然明知這廝是在吹捧自己，可心頭還是感覺到舒坦，千穿萬穿馬屁不穿，萬伯平縱使家財萬貫，可被地方官如此吹捧，也感覺到顏面有光，即便是強行抑制住，可眼角仍然流露出淡淡的喜悅，謙虛道：「大人過獎了。」

胡小天道：「我從來都喜歡實話實說，萬大哥，您不僅德高望重，還是青雲縣的商界泰斗，在商界的影響力無人能及。」

如果說德高望重這四個字萬伯平還受之有愧，商界泰斗這四個字他應該是名副其實，放眼青雲縣誰能比他更有錢？

捧得越高，摔得越重，萬伯平心裡雖然舒坦，可警惕並沒有放鬆，搖頭晃腦道：「不敢當……胡大人有什麼事情只管直說。」

胡小天道：「我想萬大哥出面主辦一個慈善義賣活動。」

萬伯平微微一怔：「什麼？」何謂慈善義賣？這倒是一個新鮮的詞兒。

胡小天道：「就是大家拿出一部分自己平時用不著的東西出來進行拍賣，所得到的款項全部用來修建青雲橋，一方面可以弘揚善舉，另一方面還可以解決青雲橋維修資金的難題，這豈不是一舉兩得。」

萬伯平心想繞了一個圈子還不是想讓我掏錢？他推辭道：「胡大人，我何德何能，這麼重要的事情只怕我擔當不起啊！」

胡小天道：「我初來青雲，人生地疏，我要是出面號召，肯定是應者寥寥，所以我才想借用萬大哥的影響力，只要您振臂一呼，這青雲縣的所有商戶誰敢不給您面子，您說是不是？」

萬伯平還在猶豫，胡小天又道：「萬宅風水的事情，我分文不收，權當是作為對萬大哥此次義舉的回報。」

萬伯平聽到這裡不由得怦然心動，他在內心中權衡了一下利弊，終於緩緩點了點頭道：「那我就硬著頭皮做一次！」

胡小天道：「此事是你跟我聯辦，萬大哥明白嗎？」

萬伯平自然明白他那點小九九，這小子是不想許清廉那幫人參與，把他的風頭搶了去，微笑道：「胡大人放心，我會做好這件事。」

萬伯平投之以桃，胡小天當然要報之以李，這貨馬上就開始在萬府佈置風水局，其實他懂個屁的風水，唬弄倒是一把好手，可多數的風水師不就是大騙子嗎？胡小天先給萬伯平提出了幾點整改意見，第一是萬府後花園的池塘，池塘太大，陰氣太重，而且池塘為方形，讓萬伯平將池塘改成月牙形，月牙的兩個尖角分別衝著前後大門，他說這叫破煞。

萬伯平信以為真，讓管家萬長春馬上記了下來，胡小天又說萬廷昌和萬家不合，必須要他從萬府中搬出去，反正唬弄也不要負什麼法律責任，對於萬廷昌這種憊懶無恥的貨色，能踩兩腳絕不會省一腳。

最後胡小天又讓隨行的梁大壯從包裹中取出九個香爐，這叫九鼎鎮邪，名字是胡小天自己想出來的，香爐是他從市場上淘來的舊貨，花了他一兩銀子，胡小天發現每個人都有缺點，別看萬伯平老奸巨猾，可在風水的事情上非常迷信，胡小天道：「萬大哥，有件事我必須得說明白，雖然我幫你破了這個風水局分文不收，但是香火錢是必須要給的，不然顯不出你的誠心。」

萬伯平知道胡小天又在坑他，可為了破自家的這個風水局，就算心頭滴血也得認，他點了點頭道：「你說多少！」

胡小天道：「三百金吧。」

萬伯平感覺到心口如同被人狠捅了兩刀子，就這幾個破破爛爛的香爐居然要我三百金，這品相加起來能值一兩銀子嗎？可香爐雖破，一旦冠以法器的名目，頓時就成為了無價寶，萬伯平只能忍痛點了點頭，胡小天這個人現實得很，同意了就得拿錢，一手繳錢一手做事，風水之事馬虎不得。其實今天他原本沒打算找萬伯平要錢，香爐權當是送給結拜哥哥的禮物，可萬伯平給臉不要臉，居然拒絕了他結拜的請求，不坑你坑誰？

梁大壯一旁看著，心中又是想笑又是佩服，少爺這唬弄人的本領自己是拍馬不及啊，簡簡單單幾句話，就讓萬伯平乖乖掏出金子來，粗略一算，在萬伯平身上已經敲了六百金了，這對普通人來說絕對是一個天文數字。想想自己決定留在少爺身邊那是無比的英明正確，吃香的喝辣的不說，還能跟著少爺學會不少的本事，這看風水也沒什麼難度，跟著看一遍就學會了，無非就是唬弄啊！

胡小天想出九鼎鎮邪的主意絕不是為了幫助萬伯平破什麼風水局，而是趁著佈置鼎爐的功夫又可以接近一下小寡婦樂瑤。這廝裝模作樣地在萬府內佈置了鼎爐，還煞有其事地燃香焚符，做這些事的時候，是不允許有人旁觀的。

第八只香爐放置在樂瑤的房間內，依然是總管萬長青在外面等著，因為胡小天做得隱秘，直到現在都沒有被萬家人看出破綻。

看到胡小天出現在自己面前，樂瑤沒來由一陣心跳加速，自從胡小天上次離去之後，他的音容笑貌就不時出現在她的腦海中，連她自己也搞不懂為何對他會記憶得如此深刻。

胡小天朝她笑了笑，然後著手安放香爐，一邊放置香爐還不忘向外面看，謹慎為上，如果讓萬家人得悉了他的用心，只怕就再也不能自由出入了。

胡小天道：「他們有沒有為難你？」

樂瑤搖了搖頭，小聲道：「胡公子沒事吧？」

胡小天笑道：「當然沒事。」他在香爐內插了三支香，然後又弄了張黃紙貼在門窗上，這是他胡亂畫的符號。做完這些，低聲道：「連續七天，我都會過來更換道符，你不用怕，我自有幫你脫身的方法。」

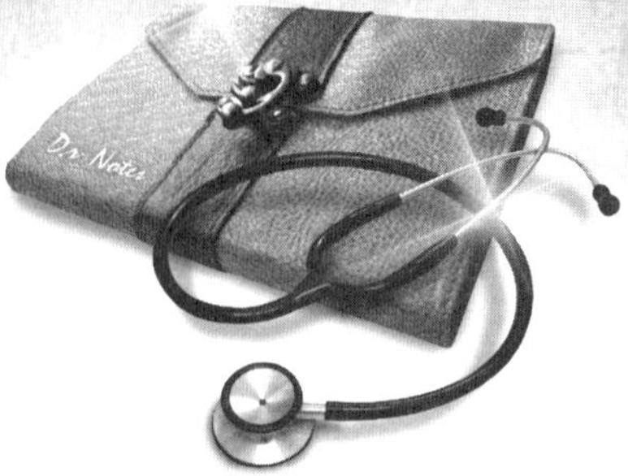

第八章

宿醉的老烏龜

胡小天坐在床邊已經聞到一股子濃烈的宿酒氣息，
心中一琢磨，這許清廉十有八九在說謊，
什麼生病，根本就是喝多了，
把老子支出去幹苦差，你躲在衙門裡吃香喝辣，
怎麼不喝死你這隻老烏龜！

樂瑤抿了抿櫻唇，俏臉上流露出欣慰之色，自從嫁入萬家之後，她還是頭一次感覺到如此的踏實安全。

胡小天擔心萬長春懷疑，不敢久留，快步離開了院子。

萬長春看到他出來，有些詫異道：「這麼快？」

胡小天道：「是非之地，煞氣太重，我也不敢逗留太久。」

萬長春聽他說得凝重，心中信了九成，有些惶恐地向院門看了看，然後跟著胡小天一起快步離開。走了幾步，他忍不住道：「胡大人，您說這院子裡煞氣太重是什麼意思？」

胡小天道：「你是凡夫俗子，當然看不到其中奧妙。」他停下腳步，指著樂瑤所住的院落道，「今日雖然陽光普照，可那院子的上空卻黑氣縈繞，愁雲慘澹。」

萬長春瞪大了雙眼，也沒有看到什麼黑氣愁雲。

胡小天道：「萬家最近出了這麼多倒楣事，都是因為冤魂羈留不走的緣故，如果不儘快驅走這冤魂，只怕萬府上下全都要深受其害。」

萬長春聽他說得如此嚴重，不由得打了一個寒戰，身為萬府管家，他對萬府的事情知道的清清楚楚，趁著這個機會，他低聲問道：「胡大人可以破局嗎？」

胡小天道：「我真是奇怪，這萬府內為何有那麼多的冤魂？」

一句話把萬長春嚇得臉色蒼白，他的表情變化並沒有逃過胡小天的眼睛，胡小天不由得心中一動，難道這萬府之中除了三少爺之外，還有人死於非命？胡小天故意道：「實不相瞞，能否破局，我也沒有十足的把握，不過，這九鼎鎮邪是我學過的最厲害的法術，應該可以驅散萬府中的冤魂野鬼。」

萬長春額頭見汗，喃喃道：「有勞胡大人了。」

胡小天從懷中掏出一張黃紙，上面畫著一個英文字母，大寫的SB，古往今來，用英文畫道符的，胡小天算得上是頭一個，這貨也不夠厚道，唬弄了人家的金子還要罵人家SB，他將那張道符遞給萬長春：「這張道符我送給你了，你悄悄收好，回到房中，貼在你的床頭，可保你不受冤魂的侵擾。」

萬長春連連稱謝，如獲至寶般將道符收好了。

胡小天從不做賠本的買賣，馬上又將手攤開伸了出去，低聲道：「香火錢……不然不靈驗的。」

萬長春向周圍看了看，從懷裡掏出了一把碎銀。

胡小天心想管家的私房錢也有不少啊，不過他也沒把這點錢看在眼裡，笑道：「一文就夠了。」

萬長春愣了一下，接過胡小天遞還給他的銀子，然後找了個一文錢遞了過去。

胡小天道：「我是看萬管家忠實厚道，換成別人，這點錢是萬萬不夠的。」

萬長春對胡小天的這番話卻深信不疑，剛剛他親眼見證胡小天用了九隻香爐就換走了三百兩金子。他感激涕零道：「多謝大人，以後用得上小人之處，必效犬馬之勞。」

胡小天點了點頭道：「三少爺死得是不是很慘？」

萬長春聽胡小天這樣問，頓時遲疑起來，過了好一會兒方才道：「死得突然，老爺對少爺的死因也感到奇怪，請了醫生，官府也派仵作也來看過，確定三少爺是得急病死的。」

胡小天點了點頭。

萬長春道：「那冤魂為何不肯離去？」

胡小天道：「可能是眷戀他的妻子吧！」

萬長春道：「若是三少奶奶搬走，那冤魂豈不是就會跟著一起離去了？」現在萬府上上下下都把樂瑤視為第一號災星，一個個巴不得讓她早點離去。

胡小天搖了搖頭，故意道：「有人捨不得放她走呢！」

萬長春聽了這句話，馬上沉默了下去。若說萬家的事情沒有人比他更加清楚，三少奶奶美貌驚人，萬家從老爺到兩位少爺無不覬覦她的美貌，自從樂瑤寡居之後，老爺少爺們沒少過來滋擾，這是府裡上上下下都知道的秘密，可這是家醜，不能對外說，之所以留樂瑤在此，肯定是老爺的主意，萬長春心中暗歎，老爺為了一己私欲，連累了萬府的所有人啊。

胡小天和梁大壯直接前往了三德巷，宅子已經通過福來客棧的老闆蘇廣聚買了下來，本來還想過兩天再搬過來，可胡小天現在是人人喊打，每天都有人前往福來客棧圍追堵截，搞得他好生狼狽，於是才決定提前搬了過來，至少目前沒多少人知道他在這裡的住處。

兩人抵達的時候，慕容飛煙、蘇廣聚、柳當歸父子那幫人全都在，正在幫忙打掃房間，慕容飛煙頭上頂著一方藍印花手帕，在擦拭門窗，揚起的皓腕之上銀光閃閃，卻是將胡小天送給她的苗銀手鐲戴上了。

胡小天笑瞇瞇走了過去，湊近慕容飛煙的身邊深吸了一口氣，有些誇張道：「好香！」

慕容飛煙瞪了他一眼：「邊兒去，別打擾我幹活。」

胡小天道：「我是說花香！」這廝又嬉皮笑臉道：「其實你身上的味道比花香還要好聞。」

慕容飛煙將手中的抹布向他丟去，胡小天早有準備，一閃身躲了過去。

慕容飛煙道：「這麼喜歡笑，不如我幫你笑個夠。」

胡小天對她上次點了自己笑腰穴的事情仍然記憶猶新，嚇得趕緊退了兩步：「那啥，告訴你一個好消息。」

慕容飛煙道：「沒興趣！」

胡小天道：「不知為了什麼，我遇到開心事兒的時候，總想找個人分享。」眼睛巴巴地看著慕容飛煙，顯然是說想和她一起分享。

慕容飛煙指了指遠處的梁大壯：「他挺合適，你說什麼他都願意聽。」

「我想找個女人分享。」

慕容飛煙道：「你去翠紅樓吧，那兒的姑娘多得是。」

胡小天道：「加起來都不如你貼心。」

慕容飛煙柳眉倒豎，一雙纖手叉在纖腰兩側，虎視眈眈道：「我看你是活膩歪了，居然把我和那種人相比？」

胡小天哈哈大笑，這廝深諳見好就收的道理，偶爾調戲一下慕容姑娘那是需要適可而止的，過度不好，十有八九就得挨揍。

慕容飛煙望著這廝遠去的背影，唇角卻不由露出一抹笑意，銀鈴般叫道：「喂，你還沒說什麼事情呢？」

「偏不說，我憋死你！」

「我呸！有什麼了不起的！你想說我還不樂意聽呢。」

依著蘇廣聚原來的意思，是巴不得胡小天多在自己客棧裡住些日子的，雖然賺不了多少，可這畢竟是和官員拉近關係的機會，而且縣丞住在自家客棧，連帶著他的地位也有不少提升，街坊鄰居看他的眼神都明顯帶著羨慕，可從爆出這位縣丞大人負責修葺青雲橋，每戶要強捐五兩銀子的事情之後，一切就全部改變了。青雲老百姓視之如仇，連帶著福來客棧也跟著倒楣，所以胡小天這時候提出離開，也是蘇廣聚求之不得的事情。

喬遷新居按理說是要邀請左鄰右舍過來賀喜，至少也要放一掛鞭炮，可對胡小天而言現在是非常時期，什麼排場儀式能免則免，蘇廣聚過來的時候也帶來了不少的食材，柳當歸則帶了自己珍藏多年的好酒。

當晚蘇廣聚下廚做了幾道拿手菜，眾人就在院子裡擺上桌椅飲酒聊天。幾杯酒下肚，蘇廣聚也打開了話匣子，現在青雲縣境內關於胡小天的流言蜚語不少，幾乎都是他的壞話，胡小天在傳言中已經成了一個貪得無厭的酷吏，蘇廣聚為胡小天的遭遇深感不值。

胡小天對此卻不以為然，他笑道：「清者自清，我又沒做對不起老百姓的事情，他們即便是現在針對我，也只是暫時被人蒙蔽罷了，日久見人心，這件事很快就會搞清楚。」

梁大壯憤憤然道：「都不知道縣裡那幫官吏在搞什麼？我家公子明明將公告擬好了，讓他們張貼出來，這都一整天了，還遲遲沒有貼出。」叫胡小天公子是他斟酌再三之後的決定，叫大人顯得有些生疏了，叫少爺又不夠莊重，唯有我家公子這個稱呼適合，還能凸顯出他和別人的不同。

慕容飛煙道：「官場之中為了爭權奪利，向來無所不用其極。」

蘇廣聚和柳當歸都是百姓人家，官場中的事情他們自然不敢指手畫腳，柳當歸道：「胡大人，我聽說您正為修建青雲橋募集資金，所以決定拿出二十兩金子以盡綿薄之力。」胡小天救了他兒子柳闊海，一直以來柳當歸都想找個機會報答他，現在聽說胡小天遇到挫折，所以第一時間站出來表示支持。

胡小天笑著搖了搖頭道：「誰賺錢都不容易，我剛剛來到青雲為官，如果遇到點麻煩就向你們伸手，就算你們供得起，我也於心不安啊！錢的事情我已經想到了辦法。柳掌櫃，既然說到幫忙，我倒有個不情之請。」

柳當歸道：「大人只管說，只要我們柳家能做到的，有多大力使多大力。」

胡小天因他的話不覺有些感動，點了點頭，目光落在柳闊海的身上：「柳掌櫃，我初來青雲，方方面面都不熟悉，這次他們推舉我來修葺青雲橋，在當地辦事還是找個土生土長的當地人幫我最好，一來對環境熟悉，二來也便於和當地人溝通，所以我想找闊海幫忙。」

柳當歸聽胡小天原來說的是這件事，頓時喜出望外，他的這個兒子素來頑劣，性情暴躁，終日在外面惹是生非，上次如果不是胡小天幫忙，只怕要遭受牢獄之苦，胡小天讓他幫忙，豈不是等於一隻腳跨進了官門，即便是以後無法在官場中走下去，至少也多了一個人管教。柳當歸連連點頭道：「好，好！有大人教導他，我求之不得，求之不得！」

柳闊海也是瞪圓了雙眼，大嘴幾乎咧到了耳根子，別提多高興了，一直以來老爹都要培養他成為回春堂的接班人，可柳闊海對學醫一點興趣都沒有，父子兩人為了這件事沒少理論，現如今胡小天要帶他進入官府，柳闊海做夢都想當個威風凜凜的捕快。他上前撲通一聲就跪了下去：「闊海見過大人！」

胡小天哈哈大笑，拍了拍柳闊海堅實的肩膀道：「以後你就跟在我身邊，開始的時候俸祿不會太多，等你立功建業之後，我必然有賞。」

「謝大人！」

慕容飛煙一雙妙目靜悄悄望著胡小天，這廝不糊塗啊，趁機在招攬人馬，要說這柳闊海的確是一名不可多得的猛將，能打能拚，還是當地人，以後肯定對他們的幫助不小。

當晚眾人談興頗濃，一直聊到深夜，直到天空零星飄起了雨點兒，蘇廣聚一行這才想到要告辭，胡小天將他們送到門外，回來的時候，雨就下大了，他一路小跑回到自己的房間內，看到床上放著自己訂做的衣服，於是脫下長袍換上圓領衫大褲衩，蹬上圓口布鞋。此時外面電閃雷鳴，瓢潑大雨從天而降，胡小天拉開房門又走了出去。

慕容飛煙正站在長廊下，看到胡小天穿著這麼一身奇裝異服走了出來，不由得尖叫了一聲。

胡小天仍然大搖大擺走向她，一道閃電劃過，將慕容飛煙的一張俏臉映照得雪樣蒼白，她指著胡小天道：「你給我站住，別過來！」

胡小天一時間不知自己哪裡不對：「怎麼了？」

慕容飛煙道：「你這人好不知羞恥，怎麼穿成這樣就走出來了？」

胡小天這才明白她為何如此驚慌失措，他哈哈大笑道：「大驚小怪，我又不是沒穿衣服，在我老家，夏天都是這麼穿。」

慕容飛煙將信將疑道：「真的？」

胡小天點了點頭。

慕容飛煙卻搖搖頭：「我才不相信你，你就是一個騙子！嘴裡沒一句實話！」

胡小天笑著拉了張凳子，就在長廊上坐下，望著外面的瓢潑大雨，他前生做夢也想不到，有一天自己會坐在這樣一個雅致的古代院落中欣賞夜雨，身邊還有那麼一位特立獨行的性格美女陪自己聊天。

慕容飛煙也拉了張凳子在他身邊坐下，望著他道：「你們家鄉的人都穿這樣的衣服？」

胡小天道：「夏天才那麼穿。」

「女人也那麼穿？」

胡小天轉身用眼睛上上下下瞄了慕容飛煙一遍，看得慕容飛煙一陣心慌意亂，要說一個人的眼神怎麼可以這麼猥瑣，這麼色咪咪，這麼不懷好意呢，如果不是念在他是自己上司的份上，不是念在他們同甘共苦走了一路過來，本姑娘一拳打爆你的眼睛。

胡小天道：「女人穿得更少！」

慕容飛煙的俏臉紅了起來：「你騙人，好無恥啊！」

胡小天歎了口氣道：「我說的全都是實話，夏天，天氣如此炎熱，誰像你們大康這樣裝扮，裡三層外三層把自己包裹得跟粽子似的，封建透頂！我們家鄉，講究男女平等，講究婦女解放，女孩子到了夏天，穿得清涼性感，盡情展示自己妖嬈的身段。」

慕容飛煙咬著嘴唇，小聲道：「她們是不是穿得很少？」

胡小天點了點頭道：「裙子一個比一個短，大腿都能露到根兒，露多點的連倆屁股蛋兒都露出大半邊……」

「你這個淫賊！」慕容飛煙柳眉倒豎，想做出生氣的樣子，可偏偏心底卻怒不起來。

胡小天道：「我是實話實說，你再打岔我就不說了。」

慕容飛煙這次居然在他面前屈服了，馬上老老實實閉上了嘴巴。

胡小天道：「至於上半身啊，露肩膀的，露後背的，露小肚子連帶肚臍眼的，只要敢露的都能露出來。」

慕容飛煙有些驚奇地將嘴巴張成了一個O型，認為胡小天在說謊，可又有那麼一點點的相信。

胡小天道：「其實，以你這麼好的身材，穿這身衣服真是浪費了。」

慕容飛煙聽到他將話題指向自己，頓時敏感了起來，怒視胡小天道：「你什麼意思？」

胡小天道：「我說的是，你浪費了這麼好的身材，如果弄一超短裙，配上露臍裝，將你的兩條大長腿和小蠻腰露出來，絕對能把大街上所有男人的眼光給吸引過來……」胡小天說得正興高采烈，卻遭遇到慕容飛煙冷若冰霜的兩道目光，剃刀一樣瞄準了他的脖子。

胡小天趕緊適時打住。

慕容飛煙咬牙切齒道：「你當我什麼人啊？無恥淫賊居然如此輕賤於我！」說話間就揚起了手指頭，作勢要戳胡小天的眼睛。

胡小天嚇得向後一閃，不小心把凳子給弄翻了，一屁股坐倒在地上，看到他的狼狽相，慕容飛煙忍不住笑了起來，啐道：「膽小如鼠！」

胡小天拍了拍屁股上的灰：「我逗你玩啊，你還當真。」扶起凳子重新坐好。

慕容飛煙道：「有機會我要去你的老家看看，如果你騙我，我絕饒不了你。」

胡小天道：「你還是別去了，你要是去了，準保被有關專家當成古董給扣起來。」

「切，你才是古董呢！」慕容飛煙忽然想起了胡小天此前所說的開心事兒，輕聲道：「你今兒看來很高興啊，到底遇到了什麼喜事？」

胡小天笑瞇瞇道：「你剛不是不想跟我分享嗎？」

慕容飛煙道：「我就看不慣你小人得志的樣子，說來聽聽，我看你到底有多淺薄。」慕容飛煙說得振振有辭，可事實上的確被胡小天激起了好奇心，說到心智，慕容飛煙又怎能鬥得過胡小天這種老妖級的人物？

胡小天呵呵笑著道破道：「你還是想聽！」

「我呸！」

「想跟我分享！」

「說就說，不說就算了，我回去休息！」

胡小天道：「說，當然要說，痛苦我自己承擔，歡樂的事情我是一定要跟你一起分享的。」於是這廝將萬伯平答應出面組織慈善義賣的事情說了，又告訴慕容飛煙今兒自己用九隻一兩銀子買來的香爐硬生生從萬伯平那裡榨取了三百兩金子的壯舉，聽得慕容飛煙瞠目結舌，歎為觀止，這胡小天真是奸詐透頂，不過想想萬伯平也是一個為富不仁的土豪劣紳，坑這種人也算是替天行道。

慕容飛煙道：「慈善義賣真能解決修葺青雲橋的資金問題？」

胡小天道：「修葺青雲橋也非一日之功，許清廉那個老東西根本是在出難題，想讓我難堪，我今天擬好的公告他壓住遲遲不發，就是想讓老百姓繼續誤會我。」

慕容飛煙道：「其實想要解決這件事很簡單。」

胡小天眨了眨眼睛，他不認為慕容飛煙有什麼比自己更加高明的主意。

慕容飛煙道：「你只需報出你父親的名號，這幫青雲的官吏連巴結你都來不及，又怎麼可能合夥對付你？」

胡小天道：「飛煙啊飛煙，我爹再威風那是他的本事，我凡事都打著他的旗號丟不丟人？看來你還是不夠瞭解我，我這人從小到大都依靠自己，從不仰仗他人，我是不是特爭氣，特自強不息？是不是當代青年的楷模和典範？」

慕容飛煙接下來的一句話把胡小天氣了個半死：「你十六歲之前不都是一個傻子嗎？沒有人照顧你根本活不到現在吧？」

「我那叫大智若愚，說我傻，我心裡明白著呢！」

大雨一夜未停，青雲縣的大街小巷低窪的地方已經開始積水，老百姓們都忙著在門前築底，暫時忘記了新任縣丞強派募捐之事。

胡小天一早起來，剛剛吃完早飯，柳闊海就打著雨傘趕到了，他一雙褲管捲起老高，腳上穿著草鞋，饒是如此，身上的衣服也有多處都被淋濕。一進門柳闊海就道：「大人，外面雨下得很大，今天還要不要出去？」

胡小天道：「當然要出去，我正準備去通濟河看看，雨下這麼大，河堤會不會有危險？」

慕容飛煙此時拿了蓑衣斗笠出來，胡小天只能穿上這身笨重的雨具，雖然笨重，可畢竟能夠遮擋風雨。胡小天讓梁大壯留在家裡收拾，帶著慕容飛煙和柳闊海兩人一起出城巡視通濟河。

沒走幾步，就遇到了街道積水，最深的地方已經沒過了膝彎。胡小天不由得望向慕容飛煙，卻見慕容飛煙也將長褲捲起，露出一雙潔白如玉的小腿，曲線玲瓏，誘人無比。

慕容飛煙留意到胡小天在看她裸露在外的小腿，不由得狠狠瞪了他一眼，這廝非但沒有被她的眼神嚇退，反而向她湊近了一些，低聲道：「改天幫你訂做一條七分褲，就不用那麼麻煩了。」

慕容飛煙小聲道：「信不信我打掉你的門牙？」

胡小天哈哈大笑，快步趕上前面的柳闊海。

慕容飛煙望著這廝的背影，俏臉之上卻泛起兩個淺淺的梨渦。

三人來到通濟河大堤之上。雖然風雨很大，可是大堤安然無恙。水面距離堤岸還有六尺左右，水勢雖然很疾，可水面上漲的速度並不快。

胡小天沿著大堤走了一段距離，來到青雲橋的斷裂處，看到河面上已經沒有了船隻來往，確信這一帶暫時沒有決堤之危，胡小天方才返回縣衙。

青雲縣衙平時都沒什麼人前來告狀，更不用說今天暴雨傾盆。衙役大都放假回家去了，衙門內冷冷清清，胡小天在公堂沒有找到許清廉，問過才知道，許清廉今天抱恙在家裡休息。

青雲縣的官員中唯一有資格住在縣衙的只有許清廉，胡小天打著問候的旗號來到了他的住處。

許清廉其實也不是生病，只是昨晚喝得有些過量。早晨起來感覺頭疼欲裂，於是就打消了前往公堂的念頭，反正天降暴雨，索性留在家裡好好休息。身為青雲縣的一把手，這點權利還是有的。聽聞胡小天前來，許清廉不由得皺了皺眉頭。這麼大的雨，他來幹什麼？可人家到了門口總不能避而不見，許清廉讓老婆家人迴避，差許安將胡小天請了進來。別看他住在縣衙內，也就是裡外五間房。住宿條件也只是一般。

胡小天一進門就大呼小叫道：「哎呀呀，許大人。下官來遲了，你病得重不重？要不要緊？要不要緊啊！」這貨三步併作兩行地來到許清廉床邊，一把將許清廉的手給握住了，關切之情溢於言表，只是太過誇張，表演痕跡太重了。

許清廉看到這廝一臉的虛情假意心中不由得暗罵，裝，讓你裝！你心底巴不得老子病死了才好！

胡小天坐在床邊已經聞到一股子濃烈的宿酒氣息，心中一琢磨，這許清廉十有八九在說謊，什麼生病，根本就是喝多了，把老子支出去幹苦差，你躲在衙門裡吃香喝辣，怎麼不喝死你這隻老烏龜！

許清廉裝成虛弱無力的樣子：「胡大人，你不必擔心，我沒什麼事情，休息一下就好。」

胡小天道：「大人此言差矣，千萬不能掉以輕心，您今年四十有七了，眼看就是古稀之年。」

許清廉聽得一陣迷糊，這小子胡言亂語什麼？老子是四十七又不是七十四，那來的古稀之年？稍一琢磨就明白了，這廝是故意的，存心咒自己早點死啊！許清廉坐起身來：「我身體一直都還硬朗，只是昨晚不小心受了點風寒。」

胡小天道：「大人，我就說嘛，您不比我這樣的年輕人，千萬不能忽視小病，需知任何大病都是從小病演化而來，這次一定要將病治好，有沒有找郎中看過？」

許清廉道：「著涼而已，不用找郎中！」

「那怎麼行呢？大人是青雲縣的父母官，也是我們這些人的主心骨，您要是有了什麼三長兩短，讓我們怎麼辦？到時候，我們豈不是群龍無首，豈不是要落個樹倒猢猻散的結局！」

許清廉被這廝氣得鬍子都撅了起來，我跟你多大仇啊，你大清早就過來咒我？許清廉有個毛病，一生氣就有點尿急，年紀大了多少都有點前列腺的毛病，於是他想要下床，卻被胡小天一把給摁在床上：「大人千萬別動，您要臥床休息。」

許清廉不好意思直接說自己想去如廁，委婉道：「我有些口渴。」

胡小天道：「大人，這種事情我來做就行了。」他看到一旁擺著一大碗涼開水，直接端了過來，湊到許清廉唇邊，許清廉沒奈何只能捏著鼻子喝了一口，可他一張嘴，胡小天就把大碗給傾起往下灌，許清廉還是低估了這廝的報復心和無下限的卑鄙手段，愣是被他連灌了三大口，一時間緩不過起來，被嗆到了，劇烈咳嗽了起來，這一咳嗽麻煩了，腹壓驟然加大，感覺雙腿之間一股熱流箭一般竄了出去。

許清廉的身體明顯僵在那裡，他的體溫也似乎隨著這股熱流的湧出頓時降到了冰點，臉色瞬間變得鐵青。

胡小天仍然一臉笑容道：「大人感到好些了嗎？」

許清廉有些怨毒地望著胡小天，這小子夠狠啊，剛才這碗如果是鶴頂紅，是不是一樣要灌到我的肚子裡？他坐在那灘熱乎乎的尿漬上，距離上次尿床好像有四十多年了，這小子強灌的一碗水把許清廉童年的記憶都勾回來了，感覺差到了極點。許清廉冷冷道：「胡大人，你先忙自己的事去吧，我有些不舒服，想休息一下。」

但凡有點眼色都會看出許清廉的不悅，可胡小天就是想讓這隻老狐狸不自在，你不是變著法子的坑我嗎？你在背地裡坑我，老子對你就來明的，覺著不舒服了，嘿嘿，抱歉，這只是開始。

胡小天沒有馬上離開的意思，仍然笑瞇瞇道：「大人，我略通醫理，不如我為您把脈？」

許清廉冷冷道：「不用了，今日暴雨如注，不知通濟河現在的水位情況如何，本官身體抱恙，只能有勞胡大人了。」

胡小天笑道：「我剛剛從通濟河視察回來，正要向徐大人稟報那裡的情況。」一會兒功夫尿過的地方已經涼了下去，濕漉漉涼颼颼，坐在上面極其不舒服，偏偏這胡小天又賴著不走，許清廉心裡這個鬱悶，不耐煩道：「你說！」

「通濟河水位上漲緩慢，大堤安然無恙。」

許清廉道：「沒事最好，真要是大堤決口發生了澇災，上頭追責下來，咱們都很麻煩。」說到這裡，許清廉心生一計，他語重心長道：「胡大人，這兩日抗洪防澇之事就交給你了。」

胡小天馬上將頭搖得跟撥浪鼓似的。

許清廉道：「怎麼？你不願意？」

胡小天道：「不是不願，而是沒這個本事，我一個人就算傾盡全力，也無法保證大堤平安。」

許清廉道：「縣衙有三班衙役，如有需要你還可以劉縣尉商量，調撥他手下的士卒，通濟大堤事關我們青雲縣所有百姓的身家性命，絕對馬虎不得。」

胡小天道：「大人的意思是，讓我指揮三班衙役？」

許清廉此時方才意識到自己在不知不覺中著了這小子的套兒，明顯愣了一下，心中懊惱不已，可轉念一想，即便是口頭上交給他，那寫衙役也不會聽從他的命令，畢竟自己事先已經交代過，青雲的老大只有一個。

胡小天嘆了口氣道：「只是我初來乍到，他們未必肯服從我的命令。」

許清廉道：「誰敢不從，你只管重罰。」他現在一心想將胡小天支走，坐在濕漉漉的被褥上，感覺實在是差到了極點。

胡小天點了點頭，這可是你說的。他這才起身向許清廉拱了拱手。許清廉看到他終於離去，如釋重負的舒了口氣，先開被褥，蹬上鞋子正準備去找衣服替換，卻想不到胡小天在這時候居然又折返回來。許清廉再想躲藏的時候已經來不及了，傻愣愣的站在原地，內褲之上濕噠噠印了一大片，胡小天一眼就看了個明白，他倒不是專門想讓許清廉難堪的，而是的確有事情稟報。

許清廉一張臉窘迫得如同豬肝一般的顏色，恨不能找個地縫鑽進去，讓他更惱火的是，這次胡小天不是一個人進來的，主簿郭守光也跟著一起進來了，郭守光鼻子非常靈敏，一進屋就聞到一股騷味兒，再看許清廉的褲襠，頓時什麼都明白了。

許清廉這輩子都沒那麼尷尬過，他深吸了一口帶著濃烈尿騷味兒的空氣，強迫自己從混亂無措中冷靜下來，擠出一個僵硬的笑容道：「我起來喝水……不小心灑了……」越描越黑，根本就是此地無銀三百兩。

還算郭守光機靈，拱手行禮道：「大人先換衣服，我們去外面等著。」

胡小天卻沒有離去的意思，仍然笑瞇瞇站在那裡，兩隻賊溜溜的眼睛盯著許清廉的褲襠，許清廉恨得牙癢癢，恨不能將這廝的一雙眼睛活生生挖出來，他沒好氣道：「你回來還有什麼事情？」

胡小天道：「小事，大人讓我修葺青雲橋，可是咱們有沒有銀子，若是向百姓攤派，肯定要搞得怨聲載道，民不聊生，我想出一個慈善義賣的主意，或許能籌得一些款項，不知大人意下如何？」

許清廉的忍耐已經到了極限，他現在只想讓這可惡的小子在自己面前儘快消失，不耐煩道：「你想出的主意，你自己看著辦就是，不必請示我。」

「大人的意思是支持還是反對？」

許清廉的憤怒已經處於爆發的邊緣，怒視胡小天道：「支持，我支持，只要你能將青雲橋修好，我才不管你用什麼方法。」

胡小天呵呵一笑：「多謝大人信任，下官告辭了！」

胡小天這邊一走，郭守光也不敢留著，跟著胡小天的腳步就出了門，撐起自己的油布傘，發現胡小天在門口等著自己，郭守光想起被這廝踹黑腳的事情就從心底發寒，向胡小天微微頷首，就想離去，胡小天卻將他叫住：「老郭！」

郭守光向周圍看了看，沒有其他人，老郭指定是叫自己的。咳嗽了一聲道：「胡大人有什麼吩咐？」

胡小天道：「衙門裡的公告啥的都是你負責吧？」

郭守光嗯了一聲。

胡小天道：「青雲到處都在傳言我提議要每戶強捐五兩銀子，我起草了一份公告，交給許大人，到現在都沒有張貼出來，是不是你在從中作梗？」他對郭守光根本用不上客氣。

郭守光苦著臉道：「胡大人此話怎講？我根本沒有見過什麼公告，讓我如何廣為張貼出去？」

胡小天道：「我這裡還有一份。」這貨將擬好的公告遞給了郭守光：「剛才許大人的話你也聽到了，許大人這兩日抱恙在身，讓我全權負責衙門內外的事情，你們是不是應該配合我？」

郭守光道：「下官自當從命。」

胡小天擺了擺手道：「儘快辦吧，如果郭大人繼續拖延我的事情，我必和你到許大人處理論。」

郭守光心想理論就理論，誰怕誰？可胡小天應該沒有和他理論的意思，轉身朝公堂的方向去了。等到胡小天離去，郭守光想了想又折返回去，回到許清廉的房間，這位縣令老爺已經把尿濕的褲子給換掉了，正在那裡整理床鋪，要說許清廉很多年沒有親自做過這種事情了。

看到郭守光回來，許清廉不由得勃然大怒，剛才憋得一肚子火氣瞬間爆發了：「你還有什麼事？」

郭守光一臉無辜，歎了口氣道：「大人，我是為這份公告而來……」

許清廉怒道：「不用問我，你去問他！」

縣衙的衙役多半都回家去抗洪搶險，少數留在縣衙內的也不聽這位新來縣丞的調遣，胡小天只能去了趟監房，從監房內挑選了六名身強力壯的囚犯，這六名囚犯全都不是重犯，事實上在青雲縣的監房內壓根也沒什麼重犯，全都是因為一些小事被抓，而又繳不起罰款，所以只能老老實實坐監，周霸天是其中的一個特例。

胡小天之所以帶走了六個人，目的就是要為周霸天打掩護，美其名曰要讓這幫囚犯前往大堤幫忙護堤，事實上他是將周霸天給放了出來。

雨仍然沒有停歇的跡象，短短一個上午的時間內，通濟河水面已經上漲了許多，得到消息的三班衙役也趕來了十多個，胡小天將他們編成三組，來回在堤壩上巡視，這六名囚犯也被他分編到各個小組之中。

胡小天讓慕容飛煙將周霸天叫到臨時避雨的草棚下，指了指一旁的凳子道：「坐！」

周霸天笑了笑，高大魁梧的身軀仍然佇立在那裡：「戴罪之身不敢在大人面前坐！」

胡小天的目光投向外面密密匝匝雨線編織而成的朦朧世界，輕聲歎了口氣道：「這場雨來得很大啊，青雲城內有不少地方已經淹了，若是這大堤出了問題，還不知要造成多大的災難。」

周霸天道：「水面距離大堤還有五尺，這樣的大雨就算持續兩天，仍舊不會有太大的問題。」

胡小天意味深長道：「不怕天災，就怕人禍！」

周霸天道：「大人是擔心有人趁此機會破壞河堤？」

胡小天指了指遠處的青雲橋，青雲橋都能被炸毀，很難說這幫馬賊不會對大堤下手。

周霸天道：「大人無須擔心，若是大堤受損，青雲前往紅谷的道路就會被衝毀，這絕非是那幫人希望看到的結果。」

胡小天道：「天狼山的馬賊為什麼要炸毀青雲橋？你還知道什麼秘密？」

周霸天笑道：「大人的好奇心真是很重，天狼山的馬匪絕非你想像中那麼簡單，如果得罪了他們，只怕你在任青雲的日子很難睡上一個好覺。」

胡小天道：「總覺得你現在的名字要比周默威風得多、煞氣得多。」

周霸天道：「所以周默死了，周霸天才能繼續活下去。」

胡小天道：「天狼山的那幫馬匪為什麼要炸毀青雲橋？」

周霸天並沒有回答胡小天的問題，而是緩緩蹲了下去，從地上揪了一根草棒兒，帶著雨水的濕潤習慣性地咀嚼起來。

胡小天道：「虎頭營是西川赫赫有名的精銳之師，我查過你過去的記錄，可謂是戰功累累，你帶著一百名訓練有素的弟兄，原不該敗在那群馬賊的手下。」

周霸天的臉上呈現出痛苦無比的神情，一雙大手捂著碩大的頭顱，呼吸也明顯變得沉重起來：「有內奸！在我們的飲食中下毒，可憐我的那幫兄弟在遭受伏擊的時候甚至無力拿起武器……」他的雙目紅了，用力咬緊牙關控制住自己的情緒。

胡小天道：「你們前往天狼山剿匪之前已經被人洩露了消息？」

周霸天緩緩搖了搖頭道：「不是剿匪，我們此行一百人通過天狼山的目的只有一個，護送南越國小王子回國……」

胡小天內心一驚，此前從未聽任何人說起這件事。

周霸天道：「南越國小王子十二年前送入大康為質，南越國王多次上書懇請陛下開恩，他年初病重，又提及這件事，想在有生之年見到自己的小兒子，陛下念在南越國多年以來俯首稱臣，歲歲進貢的份上，終於開恩，派人將南越王子送回，我等是奉了李大人之命護送南越王子一行前往南越國邊境，卻想不到在天狼山被人伏擊。」

胡小天低聲道：「那南越國王子現在何處？」

周霸天緩緩搖了搖頭道：「自從那日被伏擊之後，我們便失去了他的消息，後來我打聽到一個消息說，陛下改變了念頭，拒絕了南越王的請求，我看這件事十有八九和伏擊有關，南越王子只怕是凶多吉少了。」

胡小天終於明白周霸天為何要隱姓埋名，躲藏在青雲的監房內，這件事非同小可，即便是自己未來的岳父大人，西川開國公李天衡也罩不住他們，這才有了三名僥倖逃回去的虎頭營士兵被砍頭的事情。

周霸天道：「我不能讓那些兄弟白白犧牲，之所以留在這裡，就是要親手砍下閻魁的人頭，用他的鮮血祭奠弟兄們的亡魂。」

胡小天道：「你一直都在等待機會？」

周霸天道：「自從他們炸毀青雲橋之後，我知道機會終於來了，他們肯定在策劃一次搶劫，炸毀青雲橋的目的就是要繞開青雲縣，從這一點上不難得出結論，他們和青雲縣衙內部的官員一定有勾結，這次的搶劫一定是大案，炸毀青雲橋，改在紅谷縣下手，就能脫開干係，將所有的責任都推到紅谷縣官吏的身上。」

「他們想搶誰？」

周霸天搖了搖頭，正想說話，此時卻見一群士兵走了過來，他趕緊起身走開。胡小天舉目望去，卻見縣尉劉寶舉帶著二十名士兵過來了。

胡小天和劉寶舉並沒有打過什麼交道，他起身拱手相迎，劉寶舉也是滿面春風，帶著一股濕漉漉的氣息走入草亭之中，抱拳行禮道：「胡大人，我聽聞通濟河汛情緊急，所以特地帶人過來支援。」

胡小天道：「劉大人真是雪中送炭，我這裡正愁人手不足呢，臨時調了監房裡的六名囚犯幫忙。」

劉寶舉指了指自己身後的二十名兵丁：「這些人全都是我的手下，胡大人只管差遣！」

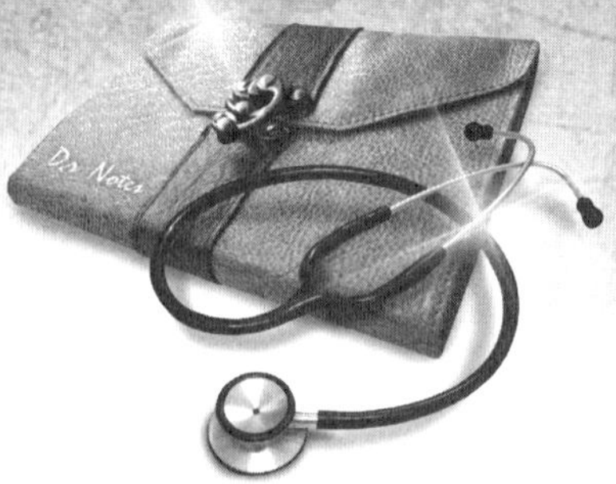

第九章

拿刀抹脖子的急救法

胡小天戴上自製口罩，取出手術刀，刀鋒切入李香芝頸部皮膚。
周圍傳來一陣驚呼，膽小的女眷嚇得已經轉過頭去，
因為急於救人，胡小天剛剛忘記了清場這件事。
他雖然是在救人，可這動作拿刀抹脖子，根本是在謀殺啊！

胡小天當然不會跟他客氣，直接將二十人交給了慕容飛煙，讓她負責分派任務，自己則和劉寶舉兩人在風雨亭內坐了，剛巧這時候回春堂的掌櫃柳當歸過來送酒菜，他是打著慰勞的旗號過來看看自己的兒子，聽聞兒子跟隨新任縣丞大人過來護堤，做父母的還是有些擔心的。

柳闊海正帶著六名衙役在河堤上巡視，昂首闊步地走在風雨中，端的是威風凜凜。柳當歸看到自己的兒子如此威風，心中也是倍感欣慰，將食盒送到了風雨亭內，他準備得頗為豐盛，有酒有菜。

胡小天其實已經聯繫了附近的酒館，給他們銀子讓他們送飯過來，其實這種事本該是衙門裡掏錢，可胡小天嫌太過麻煩，還得向縣令許清廉請示，再加上本來就沒幾個錢，乾脆自掏腰包了事。

劉寶舉聽說胡小天是自掏腰包請客之後，不由得向他豎起了拇指：「胡大人真是慷慨仗義，實乃我等之楷模。」這貨心中暗忖，我做官這麼多年，只聽說官員把錢往自己兜裡摟，往外掏的可不多。新官上任三把火，你還不是做做樣子，收買人心？

胡小天開了一罈酒，兩人在草亭中邊喝邊聊，開始的時候劉寶舉還心存顧忌，說話躲躲藏藏，可這廝應該是個嗜酒如命的主兒，喝到中途就喝得面紅耳赤，說話也有些大舌頭了，聲音比起剛才大了許多。

胡小天要的就是這個效果，他發現酒雖然對身體不好，可很多時候卻是一件社交利器，劉寶舉這種人，酒只要喝多了，你不問他都主動把肚子裡的那點事兒往外倒。

劉寶舉道：「重修青雲橋得需要不少銀子吧？」

胡小天點了點頭道：「可不是嘛，我正在為這件事發愁，縣裡不出一文，許大人讓我自行解決，我初來乍到，舉目無親，那裡去找那麼多的銀子。」說完他又歎了口氣。

劉寶舉道：「我聽說胡大人提議青雲每家每戶出五兩銀子……」話沒說完已經被胡小天打斷，胡小天憤然罵道：「這是哪個烏龜王八蛋編造的？根本就是毀我清譽，不說這事兒我都不生氣。」他將手中的酒碗重重頓在桌上，裡面的酒水潑出了不少。

劉寶舉有些尷尬：「胡大人，我是聽說，這可不是我說的。」

胡小天笑道：「劉大人，一看您就是厚道人，來，咱們喝酒！」

劉寶舉跟他乾了這碗酒，假惺惺道：「不能再喝了，我有些不勝酒力。」

胡小天道：「我早就聽說劉大人是海量，青雲縣上上下下喝酒最爽快的就是您，今天你我如此投緣，自當一醉方休。」

劉寶舉道：「可胡大人重任在身。」說話的時候他還特地看了一眼河堤。

胡小天壓低聲音道：「咱們負責指揮，那些巡視守堤的活兒自有人去做，比起那些躲在房間裡享受安逸的同僚們，咱們已經算得上是勞苦功高了。」

「可不是嘛！」劉寶舉感到胡小天的這句話大對自己的脾胃，一高興又和胡小天連乾了三碗。

胡小天看到這廝醉眼朦朧的樣子，知道他已經醉了，故意道：「劉大人住在何處啊？」

劉寶舉道：「城西五柳巷右首第五家……」他打了個酒嗝。

胡小天道：「劉大人也不住在縣衙內？」

劉寶舉咧嘴嘿嘿笑了一聲道：「除了許大人，我們哪有那個福分。」

胡小天道：「說起來真是頭疼啊，咱們那點微薄的俸祿，連租房的錢都不夠。」

劉寶舉跟著歎了口氣，這青雲縣是個窮地方，別看他是縣尉，可手頭也不寬裕，縣令許清廉獨攬大權，大肆搜刮民脂民膏，可此人又是極度吝嗇，分給他們這些下屬的只是極少一部分。

劉寶舉道：「有時候想想，還真不如回家種地去。」

胡小天道：「實不相瞞，我這個縣丞是捐來的。」這貨的謊話說來就來。

劉寶舉愣了一下，然後哈哈大笑起來，人在酒精的作用下控制力容易變差，他就屬於這種：「這事兒我早就聽說過，他們說……說你父親是東海鹽商……家財萬貫……」

胡小天很熱情地搭在劉寶舉的肩膀上，神神秘秘道：「劉大哥，這事兒你得給我保密。」

劉寶舉笑道：「還保密呢，衙門裡無人不知無人不曉。」換成清醒狀態下，這種話他是無論如何都不會說出來的。

胡小天道：「我本以為來青雲當個縣丞，混個三載，怎麼都能把買官的成本給賺回去，可現在看來……」這貨長歎了一口氣。

劉寶舉道：「我真是鬧不明白啊，放著好好的富家少爺不做，為何要來這窮鄉僻壤當什麼勞什子的縣丞。」

「是官強於民，這縣丞雖然不大，可好歹也是一個九品，想我胡家雖然世代經商，可從我往上數八代居然沒有一個做官之人，所以我爹引以為憾，這才不惜血本，幫我買了這個九品官，原本想著當官旱澇保收，就算發不了大財，怎麼也不會賠本，可沒想到啊沒想到！」胡小天拍了拍大腿，一臉的遺憾。

劉寶舉瞇起一雙眼睛，粗短的手指在胡小天面前晃來晃去：「胡老弟，看來你對這官場的行情真是不瞭解，既然是買官，那就一步到位，即便是來這種偏僻地方，地方已經不如意了，為何不乾脆多花點錢，買個縣令當當？」

「呃……」

劉寶舉道：「要知道在下面當官，權力本來就不大，誰當一把手不得緊緊霸在手裡，想從他的手裡分一杯羹，難啊！難！」從劉寶舉的這番話不難聽出他對縣令許清廉也頗有微詞，

胡小天又跟劉寶舉喝了幾杯，趁機道：「劉大哥，我看許大人似乎對我有些偏見呢。」

劉寶舉此時已經有了七分醉意，嘿嘿冷笑道：「他的胸襟根本容不下其他人，胡老弟，你是初生牛犢不怕虎，初來乍到就要……跟他爭權奪利……他怎能不針對你……」

胡小天道：「我可沒想跟他爭什麼，劉大哥……」忽然聽到耳邊鼾聲響起，卻是劉寶舉已經趴在桌上睡著了，胡小天會心一笑，看來許清廉這群人也不是鐵板一塊，此人吝嗇刻薄，自然難以服眾，胡小天看了看沉睡不醒的劉寶舉，心中暗忖，分化許清廉的隊伍需從內部開始。

此時雨似乎小了一些，胡小天拿起油布傘走上通濟河大堤，望著通濟河內濁浪滾滾的水流，水位似乎仍然在不停上漲。遠處兩隻巡邏隊來回巡視，因為有了劉寶舉帶來的二十名士兵，自然不需要囚犯繼續留下幫忙護堤，胡小天安排柳闊海帶領兩名衙役將六名囚犯送回監房，以免他人生出疑心。

周霸天臨行之前來到胡小天身邊，輕聲道：「小心那個人！」他的目光向遠處的劉寶舉望去。

胡小天內心一怔，周霸天已經從他的身邊走過，剛才周霸天的聲音算不上小，可其他人似乎全都沒有聽到，難道這就是傳說中的傳音入密？

如果不是周霸天提醒，胡小天一定認為劉寶舉是一個酒後失言的醉鬼，正是他的及時提醒，讓胡小天突然警惕起來，難道劉寶舉只是故意裝醉，從而讓自己放鬆警惕？如果真是這樣，此人當真可惡到了極點，人心叵測，你想坑害別人的時候千萬不能放鬆警惕，說不定別人就是在將計就計，誰坑誰還不知道呢。聯想起自己根本沒有和劉寶舉聯繫，他便帶了二十名士兵前來，這廝沒那麼好的心腸，說不定只是打著幫忙的旗號過來監視自己的一舉一動。

昏暗的天空一道閃電劃過，照亮了胡小天的內心，他整個人如同醍醐灌頂，周霸天讓自己提防劉寶舉，看來周霸天此前對劉寶舉已經有所瞭解，劉寶舉身為青雲縣尉，負責地方軍政，或許此前虎頭營護衛南越國王子過境之時和他也有聯繫。小小的一個青雲縣，這內部的關係居然如此複雜。

轟隆隆，一連串的悶雷落下。胡小天夢醒般舒了口氣，卻發現穿著蓑衣帶著斗笠的慕容飛煙不知何時已經來到了他的身邊。

胡小天殷勤地舉起雨傘，為慕容飛煙遮住霏霏細雨，慕容飛煙似乎並不領情，一雙清澈透底的明眸看了看他：「找個地方避雨，小心天打雷劈。」

胡小天把雨傘向前抵了抵：「要劈也得拉個墊背的。」

慕容飛煙道：「我還是離你遠點兒，看在一場相識的份上，好歹也有人幫你收屍。」

「你好毒！」胡小天一臉的笑，跟美女打情罵俏那是相當地享受。

慕容飛煙已經轉身向堤下走去，胡小天跟著過去了，看到劉寶舉仍然沉睡不醒，於是叫來他手下的兩名士兵，趁著這會兒雨勢稍小，送他回家。

劉寶舉離去之後，慕容飛煙在草亭內坐下，有些嗔怪地看了胡小天一眼道：「你還嫌自己樹敵不夠啊，把人家給灌成那個樣子。」

胡小天笑瞇瞇道：「感情鐵喝出血，這算什麼？不過……」他向前湊近了一些：「這世上是不是有門子功夫，就是咱們兩人說悄悄話只有咱們能聽到，別人全都聽不到？」

「誰跟你說悄悄話？我說你這人怎麼這麼無恥，無時無刻不想占別人便宜？」慕容飛煙明顯誤會了他的意思。

「你可真小氣，咱倆啥關係，我就是嘴上占點便宜，又沒啥實質性的行動，你也計較？」

慕容飛煙狠狠瞪了他一眼：「我跟你劃清界限，除了工作關係之外咱倆沒任何的交集。」這句話明顯是受了胡小天的感染，幾個詞彙是慕容飛煙過去無法說出的。其實兩人整天在一起鬥嘴已經習慣了，鬥歸鬥，從來不耽誤正經事兒，慕容飛煙道：「你剛說的那門功夫叫傳音入密。」

「我就說嘛，果然有這種功夫。」胡小天一副後知後覺的模樣。

慕容飛煙道：「你遇到什麼事了？」

胡小天低聲道：「沒事兒，就是感覺那個劉寶舉有鬼，所以我想你……嘿嘿……」

兩人之間現在配合的越發默契，慕容飛煙一看到他的表情就已經明白他想讓自己去幹什麼，肯定是要讓她去跟蹤劉寶舉，看看這位縣尉有什麼異動。慕容飛煙起身道：「跟你一起來真是倒了八輩子楣，什麼苦活累活全都是我！」抱怨歸抱怨，慕容飛煙卻從不抵觸胡小天派給自己的任務，已經冒雨離去。

傍晚的時候，雨徹底停歇了，對胡小天來說，這可是一件大好事，許清廉將抗澇護堤的事情強加到他的身上，雖然自己並不怕他，可真要是在這件事上出了差錯，這老東西十有八九又要借機發難了，跟這種基層官員玩政治鬥爭，胡小天覺得跌份兒，老子根本沒那個時間和精力好不好。

雨雖然停了，可天空中仍然烏雲密佈，並沒有晴天的跡象，胡小天不敢放鬆警惕，將所有人編成了四個小組，晝夜不停地巡視大堤，這邊的事情暫時交給柳闊海負責。柳闊海自從追隨了胡小天，表現出極大的熱情和相當的敬業，對胡小天唯命是從。

一輛華麗的馬車在泥濘的道路上躑躅而行，來到胡小天的臨時指揮所前。卻是萬府的老管家萬長春到了，他是特地接胡小天過府去更換道符的，因為此前胡小天說過，每天都要重新更換道符，他今天來通濟河抗洪搶險，把這件事忘了個一乾二淨，可他忘記了，萬家人不敢忘。看到胡小天逾期不至，趕緊派了車馬過來請他。

胡小天向柳闊海交代了一聲，上了萬府的馬車。

萬長春自從昨日得了胡小天的道符，對他變得越發恭敬。

坐在萬府豪華寬敞的馬車內，一經對比，很容易就發現自己剛買的馬車和這輛的巨大差距，不過這麼豪華的馬車也就是兩匹馬拉著，規矩不能亂，即便是土豪沒有一定的官階地位，也不敢逾越了規矩，除非王公貴族才敢乘坐四乘之車，寶馬四繫的標準不是你有錢就能上的。

聽著車外鑾鈴輕響，一陣倦意向胡小天襲來，他閉上了雙目，畢竟已經在外面奔波了一天，雖然他沒有去第一線巡視堤壩，可喝酒也是個力氣活。

萬長春一開始的時候並沒有打擾胡小天，過了一會兒終究還是忍不住，低聲道：「胡大人，昨晚府中又鬧鬼了。」

胡小天內心一驚，他對於鬼神之說從來都不相信，一個出色的醫生本身就是一個堅定的唯物主義者，緩緩睜開雙目，在萬長春有些惶恐的面孔上掃了一眼道：「你可有事？」

萬長春道：「沒事，多虧胡大人給我的那張道符。」他將自己平安無事全都歸功於胡小天給他的那張道符。

胡小天心中暗笑，即便是有鬼也不會找上你這個當管家的，這世上哪會有什麼鬼？如果一定要說有，那就是心裡有鬼。

萬長春道：「昨晚兩名值夜的家丁親眼看到鬼影出沒，而且我們很多人都聽到了鬼叫聲。」

胡小天皺了皺眉頭，萬長春說得煞有其事，他不覺相信了幾分，難道說有人夜入萬府？

萬長春道：「那厲鬼好生厲害，胡大人到了就知道了。」

胡小天心中泛起疑雲，萬長春說話明顯有些閃爍其詞，他應該是有什麼在瞞著自己，雖然他已經通過營救萬廷盛以及後續的招魂術取得了萬伯平的信任，可是對這隻老狐狸仍然不能掉以輕心。

胡小天道：「你剛說沒見過鬼影，又怎麼知道厲鬼如何厲害？」

萬長春自知失言，他張口結舌，一時間不知如何回應。

胡小天已經認定萬長春一定隱瞞了什麼，冷冷道：「萬管家，我對你們萬家推心置腹，熱心相助，你們萬家卻對我遮遮掩掩，全無信任，既然如此，我去了也沒有什麼意思，懶得管你們的閒事，停車！本官還有其他事情要做。」

萬長春看到胡小天發火，慌忙道：「胡大人莫要生氣，只是老爺不讓我說，昨夜您布下的九隻爐鼎被打翻了六隻。」

胡小天不由得一怔，他幾乎馬上就判斷出，爐鼎絕不是什麼厲鬼打翻的，肯定有人故意這樣做，這萬府之中還真是有些門道啊。

萬長春既然說了，他一不做二不休，乾脆都倒了出來：「胡大人，不瞞您說，姑老爺從燮州專程派來了一位高人。」

胡小天瞇起雙目：「你說什麼？」

萬長春口中的姑老爺正是燮州太守楊道全，他派來的應該不是簡單人物。

胡小天佯怒道：「這邊找我幫忙治病看風水，那邊卻另請高明，真是氣煞我也！既然不信我，為何又要請我過去？」

萬長春苦苦哀求道：「胡大人不要生氣，我家老爺絕沒有懷疑大人的意思，在大人前往府中為我家少爺治病之前，老爺已經派人前往各地求助，他只是現在方才趕到。」

胡小天思來想去總覺得這件事不是那麼的正常，不過他也沒什麼心虛的地方，畢竟治癒萬廷盛是一個不爭的事實。高人？我倒要看看你究竟有什麼本事。

胡小天來到萬府，首先前往正堂去見了萬伯平，萬伯平正在陪那位燮州過來的高人說話，此人四旬左右，身穿青色儒衫，相貌清臒，一臉正氣，頷下三縷長髯，頗有些仙風道骨，此人乃是燮州名醫百草堂的大當家周文舉。

看到胡小天進來，萬伯平笑道：「胡大人，您來得正好，我來給您介紹一位名醫認識。這位是咱們西川久負盛名的神醫周文舉周先生。」其實周文舉有西川第一神醫之稱，當著胡小天的面，萬伯平還是有所保留的。

周文舉一雙細目掃了胡小天一眼，目光顯得頗為孤傲，屁股竟然懶得從椅子上挪起來，只是帶著鼻音道：「有禮了！」拱手作揖也透著明顯的敷衍，壓根沒把胡小天放在眼裡。

胡小天內心頓時不爽起來，你有什麼可傲的？就算在西川有些名氣，你也不過是一個普通郎中，我是官吶！你就算是懂得基本的禮節也該站起來跟我打聲招呼，以示尊敬，架子這麼大，難不成要老子過去跟你握手？

萬伯平自然將周文舉的傲慢態度看了個清清楚楚，他笑著迎了上去，握住胡小天的手臂，向周文舉道：「周先生，這位就是此地的縣丞胡小天胡大人，胡大人的醫術也是極其的高明啊！」

胡小天謙虛笑道：「我哪懂什麼醫術……」

「不懂醫術卻貿然給病人開顱，難道人命在胡大人的眼中就如此無足輕重嗎？」周文舉毫不客氣，壓根沒想過要給這個九品縣丞面子，一來到就質問連連。

胡小天被這貨一連串的質問給弄得有點發懵，你誰啊？一個小郎中居然跟我這個九品官作對，老子官再小也是官吶，不能忍，這絕不能忍！

胡小天嘿嘿冷笑道：「先生貴姓？」

周文舉被他問得一愣，心想剛剛萬伯平不是介紹過了嗎？

胡小天：「你不知道自己是誰啊？」

周文舉道：「我……」

「我什麼我啊？連自己叫什麼都不清楚也敢過來給人看病？拜託你先把自己弄明白了再說……」

「你……」

「你什麼你？這裡是青雲縣，我是本地縣丞，不管是誰來到此地，都要尊稱我一聲胡大人，不是看在萬員外的份上，我這就差人拿了你，治你一個不敬之罪！輕則掌嘴，重則打你八十大板！」

周文舉沒料到胡小天口齒如此伶俐，倒吸了一口冷氣，求助的目光轉向萬伯平：「萬……」

「萬什麼萬？萬一你惹火了我，就算天王老子我也不給他面子！」

周文舉氣得張口結舌，臉色鐵青，醞釀好的一番指責胡小天的話語這會兒被他忘了個乾乾淨淨，身體癱坐在太師椅上，雙手雙腳都顫抖起來，他是個有些迂腐的行醫郎中，論到口舌之利，十個他綁在一起也不是胡小天的對手。

萬伯平慌忙邀請胡小天落座，胡小天看這老東西也是相當的不順眼，居然弄了這麼一個冷面人物噁心自己，還說什麼網西川第一神醫！但凡敢自稱第一的多半都是沽名釣譽之輩。

胡小天接過萬長春遞過來的茶喝了一口，道：「在外面淋了一天的雨，今兒心氣不順，萬員外不要見怪。」心頭不爽，連萬大哥也不喊了，昨兒給你面子，老子屈尊跟你結拜，結果你給臉不要臉，居然當面拒絕我，以後你叫我爺爺我都不跟你結拜了。

萬伯平哭笑不得道：「胡大人，這位周先生是我多年老友。」其實他跟周文舉談不上多深的交情，周文舉有西川第一聖手之名，素來自視甚高，為人孤傲，若非看在夔州太守楊道全的面子上，他才不會風塵僕僕，翻山涉水來到這裡給一個土豪的兒子看病。因為醫術高超，又曾經救過楊道全的性命，楊道全將之視為上賓，周文舉當然不會將一個小小的地方九品官看在眼裡，當然他對胡小天的成見源於胡小天的治療手法，而並非是因為胡小天的地位。

胡小天道：「原來是周先生啊？失敬失敬，他剛說我草菅人命，萬員外也是那麼認為嗎？」

萬伯平慌忙搖了搖頭道：「胡大人不要誤會，我沒這個意思，周先生也沒這個意思。」胡小天救了他二兒子的性命是個不爭的事實。

周文舉通過這會兒的調整似乎緩過勁來了，他拍案怒起道：「庸醫害人，萬公子好好的腦殼被你敲掉一塊，如此精明能幹的年輕人被你硬生生醫成了一個懵懵懂懂的傻子，你居然還厚顏無恥地敲詐勒索，你這種人根本就是醫者的恥辱。」不但站起來了，而且手指直接指著胡小天。

萬伯平一臉尷尬，他只是將發生的事情說給周文舉聽，可他根本就沒想到這周文舉的脾氣嫉惡如仇，見到胡小天就爆發了起來。

胡小天冷笑，望著萬伯平冷笑，原因很簡單，萬伯平如果不說自己要了他的銀子，周文舉又怎麼會知道？說老子敲詐勒索，萬伯平啊萬伯平，你這隻老烏龜，早知道你是這種人，我那九隻香爐就該賣得再黑心點。

萬伯平一旁勸道：「周先生，您消消氣，消消氣，胡大人不是這種人。」這廝其實虛偽得很，自從周文舉抵達，將自身的觀點闡明之後，他便對胡小天之前的所作所為產生了懷疑，看到周文舉當面指責胡小天，心中暗暗稱快。

周文舉這會兒來了勁，上前一步道：「你不用顧忌，官又如何？官者醫國，醫者醫人，但凡行醫者都有一顆慈悲之心，你既然沒有確然治好病人的把握，為何要拿病人的性命冒險？」

胡小天呵呵笑道：「聽周先生的話，你很是高明啊，對於二公子的病情，你有何高見？」

周文舉道：「自然是用藥物將顱內的血塊化去。」

「用何種藥物將血塊化去？」

「織金草、清瑤露、加上我獨門配製的化血散，應該可以做到。」

胡小天撇了撇嘴道：「說得輕巧，也不過是事後諸葛亮罷了，當時萬廷盛病情凶險，就算你的藥物有效，短期內只怕也達不到效果，更何況你身在燮州，等你帶著藥物趕到，萬廷盛只怕早已一命嗚呼了，現在說這種話有個屁用！」

「呃……你……」周文舉是斯文人，被這個滿口爆粗的小子氣得張口結舌。

胡小天道：「你這種人就是站著說話不腰疼，我把話撂在這裡，當時的情況下，若非我敲開他的腦殼，取出積血，二公子絕活不到現在。」

周文舉據理力爭道：「活到現在？一個人連自己是誰都不知道，連父母兄弟都不認得，那麼他活著跟死了又有什麼分別？」

胡小天望著周文舉道：「這話你應該去問萬員外！」

萬伯平總算說了句公道話：「當時那種情況下，若非胡大人出手，犬子早已一命歸西了。」

周文舉道：「若說你開顱取血還有些道理，可什麼招魂之說又有何根據？身為一個醫者，你應該知道這世上根本沒有什麼鬼魂，卻又借此來敲詐勒索，你有沒有一絲一毫的良心？」

胡小天意識到今天遇到了一個徹頭徹尾的唯物主義者，對方的到來似乎就是為了揭穿自己，從萬伯平臉上陰晴不定的表情來看，就已經看出這老東西因為周文舉的話已經開始動搖了。胡小天自己當然明白，什麼招魂，什麼風水之說根本站不住腳。當初找了那麼多的理由出來，歸根結底有兩個原因，一是想狠狠敲萬伯平一筆，二是想幫幫那個可憐的小寡婦樂瑤，誰料到半路殺出一個程咬金。

胡小天處變不驚，歎了口氣道：「萬員外，你是信他還是信我？」

萬伯平當然不是傻子，早在胡小天說什麼招魂的時候，他就將信將疑，只是愛子心切方才忍痛掏了這麼多金子出來，後來胡小天又拋出風水之說，弄了九個破爛香爐就坑了他三百金，萬伯平原本就不是什麼慷慨之人，過去兒子命在旦夕，讓他掏錢到還來不及心疼，現在兒子情況漸趨穩定，想起前前後後掏了六百金給胡小天，不由得打心底肉疼。更何況胡小天新近又想出了一個慈善義賣的主意，讓他挑頭發起，萬伯平自然要懷疑胡小天的用意，甚至懷疑這小子又想變著法子坑自己。

萬伯平道：「兩位都是我的朋友，又都是為了幫助萬某而來，千萬不要因為看法不同而傷了和氣。」他沒有正面回答胡小天的問題，而是在中間打太極。

胡小天看出萬伯平已經對自己產生了疑心，冷哼一聲道：「既然如此，我留在這裡也沒什麼意義，告辭了！」

萬伯平正想挽留，卻聽周文舉步步緊逼道：「周某對醫卜星相還算是有些研究，風水之道也略懂一二，卻不知你所說的萬家風水弊在何處？」

胡小天緩緩轉過身來，一雙明目靜靜望著周文舉，看來今天算是遇到了對頭，剛才只知道周文舉是個不錯的郎中，卻沒有想到他還懂得風水，真正麻煩的是這貨一來到就挑明的跟自己作對，還不依不饒起來。

周文舉道：「我觀萬府，負陰抱陽，背山面水，乃是風水絕佳之地，後來問過萬員外才知道，這萬府的風水是朱舗雍大師所看，他定了位置方才在此建宅，朱大師上知風雲變幻，下曉地理山川，乃是西川頭一號奇人，你以為自己看風水的本事強得過他老人家嗎？」言語間流露出對這位朱大師的頗多恭敬。

胡小天從未聽說過什麼豬大師還是牛大師，他冷笑道：「無論什麼人，多有名望，他的認知總歸有限，我看到的東西他未必看得到。」

周文舉看到胡小天如此狂妄，心中越發氣憤，他大聲道：「你既然懂得看風水，可知道何謂龍、砂、穴、水、向？」

他所說的這五個字卻是風水中的五要素，龍，即背靠連綿大山；砂，即四周包圍著眾多低矮山丘；穴，風水之所聚集之處；水，門前有水流經過；向，住宅坐向方位的朝向。

具體而言，好的住宅風水需要在背面有連綿不絕的群山作為堅實的依靠，南面有眾多低矮的山丘山嶺，左右兩邊則有小山庇護，中間部分開闊寬敞，宅前有河流水四周環繞。理想的住宅背後有群山，可以抵禦冬天北來的寒風，前面有水，可以接納夏天的涼風，生活用水也極為便利；左右有小山護衛，形成相對封閉的空間，可以形成良好的佈局小氣候。

胡小天對風水之術可謂是一竅不通，他哪裡懂得這些東西，書到用時方恨少，早知道會遇到今天這種局面，當初就該胡亂看幾本風水書，也好言之有物，應付這種突如其來的場面。可胡小天頭腦靈活口齒犀利，即便是處於劣勢之下，他仍然很快就發動了反擊，他哈哈大笑，以笑聲打斷周文舉的一連串質問，以便自己重新把握話語權，將兩人間針鋒相對的辯論主動權引向自己。

周文舉果然被胡小天的這陣怪笑打斷，胡小天索性不走了，向周文舉邁出一步：「這位周先生看來讀過不少的書。」

周文舉道：「雖然不多，但是已破萬卷！」他斜睨胡小天，心想黃口孺子，我讀過的書比你見過的都多。

胡小天道：「本官向來尊敬讀書人，可是最看不起的也是讀書人！讀書在精不在多，真正聰明的讀書人，每讀一本書就可以領會書中的精神，明白其中的道理，是為讀懂書，只有這樣的人才可以學以致用，而多數讀書人卻以背書為己任，讀書破萬卷，所記住的無非是書名和文字，至於其中的內容，一片茫然，這樣的讀書人便是讀死書的書呆子，縱然破百萬卷又有個屁用！」

周文舉怒道：「那也比有些人不懂裝懂的好！」

胡小天哈哈大笑道：「周先生既然是萬員外請來的上賓，我說話還是委婉一些，你跟我談風水，談什麼龍、砂、穴、水、向，這些東西無非是書本上所記載，我承認，你背得也一字不差，可是你卻不懂得一個基本的道理，這世上的萬事萬物每時每刻都在不斷地變化，你所說的那位朱先生來這裡看風水是什麼時候？過去了多少年？這些年間，萬府周圍發生了什麼變化？你只看到了所說的這五大要素，可是你有沒有留意到小草在悄然萌芽，樹木在默默生長，花開花落，風起雲湧，時光荏苒，光陰印記？在你的眼中環境未變，主人未變，你有沒有看到青苔何時印滿了牆角，皺紋於無聲中爬上了額頭。真正高明的風水師看到的一切景物都在變化之中，於變化中探尋昂昂生機，尋找最適合自己的生存之道。」他說到這裡停頓了一下，向前又進了一步。

周文舉被他一連串的質問問得愣在當場，胡小天的這些理論是他從未想過，甚至聞所未聞的，可是聽他說完卻又不得不承認他所說的似乎很有道理，這甚至讓他無從反駁。

胡小天道：「你知不知道什麼叫天時、地利、人和？」

周文舉正想回答，胡小天卻不給他回答的機會：「不要搬出書上的那一套，還是我來告訴你，這六個字雖然簡單，但卻是觀察風水的關鍵，風水選位最終的目的是要達到人和家和的目的，我們倒過來看，這地利就是風水選址，你讀過的風水書一定比我多，對於位址的選擇你閉上眼睛都能夠背出來，可是真正起到決定作用的是天時，順應天時，地利、人和方能成立，否則無從談起，而觀風水最高的境界就是觀天時，對於天時的把握絕不是普通人能夠瞭解的，說了也沒用！」胡小天說到這裡，緩緩搖了搖頭，一副將周文舉鄙視到極點的表情。

周文舉此時已經徹底被胡小天的這番話給震住了，胡小天的口才好是一方面，可另一方面，這小子的見識是遠超這一時代的多數人的，單單是這世上萬事萬物每時每刻都在不斷變化的道理，即便是周文舉想到白頭也無法想出。

周文舉一開始的時候是將胡小天定位為一個招搖撞騙的江湖神棍，可這番辯論下來，忽然發現胡小天並非他想像中那麼淺薄，普通的騙子是說不出那麼有深度的道理。

別說周文舉聽愣了，連一旁的萬伯平也被唬住了，胡小天所說的好像很有道理啊，老子現在這張臉上可不是爬滿了皺紋嗎？

唬住他們就是胡小天的目的，想揭穿我？想當年老子上大學的時候是一把辯論好手你們知不知道？跟我辯？怎麼死的你都不知道。胡小天也深諳見好就收的道理，占盡了上風，趁著對方沒回過神來之前一走了之，如果周文舉較真起來再跟他論風水，自己只怕又得露餡。

胡小天正準備離去，此時一名丫鬟驚慌失措地跑了進來，驚呼道：「不好了，不好了，大少奶奶中邪了……」

萬伯平聞言怒吼道：「賤婢，你亂叫什麼？」

那丫鬟嚇得面無血色，指著東廂的方向，顫聲道：「老爺，我沒說謊，大少奶奶快不行了……」

周文舉起身道：「我去看看！」跟著萬伯平一起快步向東廂走去。

胡小天本來已經要走了，可聽說萬府發生了這種熱鬧事，反倒有些捨不得走了，中邪？他才不會相信，十有八九是得了什麼急病，他悄悄叮囑萬長春，前往西廂二少爺那裡將自己的醫藥箱拿過來，因為每天都要給萬廷盛換藥，所以胡小天將醫藥箱一直留在這裡。

萬家最近的麻煩事真可謂層出不窮，正所謂福無雙至禍不單行，一群人匆匆趕到了東廂，這裡是大少爺萬廷昌所住的地方，胡小天因為厭惡萬廷昌，所以借著風水之名陰了他一把，設計讓萬廷昌一家從府內搬出去住，萬廷昌外出暫避風頭，萬伯平只能將搬家之事告訴了他大兒媳，大兒媳聽說要讓他們一家搬走，哭哭啼啼，想不到還沒搬走，就出了事情。

萬廷昌的老婆李香芝此時正躺在地上，一手捂著脖子，一手往張大的嘴巴裡似乎在掏著什麼，萬家的一幫女眷在那裡急得直跺腳。

周文舉當仁不讓地湊了過去，倒不是因為他想出風頭，身為一個醫者，以救死扶傷為己任，他並沒有想到那麼多，

李香芝一張圓臉已經憋成了紫紺色，看到郎中過來，拚命指著自己的嘴巴。

周文舉轉過身去，看到飯桌上擺放著酒菜，顯然已經動過，他皺了皺眉頭，大聲道：「她剛剛吃了什麼？」

李香芝的貼身婢女道：「我不清楚，少奶奶才開始吃飯，突然就這樣子了。」

萬伯平怒道：「今晚的飯菜是誰做的？」他第一件事就想到有人下毒。

萬夫人一旁道：「這孩子突然就這個樣子了，莫不是中邪了？」

最近萬府人心惶惶，只要發生了什麼事情總會歸咎到這方面。萬伯平狠狠瞪了她一眼，嫌她胡亂說話。

周文舉道：「不是中毒，應該是吞了什麼東西被噎住了，大家幫我將燈光拿過來，順便帶一面銅鏡帶過來。」他從李香芝的症狀第一時間做出了準確的判斷。眾人匆忙去拿東西的時候，周文舉又讓兩名家丁幫著自己將李香芝的身體頭朝地腳朝

上倒了過來，用力拍打她的背部，試圖幫助她將卡在喉頭的東西拍打出來，可拍了幾下，似乎毫無效果。

胡小天此時跟了進來，他只看了一眼就判斷出李香芝是因為吃東西不慎卡在了氣管裡，從而造成的呼吸不暢。從李香芝的狀況來看，她發生窒息已經有了一段時間，必須當機立斷，周文舉雖然有西川第一神醫之稱，可是他在外科急救學方面的知識實在是匱乏得很，這和個人的能力無關，而是時代所限，在當今的時代，現代外科學尚未萌芽。

周文舉連拍數下沒有起到應有的效果，被急得滿頭大汗，他讓人將李香芝扶著坐起，試圖取出她卡在喉頭的食物。借著銅鏡反射的燈光，周文舉觀察李香芝的口腔，根本看不清異物卡在何處，他暗叫不妙，想不到初來萬家就遇到了如此棘手的事情。

此時胡小天的聲音在身邊響起：「讓一下！」他意識到如果自己袖手旁觀，只怕李香芝會死在自己的面前，遇到異物卡住氣管的時候，千萬不要嘗試劇烈地拍擊背部，這對緩解症狀毫無用處，甚至會讓異物更深地進入氣道。周文舉剛才採取倒立拍擊的方法，也並不屬於正確的處理。

在胡小天前世豐富的臨床急症處理中，不止一次接診過相關病症，正確的手法是海姆立克急救法。利用患者肺部的氣流壓力，加壓將阻塞氣道的異物噴出。

胡小天從背後將李香芝抱起，一手握拳，拳心向內壓住李香芝的肚臍和肋骨之間的部位，要說這位萬家大少奶奶的體型還不錯，前凸後翹，尤其是臀部，那是相當豐滿，胡小天以另外一隻手掌以掌心貼在拳頭上，然後雙手急速用力向內同時向上擠壓。

胡小天救人要緊，自然沒有考慮到其他，可是圍觀的眾人看到的卻是，胡小天抱著萬家少奶奶，他的前胸緊貼著李香芝的後背，不停地將大少奶奶的身體向他懷裡擠壓，雖說是救人，可這動作也太下流了一點。

萬夫人粉面通紅，含羞帶怨地瞪了萬伯平一眼。萬伯平傻了眼，胡小天啊胡小天，那是我萬家兒媳婦，你當著這麼多人搞什麼啊？雖然穿著衣服，雖然我知道你在救人，可這動作，怎麼看都像是從後面那啥……這事兒要是傳出去，讓我兒媳婦該如何見人呢？

從施救者變成旁觀者的周文舉卻開始面露凝重之色，這群人中，唯有他看出了其中的門道，胡小天是在用一種特殊的手法救人。

胡小天連續努力了多次，仍然沒能成功將李香芝喉頭的異物擠出，他意識到李香芝的情況極其嚴重，不能猶豫，必須馬上行氣管切開術。

萬長春剛巧也將醫藥箱拿來了。

胡小天道：「把醫藥箱給我。」

萬長春慌慌張張來到他面前，將醫藥箱放下。胡小天向周文舉道：「你過來，給我幫忙！」

雖然胡小天的語氣不善，可周文舉並沒有跟他計較，畢竟救人要緊，他幫忙打開了醫藥箱。

胡小天讓李香芝保持仰臥位，肩頭下方墊一小枕，頭後仰，這樣的體位可以使氣管最大限度的接近皮膚，便於手術。又讓周文舉坐在李香芝的頭側，幫忙固定住她的頭部，保持居中位置，然後利用紗布和烈酒對李香芝的喉頭進行了簡單消毒。

李香芝因為窒息已經陷入昏迷，所以無需進行麻醉。

情況非常緊急，時間已經不允許胡小天從容地進行氣管切開術，他當機立斷對病人先實行環甲膜切開手術，首先緩解呼吸困難，然後再做常規氣管切開術。

環甲膜是位於甲狀軟骨下部、環狀軟骨上部的一塊氣管壁。此處氣管壁因為處於兩塊軟骨之間，所以縫隙比較大，而且經過這裡的血管神經較少，切開時不會造成大的出血和額外損傷。

胡小天迅速戴上自製的口罩，取出手術刀準確定位之後，刀鋒切入李香芝頸部的皮膚。周圍傳來一陣陣的驚呼，膽小的女眷嚇得已經轉過頭去，因為急於救人，胡小天剛剛忘記了清場這件事。他雖然是在救人，可這動作分明是在拿刀抹脖子，在多數人看來胡小天這根本是在謀殺啊！

萬伯平畢竟經歷過了胡小天敲開他兒子腦殼的震撼，胡小天在他眼前切開他兒媳的脖子多少有了些心理承受能力，至少他知道胡小天是在救人，而不是謀殺。

胡小天在病人環甲膜暴露之後，用刀橫向切開環甲膜，從手術箱中取出彎頭血管鉗，利用血管鉗擴大切口，將一段事先準備好，消毒後的蘆葦桿臨時插入其中。胡小天的動作快捷乾淨俐落，隨著蘆葦桿的插入，李香芝的窒息症狀頓時得到了緩解。

她甦醒過來，睜大雙眼，目光顯得異常恐懼。

胡小天安慰她道：「沒事，不用驚慌，你千萬不要亂動，接下來我還要幫你取出喉頭的異物。」李香芝在胡小天的安慰下漸漸鎮定下來。

常規氣管切開術，對胡小天這位醫學博士來說，根本就是小得不能再小的手術，可是在這個時代，卻無疑是驚世駭俗的舉動。

胡小天桀驁不馴的性情決定他很少在意周圍人的眼光，只是在來到這裡之後，他開始漸漸學會了審時度勢適應周圍的環境。可當他一心投入到救治病患的時候，就會忽略其他。

手術採用直切口，自甲狀軟骨的下緣至胸骨尚窩處，沿著頸前正中線切開皮膚和皮下組織。然後用血管鉗沿著中線分離胸骨舌骨肌和胸骨甲狀肌，暴露出甲狀腺的峽部，李香芝的甲狀腺峽部在生理結構上有些過寬，必須在下緣進行部分分離，然後將峽部組織向上牽拉，這樣才將氣管暴露出來，手術箱內備有拉鉤，這拉鉤的助手責無旁貸地落在了周文舉的身上，周文舉雖然和胡小天剛剛經歷了一場激烈的爭吵，但是他在搶救的全過程中表現得非常配合。胡小天叮囑他兩個拉鉤的用力一定要均勻適度，好讓自己的手術視野始終保持在中線。

手術的過程中，胡小天幾次用手指探察環狀軟骨和氣管，確定保持在正中位置，別看胡小天平日吊兒郎當玩世不恭，可是一旦進入手術狀態就會全神貫注一絲不苟，確定氣管的位置之後，他在第三氣管環處下刀，用刀尖自下而上挑開兩個氣管環，用刀極其謹慎，以免刺破氣管後壁和食管前壁。

因為有了上次救治萬廷盛的經驗，今天萬府家丁將燈光打得格外到位，利用數面銅鏡，讓光線聚集在手術部位。胡小天很順利地就發現了那塊阻塞在氣管內的牛肉，他用血管鉗將牛肉夾住，那牛肉足有拇指蓋大小，李香芝吃飯的時候因為心不在焉，竟然誤吞到了氣管裡面，從而造成了阻塞，如果搶救不及，只怕此時已經死了。

解決了氣道梗阻的根本問題，接下來的縫合處理就相當簡單了，為了以防萬一，仍然將氣管插管保留固定，倘若在過去，胡小天還要擔心術後併發症等等諸般問題，可是他發現在這個世界上不知是人本身體質的問題，還是致病菌比現代社會少得多的緣故，在他做過的幾例手術中，沒有發生過一例感染事件，應該說前者的可能性更大，在這裡人體的自我修復能力都非常強。

胡小天向負責照顧李香芝的丫鬟婆子仔細交代了一番，告訴她們一些護理的基本常識，畢竟這幫人都有了護理萬家老二的經驗，上手並不困難。等忙完這一切，夜幕已經降臨了。

周文舉在胡小天傳授護理常識給那些丫鬟婆子的時候始終旁聽，他越聽越是慚愧，越聽越是心驚，親眼目睹胡小天將李香芝從生死邊緣挽救了回來之後，他打心底嘆服，換成是他，李香芝肯定死了。其實周文舉絕不是欺世盜名之輩，西川第一神醫的名頭也不是吹出來的，經他救治的病人不計其數，但是他的外科學知識可憐得很。

耳聽為虛眼見為實，只有親眼看到胡小天手術全程的人，才知道何謂人外有人天外有天。

胡小天前去洗手的時候，周文舉也過來洗手，兩人目光相遇，彼此間已經沒有了剛才的敵意，周文舉抿了抿嘴唇，鼓足勇氣道：「胡大人，剛才周某言行無狀，如有得罪之處還望多多海涵！」

以周文舉的身分地位，能夠主動向一個晚輩致歉實屬不易，胡小天也不是氣量狹窄之人，雖然剛才憋足勁跟周文舉幹了一仗，可看到人家放低姿態，主動向自己示好，馬上就把剛才的那點不快忘了個一乾二淨，他笑道：「周先生不要怪我才對，在下年少輕狂，言行無狀的那個是我才對。」

周文舉有些激動道：「胡大人，周某行醫幾十年，還從未見過如此精妙的救人手法，請恕我見識淺薄，胡大人剛才的治病方法叫什麼？」周文舉雖然自視甚高，可是對於真有本事的人他是佩服的，不惜屈尊請教，態度變得謙虛了許多。

胡小天道：「我師門將之稱為手術！」

「手術？」周文舉默默咀嚼著這個從未聽說過的新奇詞兒。

此時萬伯平過來招呼兩人吃飯，如果說之前周文舉的那番話讓萬伯平對胡小天已經產生了信任危機，大兒媳突如其來的意外，幸虧胡小天出手解救，胡小天的這次出手已經讓萬伯平內心中的疑雲盡去，胡小天的醫術在他心目中已經幾近神話。雖然他不懂什麼醫術，可是剛才的情況他都看到了，有西川第一神醫之稱的周文舉也束手無策，正是胡小天挺身而出救了他的兒媳婦。誰高誰低，在他心中自然有了一個初步的判斷。

換成剛才誰都不會想到胡小天和周文舉能夠坐在一起吃飯，然而這世上有著太多的意想不到。

胡小天舉杯和周文舉對飲的時候微笑道：「我剛剛說過，這世上的萬事萬物每時每刻都在不斷地變化，剛才你我激辯的時候，咱們都不會想到一個時辰之後咱們居然會坐在這裡把酒言歡吧？」

周文舉面帶慚色道：「胡大人還在介意剛才的事情？周某借著這杯酒給胡大人賠罪了。」

胡小天笑道：「哪裡哪裡，周先生這樣說就讓我汗顏了，晚輩絕沒有記仇的意思，咱們剛才是學術之爭，君子之爭，認識不同罷了，又不是什麼私人仇怨，我在周先生眼中該不是真的那麼小氣吧？」

周文舉笑道：「你若是不計較我剛才言辭激烈多有得罪，我就不說你小氣。」兩人四目相對同時大笑起來。

作為主人的萬伯平姍姍來遲，倒不是他有心慢待這兩位貴客，而是因為家裡的事情實在太多。這邊萬伯平剛剛坐下，外面又轟隆隆打雷閃電下起雨來，不過雨算不上大，胡小天現在最擔心的就是下大雨，只要雨不大，就不會對通濟河的河堤造成威脅，那邊有柳闊海坐鎮，應該不會有大的問題。更何況他清楚自己的去向，如果有什麼緊急情況，會馬上前來通報。

雖然兒媳已經轉危為安，萬伯平仍然是滿面愁容，分別敬了胡小天和周文舉兩杯酒之後，他歎了口氣道：「胡大人，實不相瞞，昨晚你布下的九隻香爐，被打翻了六隻。」

胡小天並沒有表態，畢竟周文舉就在自己的身邊，雖然和周文舉接觸時間不長，可他也能夠看出周文舉不是壞人，為人恩怨分明，正直不阿，而且此人應該是個唯物主義者，學識淵博，在風水方面有著頗深的研究，自己如果信口胡謅，少不得又要引起一場辯論。

萬伯平道：「胡大人！」他生怕胡小天忘了九鼎鎮邪之事。

胡小天淡然笑道：「此事回頭我過去看看。」

萬伯平看到胡小天不願提及這件事，唯有壓下說出來的念頭。胡小天一是礙於周文舉在場，還有一個原因是想趁機刁難一下萬伯平這隻老狐狸，剛才他聽信周文舉的話懷疑自己，現在又厚著臉皮想求助於自己，要說他兒媳婦的手術費還分文未取呢。

此時萬長春又過來請萬伯平過去，說萬夫人找他有事。萬伯平向兩人說了一聲，起身匆匆去了。

周文舉緩緩落下酒杯，望著胡小天道：「胡大人相信這世上有鬼神之說嗎？」

胡小天已經預料到早晚他都會提到這個話題，他嘿嘿笑了笑道：「所謂鬼神，只是一種稱呼罷了，我一向將人分成兩部分看待，肉體和精神，周先生有沒有想過這樣一個問題，肉體死了，精神還在嗎？」

周文舉愣了一下，他緊緊握住酒杯，雙唇用力抿在一起，眉頭皺成了一個川字，陷入沉思。

胡小天又道：「你有些時候會不會做一些事，依稀感覺到這些事曾經在你的夢中發生過，你是不是有過肉體已經崩潰，但是精神仍然在支持的經歷？有些東西是你我看不透的，也認識不到的，但是並不代表它不存在。」胡小天的這番話純粹是在唬弄，其實連他自己都不相信什麼鬼神之說。

周文舉仍然堅持道：「我仍然覺得鬼神之說荒誕之極，都說有鬼，可這世上又有誰親眼見過？」

胡小天道：「真正的醫者為人治病，不但要醫治其身，還要醫治其心。一個身體健康的人，卻認定了自己有病，有人告訴他三日必死，於是憂心忡忡，惶恐而不可終日，三日不到果然一命嗚呼，也有人身患絕症，本該活不過一月，可遇到了一位擅長醫心的郎中，給他吃的只是一些毫無作用的藥物，只是讓他相信有效，讓病人的內心始終充滿希望，這病人竟然克服大限，多活了五年，最後得以善終。」

胡小天所說的都是醫學上最常見的病例，正所謂精神療法，周文舉頻頻點頭，他隱約猜到了胡小天的意思，胡小天所謂的九鼎鎮邪應該是醫治萬家人心病的一種方法。無論鬼神存在與否，萬家人對此是信以為真的。心病還須心藥醫，胡小天的方法不能謂之錯，自己之前所下的結論未免武斷了一些。

周文舉在萬廷盛的事情上仍然有些不解，他低聲道：「胡大人，我只是在過去聽說過開顱之術，可是從來都沒有親眼見過，你為萬家二公子開顱，雖然救活了他的性命，可是他記憶全失，這對他來說未嘗是一件好事。」他向來實話實說，並沒有迴避這個問題。

胡小天道：「身為一個醫者首先想到的是救人性命，我盡力去做，能夠做到哪種程度就只能盡人事聽天命了，當時選擇開顱也是別無選擇的事情，如果我不採取即刻開顱的方法，萬廷盛顱內的出血就會壓迫到他的大腦，造成嚴重而不可逆的腦損傷，甚至腦死亡。」胡小天在討論病情的時候，不由自主地會用上現代化的醫學術語。

周文舉聽得一知半解，可他對胡小天的醫術已經有了一個初步的認知，意識到胡小天治病的方法和自己並不是一個路數。自己對於慢性病症已經形成了自身的一套理論，可是胡小天在急症上的處理卻是他無法企及的，他顯然被胡小天激起了強烈的求知欲，針對一些不解的地方虛心求教，胡小天也是耐心解釋，兩人聊得頗為投緣。最後還是萬伯平等得不耐煩，差管家萬長春過來請胡小天畫符，胡小天這才起身。

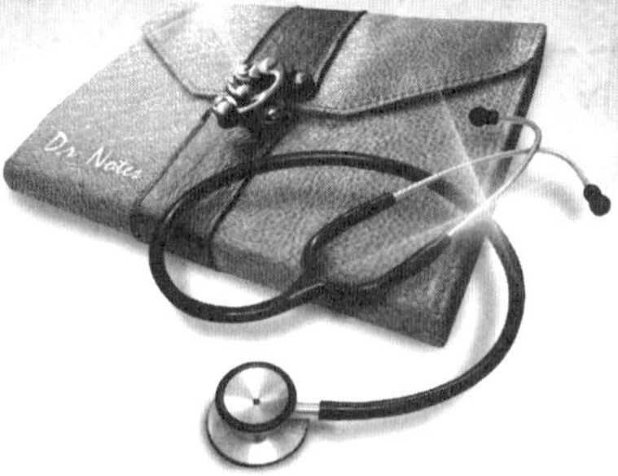

第十章

一劑迷藥的距離

慕容飛煙忽然揚起手來，抓住胡小天圓領衫的領口向下用力一扯，
胡小天半邊領子被扯下來，露出光溜溜的右肩，這貨慌了，
上輩子加上這輩子也還是頭一次遇到這樣的場面，
不對啊，怎麼有種羊入狼群的感覺！

來到萬家特地為他準備的房間內，畫符需要的黃紙、筆墨全都準備停當。胡小天剛剛坐下，萬伯平就滿臉堆笑地跟了進來，今天他對胡小天的態度也是一波三折，在懷疑和信服之間來回反覆。

胡小天卻知道如果不是今晚的這場意外，萬伯平這隻老烏龜肯定要跟自己玩貓膩，說不定會尋個藉口狠狠陰自己一下，此人的品性實在是差勁。

萬伯平湊到胡小天身邊道：「胡大人，今晚的事情實在是抱歉，我也沒想到周文舉會是一個欺世盜名之輩。」

胡小天有些不滿地看了他一眼，這會兒想起過來巴結我了，剛才幹什麼去了？周文舉針對我也是你挑唆的吧！他沒有點破這件事，淡然道：「話也不能這麼說，周先生絕非浪得虛名之人，術業有專攻，聞道有先後，只是我在急救方面更為擅長一些罷了。」

萬伯平一副小人嘴臉，湊近胡小天耳旁道：「胡大人真是謙虛，我可看得清清楚楚，論醫術，你可比他強太多了。」

胡小天笑道：「萬員外，他怎麼都是你的老朋友，背後這樣說人家不好吧？」他最瞧不起的就是萬伯平這種當面一套背後一套的小人，這廝既然能這樣說周文舉，也就能在背後說自己的壞話。

萬伯平趕緊撇開關係道：「我跟他沒見過幾次面，都是我那妹夫推薦，所以我才請他來，誰想到，此人居然是個如假包換的大水貨。」他這樣說充滿了討好胡小天的意思，卻不知更加激起了胡小天對他的反感。

胡小天暗罵萬伯平卑鄙，心中越發看不起這搬弄是非的小人，輕聲道：「萬員外，你剛說昨晚爐鼎被打翻了六隻？」

萬伯平連連點頭道：「千真萬確！而且不少道符上面都印上了血手印。」他將搜集了血手印的道符遞給胡小天。

胡小天接過來一看，果然如此，每張道符上都印著一個血指印。心中暗忖，不可能是什麼鬼神所為，肯定是人幹的，而且這個人十有八九出在萬家內部。只可惜當前的時代沒有指紋鑒定的技術，更加沒有指紋庫的存在，不然單憑這幾個血手印就能很快查出疑犯。胡小天並沒有將自己的想法說出來，他歎了口氣道：「萬員外啊萬員外，我昨日跟你說過的事情，只怕你全都忘了吧？」

萬伯平道：「胡大人，我還沒有來得及去做，就已經發生了這麼多事，現在該如何是好？」

胡小天一語道破各種玄機：「非是來不及，而是萬員外對我缺乏信任。」

萬伯平叫苦不迭道：「胡大人，天地良心啊，您是我的救命恩人，救了我兒子，現在又救了我兒媳婦，分文不取，對我恩同再造，我又怎能不相信你？」

胡小天眨了眨眼睛，老子什麼時候說分文不取了？你當我救你兒媳婦是做慈善啊？胡小天從來都不是個省油的燈，趁機提出自己的條件：「慈善義賣的事情你看……」

萬伯平對這廝敲詐勒索的本事早有領教，心中暗罵胡小天貪心不足，可現在有求於人家，即便是心頭滴血也得答應下來，他點了點頭道：「胡大人放心，這件事全都包在我的身上。」

胡小天笑道：「此事宜早不宜晚，我看那就後天吧。」

敲定了慈善義賣的事情，胡小天心頭大悅，當下拿起毛筆在黃紙上開始畫符，這廝是想到什麼寫什麼，看著萬伯平寫了一個PIG，又看了看萬長春，寫了一個DOG，萬伯平主僕二人笑瞇瞇站在那裡，根本不知道這廝是在罵他們。

胡小天龍飛鳳舞畫符的時候，慕容飛煙到了，胡小天把萬伯平主僕二人支了出去。

慕容飛煙除下斗笠，解開蓑衣，外面的雨雖然不大，可是她身上仍然有不少地方沾濕了。胡小天殷勤地拿了條毛巾遞了過去：「要不要我幫你擦？」

慕容飛煙一把奪過毛巾：「邊兒去！」芳心中卻沒有絲毫的惱怒。

胡小天靠在書案旁，雙手撐著桌面，望著慕容飛煙擦拭頭髮上的雨水，目光從上至下，最後停留在慕容飛煙那雙美得毫無瑕疵的小腿上，這身材，這皮膚，這曲線沒得挑！

慕容飛煙意識到這廝一雙賊眼盯著自己的腿部大飽眼福的時候，馬上躬身將兩條褲管放下了。

胡小天道：「靴子都濕了吧，脫下來我幫你烤烤。」

慕容飛煙道：「用不著你獻殷勤，我弄成這樣，還不是因為你的緣故。」

胡小天笑了起來：「你濕了跟我有什麼關係？」

還好慕容飛煙沒有聽出他話裡有話，不然肯定要敲掉他的大門牙，輕聲道：「果然不出你的所料，那個劉寶舉有鬼，他離開之後，馬車去了縣衙，我看到他直接去了許清廉那裡。」

胡小天為慕容飛煙倒了杯茶，親手端到她的面前，他知道慕容飛煙肯定還有發現，不然也不會去了那麼久。

慕容飛煙跟蹤了這麼久，的確有些渴了，喝完那杯茶方才道：「我趁著下雨潛入縣衙，來到許清廉的書房外面，他們兩人在書房內密談，那劉寶舉將你跟他所說的那些事全都稟報給了許清廉。」

胡小天咬牙切齒道：「這個王八蛋，果然跟我裝醉，想從我這裡套話出來。」

慕容飛煙點了點頭道：「他們還說即便是現在修橋，也已經來不及了……」

「現在修橋已經來不及了？」單單是這一句話，還無法推斷出他們真正的想法，唯一能夠斷定的就是和青雲橋有關。

慕容飛煙道：「他們又說，已經派人去燮州府告你！」

「告我什麼？」

「告你橫徵暴斂，貪贓枉法！」

「呃……這根本是賊喊捉賊！」胡小天發現自己還是低估了許清廉這幫人的卑鄙。

慕容飛煙笑盈盈道：「你們全都不是什麼好人，都是賊！」

胡小天道：「他們是奸賊，我是偷……心……賊。」這貨拉長了腔調，一雙眼睛瞄著慕容飛煙的心口，在慕容飛煙看來這廝是盯住了自己的胸口，目光真是猥瑣淫蕩啊！想偷本姑娘的心哪有那麼容易，她不屑笑道：「別忘了，我就是抓賊的。」

還好胡小天火辣的目光並沒有持續太久的時間，關切道：「你吃飯了沒有？」

慕容飛煙搖了搖頭。

胡小天馬上叫來了萬長春，讓他去給慕容飛煙準備些吃的，自己繼續畫符。

慕容飛煙看到他畫的那些奇形怪狀的符號也是大感好奇，胡小天又將那些帶著血手印的道符拿給她看，在這一點上慕容飛煙和胡小天兩人看法相同，都認為這些手印乃是人為，絕不是什麼鬼神所為。

慕容飛煙身為京城赫赫有名的女神捕，對追查線索有著超出常人的敏銳，她附在胡小天耳邊悄悄道：「這件事我來處理，只要今晚他們還敢來作怪，我一定能夠將他們揪出來。」至於怎樣將人揪出來，她並沒有說，胡小天也沒問，小雞尿尿，各有各道，沒把握的事情慕容飛煙不會亂說。

胡小天畫好這些道符，讓慕容飛煙留下來吃飯，獨自一人去貼符，順便檢查了一下自己昨日布下的九隻香爐，果不其然，其中有六隻都被打翻了，裡面的香灰灑了一地，萬家人看到這種情景不敢妄動，所以至今仍然保持原樣。

胡小天將香爐一一扶起，重新燃香插好，然後貼上道符，英文道符。

夜雨初歇，空氣中彌散著濕潤而清新的味道，胡小天先後兩次救了萬家兩條人命，如今萬家上上下下對他已經敬若神明，胡小天貼符的時候，沒有人打擾過問。

今天胡小天最後才來到樂瑤的居處，一日不見，樂瑤卻明顯憔悴了許多，胡小天以為她病了，關切道：「你沒事吧？」

樂瑤搖了搖頭，美眸中卻流露出無限憂慮，她小聲道：「昨晚我聽到鬼叫聲……」

胡小天笑道：「怎麼可能？哪有什麼鬼魂！」

樂瑤俏臉之上顯出一絲迷惑，畢竟胡小天最近都以招魂師的身分出現，之前他說得神乎其神，現在卻說沒有鬼魂。

胡小天也知道自己說走了嘴，他笑著解釋道：「你這麼美麗善良，就算是有惡鬼也不忍心傷害你，除非是色鬼！」

一句話說得樂瑤面紅耳赤，撅起櫻唇嬌嗔道：「你這人好壞，我以後不搭理你了。」不經意間流露出小女兒忸怩神態，卻不知這樣的嬌羞難耐最容易撩動男子的心扉，胡小天心癢難耐，望著美麗妖嬈的樂瑤，恨不能將這美得冒泡的小寡婦擁入懷中恣意愛憐一番。

胡小天心中明白，自己對小寡婦絕非是愛，確切地說是愛憐，是佔有欲。這廝暗自提醒自己要有些節操，千萬不要當個趁虛而入的卑鄙小人。可樂瑤這張臉蛋實在是太過迷人，胡小天的目光黏在上面，一時間捨不得離開。

樂瑤被他看得羞澀難耐，垂下頭去，黑長而蜷曲的睫毛忽閃了一下，小聲道：「胡公子，昨晚我真的聽到了，有人在外面叫我的名字……」說到這裡，她抬起頭來，俏臉之上滿是惶恐之色。

「男人還是女人？」

樂瑤咬了咬櫻唇：「男人的聲音，他在外面叫姐姐……」

「姐姐？」

樂瑤有些惶恐地向前走了一步，屈膝跪了下去：「胡公子……」

胡小天趕緊伸手將她扶起，樂瑤的一雙纖手被他握在掌心，柔軟滑膩，溫潤如玉，胡小天要是沒有點佔便宜的心思才怪。雖然這貨至今仍然表現得像個正人君子，可心中早已開始想入非非。

樂瑤美目淒迷，珠淚漣漣道：「求公子帶我離開這裡，我在萬家連一刻也待不下去了……」說到這裡，她低聲啜泣起來。

胡小天將她扶起身來，樂瑤悲傷過度，嬌軀一軟，竟然暈倒在胡小天的懷中。胡小天軟玉溫香抱了個滿懷，這種心貼心肉貼肉的踏實感，怎地一個爽字得了，樂瑤這種禍水級的美女，對胡小天這種好色之徒，實在是擁有著強大的殺傷力和不可抗拒的誘惑力。

胡小天好色歸好色，不過這廝有一顆超級冷靜的頭腦，即便是美人在懷，仍然坐懷不亂，享受這種胸貼胸感覺的同時，這廝卻留意到樂瑤此時的心跳明顯加速，內心不由得一怔，這小寡婦不是暈了嗎？

他叫了聲樂瑤的名字，樂瑤仍然美眸緊閉一動不動，胡小天從她突然加速的心跳推測到樂瑤十有八九是佯裝暈倒，難道果真是自己魅力無法抵擋，小寡婦春心大動，所以才上演了佯裝暈倒，投懷送抱的香豔好事？可轉念一想，又有些不像，自己雖然有些魅力，好像還沒誇張到這種地步。

胡小天望著樂瑤人事不省的樣子，要說這小寡婦的演技還真是一流，如果不是她突然加快的心跳提醒了自己，幾乎要被她給蒙了過去。可另外一個疑問很快就湧現在胡小天的心頭，樂瑤為什麼要騙自己？難道她心裡有鬼？她現在的行為，活脫脫就是色誘啊，女人心海底針，還真是不好猜。

胡小天將樂瑤橫抱而起，來到床前放下，看到樂瑤面如桃花，氣息若蘭，不由得心中一動，你跟我演戲，那就別怪我不客氣，這個教訓一定要給你的，他躬下身去，一點點湊近樂瑤的俏臉，嘴巴在距離樂瑤一寸左右的地方凝住不動。

樂瑤的確是在裝暈，她雖然閉上雙眼，仍然能夠感覺到胡小天的面孔在不斷湊近自己，灼熱的呼吸不停噴在了自己的臉上，樂瑤又羞又急，本以為這廝是個坐懷不亂的守禮君子，卻想不到他根本就是個趁虛而入的好色之徒。她正在猶豫自己是不是要選在此時甦醒，忽然感覺櫻唇觸碰到一個灼熱溫軟的東西，芳心大驚。

當下再不猶豫，猛然將一雙美眸睜開，卻見胡小天笑瞇瞇站在床邊，右手的食指緊貼在自己的唇上：「你醒了？」

樂瑤此時方才知道自己猜錯，俏臉浮起兩片紅霞。

胡小天道：「我走了。」

「胡公子……」樂瑤在他身後輕喚了一聲，胡小天卻沒有回頭。

夜色深沉，如同浸透雨水的黑布，沉甸甸的，壓得心頭透不過氣來，胡小天昂起頭，長舒了一口氣，剛才的事情讓他意識到，小寡婦樂瑤也非自己想像中的單純，她偽裝暈倒難道只是為了單純的博取自己的同情？好帶她離開這個地方？又或者她看似單純的外表下也藏著不為人知的秘密？之前自己曾經提議帶她離開這裡，被她斷然拒絕，此刻卻突然提出想要離開，而且如此迫切，到底是什麼緣故？

萬長春的聲音在一側響起：「胡大人！」

胡小天道：「老萬，昨晚你聽到鬼叫了？」

萬長春看了看周圍，有些惶恐地點了點頭。

「男鬼還是女鬼？」

「男鬼……」萬長春的聲音有些顫抖，鬼神的概念早已深植在他的心中，他害怕被鬼聽到。

胡小天笑了笑道：「他叫什麼？」

萬長春向胡小天走近了一步，顫聲道：「我死得好慘……」

胡小天決定當晚在萬家留宿，這是他和慕容飛煙商量之後的結果，他倒要看看這隻禍亂萬家的厲鬼究竟是什麼樣子。

胡小天當晚留宿的事情並未張揚，只有萬伯平和萬長春知道。

萬長春引領著胡小天和慕容飛煙進入萬府東側的青竹園暫住，這裡是萬伯平下棋的地方，如果不是胡小天這位上賓，萬伯平是不會將之讓出的，萬家在前院有客房，不過萬伯平考慮到前院並未鬧鬼，所以特地安排胡小天在後院過夜，給他和厲鬼一個親密接觸的機會。

萬長春為他們安排妥當之後就匆匆離去，自從昨晚鬧鬼之後，萬府上下人心惶惶，天黑之後除了負責值夜的家丁以外，其他人大都已經閉門不出，依著萬伯平的意思，想要派人守住九隻香爐，可胡小天讓他不必如此興師動眾，一切順其自然最好，過去怎樣現在依然怎樣。

胡小天本身不信鬼神，慕容飛煙也是個無神論者，胡小天認定所謂的厲鬼肯定是有人假扮，只是不知道今夜這扮鬼之人還會不會出來。

胡小天關上院門，懶洋洋打了個哈欠道：「咱們現在是睡覺呢，還是就寢？」

慕容飛煙眨了眨眼睛，睡覺和就寢有分別嗎？

胡小天看她毫無反應，又道：「咱們是一起睡，還是分開睡？」

慕容飛煙俏臉緋紅，啐道：「死豬不怕開水燙，一點臉都不要，誰跟你一起睡啊？」

胡小天道：「想我堂堂九品縣令，想投懷送抱的那是大有人在啊！只要我想讓人侍寢，一聲號令，黃花大閨女得從萬府排到衙門口去。」

慕容飛煙真是受不了這廝的面皮，揚起拳頭在他面前攥緊，關節骨骼發出爆竹般的響聲。

胡小天不寒而慄，這粉拳的威力不容小覷，他深諳見好就收的道理，趕緊轉移話題道：「不如，咱們計畫一下。」

兩人一起回到房內，胡小天拿出一幅萬府的地圖，這是剛剛萬長春給他提供的，胡小天從筆筒中抽了一支毛筆，在地圖上指點道：「我的香爐佈置在這九個地方，今晚咱們兩人分工，你負責這八處地方，我負責這一處。」他用筆點在小寡婦樂瑤所住的院子。

慕容飛煙道：「你倒是會挑活兒，避重就輕。」要知道樂瑤的院子和他們今晚留宿的青竹園只有一牆之隔，這廝偷懶之餘是不是還打什麼其他的壞主意？

胡小天笑道：「能者多勞，如果沒事情發生，咱們大可一覺睡到天亮。」

慕容飛煙道：「你是你，我是我，我是官府的捕快，又不是地主老財家裡的護院，你愛怎麼做是你的事情，我去休息了。」她說完便走，雖然住在一個院子裡，卻是各有各的房間。

胡小天歎了口氣道：「喂！不是說好了要抓鬼嗎？」看到慕容飛煙身後關上的房門，胡小天搖了搖頭，喃喃自語道：「睡覺就睡覺，你當我沒睡過覺啊？」

胡小天睡到半夜的時候，忽然聽到敲門聲響起，他揉了揉惺忪的睡眼，習慣性地去床頭摸檯燈開關，卻摸了個空，方才意識到自己所處的時代根本沒有那玩意兒，於是摸黑下床，趿拉著布鞋來到門前，湊在門縫處向外看了看，看到慕容飛煙一身黑衣俏生生站在外面。

於是拉開了房門，笑嘻嘻道：「一個人睡不著啊？」

慕容飛煙沒好氣地看了他一眼道：「穿好衣服跟我來！」

胡小天知道慕容飛煙一定有了發現，只是將兩隻鞋子提上，穿著圓領衫大褲衩，跟在慕容飛煙身後來到了北邊的院牆處。慕容飛煙指了指面前的那棵香樟樹，低聲道：「爬上去！」

胡小天向四周看了看，沒有墊腳之物，正準備回去拿凳子，卻見慕容飛煙已經飛掠上去，伸出一隻手朝他招了招。心中不由得暗歎，在當今社會，不會點武功還真沒法混，於是伸手握住慕容飛煙的小手，依靠她的幫助爬了上去。兩人坐在大樹的枝椏內，依靠大樹枝葉的掩護向下望去，從他們的位置可以將樂瑤所住的小院看得清清楚楚。

院落內空無一人，胡小天有些奇怪地看了慕容飛煙一眼，不明白她半夜三更將自己叫醒來這裡看什麼？

慕容飛煙附在他耳邊道：「這女人好生奇怪，直到現在都沒有睡覺。」

胡小天看到樂瑤的房間內果然亮著燈火，不以為然道：「也許人家失眠呢。」

慕容飛煙道：「不知為了什麼，我總覺得她透著古怪。」她的話音剛落，樂瑤房間的燈光就滅了。

胡小天道：「想不到你對美女也感興趣，說起來咱倆還真是同道中人。」

慕容飛煙瞪了他一眼，兩人藏身在樹上看了一會兒，雨後樹葉潮濕，又有不少的蚊蟲叮咬，才一會兒，胡小天就待不下去了，正準備提議離去的時候，卻見一道黑影登上了對側的牆頭，慕容飛煙首先發現了異常，她向胡小天做了個噤聲的手勢，那道黑影在圍牆之上快速奔行，這圍牆的寬度不過一尺，而且波浪起伏，那黑衣人奔行其上如履平地，由此不難判斷此人的輕功絕佳。胡小天趕緊掏出從賈六那裡得到的單筒望遠鏡，透過望遠鏡圖像放大了不少，只可惜缺乏紅外夜視，看起來也是模糊一片。

黑衣人用黑布蒙住口鼻，只露出一雙精光四射的眼睛。暗夜之中，此人如同一隻狸貓一般潛行，來到圍牆拐角處停下腳步，先警惕地向周圍看了看，確信四周無人，這才如同一縷青煙一般飛掠而下。慕容飛煙從此人的動作已經判斷出對方的武功不弱，胡小天已經有些緊張了，此人目的極其明確，顯然是衝著樂瑤而來。

他躡手躡腳行進到樂瑤門前，在門前看了看，門旁有人用白色石灰畫了一個符號。

慕容飛煙附在胡小天的耳邊低聲道：「有人做好了標記給他指路。」之前她在巡視的時候發現了異常，所以才選擇在這裡留守。她做捕快多年，對於形形色色的作案手法都非常瞭解。

胡小天內心一沉，這做標記的人十有八九來自萬府內部，家賊難防，看來萬家有人和外賊勾結，只是他們因何將目標鎖定在這個可憐寡婦的身上？胡小天附在慕容飛煙耳邊道：「你還不去救人？」

慕容飛煙對此卻表現得很能沉得住氣，小聲道：「再等等看。」

胡小天充滿擔憂道：「萬一來不及怎麼辦？」他是擔心樂瑤受到傷害。

慕容飛煙低聲道：「不會有什麼大事。」

胡小天不知她為何會如此斷定，雖然他對慕容飛煙一貫信任，可畢竟關心則亂，因為牽掛樂瑤的安危，內心惴惴不安。

那黑衣人拿了一個竹管一樣的東西，徐徐向房間內噴出煙霧，胡小天之前曾經見到萬廷盛做過這種事，可萬廷盛現在仍然躺在床上休養，而且他也沒有那麼好的輕功。

慕容飛煙小聲道：「這是採花賊，他們事先會踩盤子，確定目標，這次過來是要劫人。」

胡小天道：「你怎麼知道？」

慕容飛煙道：「別忘了我是幹什麼的。」

那採花賊做完這一切，從腰間抽出一柄匕首，然後將匕首插入門縫，輕輕撥弄，將門閂打開，然後進入房內。

胡小天一把抓住慕容飛煙的手腕，催促道：「該行動了，不然就晚了。」

慕容飛煙不滿地看了他一眼，這廝對小寡婦還真是關心呢，怎麼不見他這麼緊張自己？腦海中這個想法剛一產生就把慕容飛煙嚇了一大跳，天啊，自己怎麼會這麼想？為什麼要在意他的看法？

胡小天此時的內心格外煎熬，看到那採花賊進入房內，想起被迷煙熏暈的小寡婦樂瑤，粉嫩粉嫩的小鮮肉啊，千萬別被這條土狗給叼走了。

慕容飛煙看出了他的不安，倘若自己再不出手，只怕這小子要採取行動了。

採花賊剛剛進入房間就從裡面出來，不過出來的時候肩頭已經多了一個麻袋，從那麻袋包裹的形狀來看，裡面應該裝著一個人，肯定是樂瑤無疑。從外表看麻袋沒有任何動靜，看來樂瑤已經暈了過去。

胡小天暗罵這淫賊色膽包天，居然敢跑到萬府劫走樂瑤。

慕容飛煙小聲道：「你在這裡等我！」她已經騰空從樹上飛躍而起，在夜空中接連翻了幾個又高又飄的筋斗，越過院牆，從高空中俯衝而下，宛如蒼鷹搏兔般向那名採花賊撲去，身在半空之中，三尺長劍已經鏘然出鞘，宛如一泓秋水直奔採花賊的咽喉射去。

那採花賊及時驚覺，倉促之中將那麻袋擋在自己身前，慕容飛煙投鼠忌器，劍勢不得不做出停頓。

採花賊冷哼一聲：「給你！」竟然將麻袋朝慕容飛煙投擲過去，與此同時他抽出懸在腰間的彎刀，合身向慕容飛煙撲了過去。

慕容飛煙抬腿照著麻袋就是一腳，那麻袋被她踢得橫飛出去，足足飛出五丈左右落在草地之上，胡小天看得頭皮一緊，那裡面是一條人命啊，飛煙啊飛煙，你還真捨得下腳，換成是他無論如何是不忍心踢出去的。由此可見真正能夠狠心辣手摧花的還是女人啊！

胡小天沿著樹枝攀爬，小心翼翼來到院牆之上，然後又從院牆上溜了下去。這邊慕容飛煙已經和那名採花賊戰得不可開交，刀劍乒乒乓乓來回碰撞，胡小天只看到不停閃爍的火星和霍霍刀劍之光，根本看不清他們的招式動作。

雨此時又落了下來，雖然不大，但是夜風陣陣，風雨聲很好的掩飾了這邊的戰鬥。

採花賊一雙眼睛冷冷盯住慕容飛煙，邊打邊退試圖尋找逃跑的途徑，慕容飛煙早就識破了他的意圖，搶先將他的退路給封住。手中長劍一抖，化成萬點寒星向採花賊兜頭罩了下去，採花賊慌忙後撤，慕容飛煙劍鋒卻已經挑在他蒙面的黑布之上，一下將黑布挑落。

一道閃電劃過天際，照亮了採花賊的面孔，卻見他五官頗為英俊，只是透著一股淫邪之氣。採花賊面巾被挑落，頓時喪失了鬥志，他幾次想要逃離都被慕容飛煙給攔了下來，無奈之下，他唯有全力擊敗慕容飛煙方能逃離萬府，手中彎刀挽了一個刀花，左手向慕容飛煙一揮，波！地一團粉紅色的煙霧自他的手掌中彌散開來。

慕容飛煙嗅到一股甜香暗叫不妙，慌忙屏住呼吸，手中長劍連續三記殺招接連使出，如果說剛才慕容飛煙還想留下活口，現在已經完全放棄了這種想法，不知對方毒煙藥性如何，萬一著了對方的道兒，不但自己會身處險境，連胡小天和樂瑤的性命都會受到威脅。

那採花賊也沒有想到慕容飛煙陡然連續三記殺招，他左閃右避，卻始終無法成功逃脫慕容飛煙的殺招，小腹挨了重重一記，發出一聲悶哼，捂住小腹，轉身就逃。

慕容飛煙本想追趕，可是感覺到胸中一口氣怎麼都提不起來，雙腿痠軟，眼前一黑，險些暈倒在地，慌忙用長劍拄在地上方才站穩。她擔心飛賊去而復返，抬頭望去，卻見那賊人飛上圍牆，轉瞬之間已經消失得無影無蹤。

胡小天此時已經解開了麻袋，從中露出一雙白晃晃嫩生生的腳丫兒，足踝圓潤晶瑩，足趾宛如花瓣一般，胡小天只顧著欣賞這雙美足，卻忽略了一旁的慕容飛煙，慕容飛煙的嬌軀搖晃了一下，終於站立不足，咚的一聲摔倒在地上。

胡小天把麻袋拽開，從裡面倒出一個如花似玉的美人兒，不是樂瑤還能有誰，樂瑤一動不動地躺在他面前，此時夜雨正疾，很快就把她的衣衫淋濕，胡小天抱起樂瑤，準備將她送入房內，此時方才看到慕容飛煙也已經倒在了泥濘之中。

胡小天暗叫不妙，他本想去叫人幫忙，可這個念頭剛剛出現就被他否決，此時風雨正急，萬府的人多半都已經睡去，即便是叫來人也於事無補，更何況，他該向萬家人如何解釋眼前的一切？當務之急還是將這兩個小美人兒妥善安置再說，千萬不要出了什麼差錯。

胡小天先把樂瑤抱回了她的房間，然後又出來抱起了慕容飛煙。將兩位美人兒並排放在樂瑤的床上，借著油燈的光芒，看到兩位美人兒衣衫濕透，臉色蒼白，美眸緊閉，全都是人事不省，胡小天不由得有些頭疼，樂瑤只是一個手無縛雞之力的弱女子，中了別人的圈套倒還情有可原，慕容飛煙可是武功高強，素來警覺性超人一等，怎麼也會這麼不小心中了賊人的圈套？胡小天心中暗歎，看來關鍵時候武功還是比不上頭腦有用。

胡小天找來毛巾在水盆中浸濕，正準備給樂瑤擦臉，卻想起日間她裝暈欺騙自己的事情，不由得搖了搖頭道：「現在你不裝了？越是漂亮的女人越是善於說謊，只是我對你那麼好，你怎麼忍心欺騙我？」胡小天望著樂瑤清麗絕倫的俏臉，心中不覺生出邪念，低下頭在樂瑤的俏臉上蜻蜓點水般啄了一口，感歎道：「味道好極了！」

又來到慕容飛煙面前，盯著慕容飛煙的俏臉道：「女人不要那麼凶，尤其是對我，居然敢點我穴？不給你點教訓，你不知道我的厲害。」胡小天準備給慕容飛煙也來那麼一下，可剛剛低下頭去，忽然想起，她是名滿京城的女神捕，即便是留下了蛛絲馬跡，她也能抽絲剝繭地查出真相，萬一讓她查到自己曾經趁著她昏迷的機會大佔便宜，天啊，以她的剛烈性情豈能放過自己？想到這裡胡小天不由得有些猶豫，抿了抿嘴唇，忽然又想到，老子怕她個鳥，不就是個女人嗎？教訓！一定要給她一個教訓。

胡小天下定決心，準備對慕容飛煙略施薄懲的時候，卻聽到慕容飛煙發出嚶的一聲呼喚。

胡小天剛開始還以為自己聽錯，這種充滿誘惑的聲音，無論如何也不可能從慕容飛煙的喉頭發出，還別說，真是人不可只看表面相啊。

慕容飛煙這一聲把胡小天驚得猛然直起身來，向後接連退了兩步，他以為慕容飛煙要醒了，如果看到自己這麼近距離的貼著她，十有八九會採取防衛行動。以她的剛烈性情，保不齊要把自己暴捶一頓，真要是如此，自己的武功和她相差甚巨，真要是如此，只怕根本沒有反手之力，唯有抱頭挨揍的份兒，還是遠離她為妙。

慕容飛煙叫了這一聲之後並沒有馬上醒來，在床上翻了個身子，靠在樂瑤身旁。

樂瑤似乎也恢復了點意識，嬌軀一擰，貼緊了慕容飛煙，秀腿宛如常春藤般纏繞在了慕容飛煙的身上。兩人的睡姿都是嬌憨可人，看上去就像是一對親密無間的姊妹花。只是天這麼熱，可別捂出痱子來，胡小天真是看不下去了，走過去，小心翼翼地抬起她們兩人的身體，讓兩人分離開來。

這邊忙著分開她們，慕容飛煙卻一把摟住了他的手臂，喃喃道：「熱……我好熱……」胡小天口中假惺惺叫著飛煙，慢慢將自己的手臂從她的懷抱中撤出來，心中暗歎熱？擠那麼緊能不熱嗎！

身後一雙手抓住了他的肩頭，卻是樂瑤迷迷糊糊坐了起來，從後面將他抓住。胡小天手臂一抖，濕毛巾落在了床上，這貨明白，肯定是那飛賊的迷藥發作了，他剛剛看到飛賊往樂瑤的房內散佈迷煙，可慕容飛煙到底是怎樣中毒的，他卻沒有看清楚。

胡小天在兩人的包夾下，好不容易才將那濕毛巾撿了起來，一把就捂在慕容飛煙的臉上，他是想通過這種方式讓慕容飛煙清醒一下。

這一手似乎起到了效果，慕容飛煙被涼毛巾一激，居然睜開了雙眸，怔怔望著胡小天。胡小天被她嚇了一大跳，生怕慕容飛煙誤會，慌忙解釋道：「我什麼都沒做，我什麼都沒做過！」

胡小天用力掰開樂瑤的雙手，她抓得非常用力，手指甲都快掐入自己肩膀的肉裡了。這倆妞兒連意識都不清楚，被迷藥所迷，現在她們根本不清楚自己在做什麼。

看到慕容飛煙睜開雙目，胡小天驚喜道：「你醒了？」

卻見慕容飛煙一雙妙目瞇了起來，顯得有些迷惘，胡小天自問認識她這麼久，還從沒有見過她這樣的表現，知道很可能是藥性發作，慕容飛煙仍然意識恍惚，胡小天趕緊拿起濕毛巾試圖再次壓在慕容飛煙的臉上，可慕容飛煙卻一把抓住了他的手腕。抓得如此用力，胡小天感覺骨骸欲裂，痛得悶哼一聲，低聲道：「飛煙，是我！」

慕容飛煙忽然揚起手來，抓住胡小天圓領衫的領口向下用力一扯，胡小天半邊領子被扯下來，露出光溜溜的右肩，這貨慌了，上輩子加上這輩子也還是頭一次遇到這樣的場面，不對啊，怎麼有種羊入狼群的感覺！

這貨不知哪來的一股力量，從慕容飛煙和樂瑤兩人的夾擊中掙脫開來，拒絕誘惑那也需要相當的勇氣。

胡小天好不容易才從床上逃脫，大步向前衝去，目標是水盆，他準備將那滿盆的冷水兜頭蓋臉地澆過去，讓兩位被迷美女清醒過來。可世上不如意之事十之八九，更何況他所面對的美女之中還有一位武功高手慕容飛煙。

慕容飛煙頭腦雖然迷糊了，可動作一點都不遲緩，一把又從後面揪住胡小天的領口了，胡小天用力向前一掙，只聽到嗤的一聲，圓領衫被慕容飛煙直接撕扯成了兩半，胡小天失去了圓領衫，不過這貨也憑著金蟬脫殼得以掙脫，又邁出一步，感覺腰間一緊，卻是褲腰被人給拽住了，胡小天轉頭一看，這次不是慕容飛煙，小寡婦樂瑤衝上來揮拳相助。

胡小天這會兒真是天雷轟頂，天啊！有沒有搞錯，從保守到開放原來就是一劑迷藥的距離。樂瑤用力一拉，可能是用力過猛，嬌軀失去平衡摔倒在地上了。

胡小天剛邁出一步，卻被自己的褲腳給絆住，直挺挺摔到在地，腦門結結實實磕在堅硬的地面上，痛得這廝呲牙咧嘴。眼前金星亂冒，差點沒有昏死過去。

慕容飛煙撲上來一把抓住他的髮髻，用力過猛，胡小天感覺頭皮就快被她給扯下來了，哀求道：「飛煙，是我……」

這貨就只差叫救命了，此時外面風雨聲中隱約傳來打更的聲音，應該是值夜的護院從外面經過，胡小天思來想去，現在這種狀況無論如何是不能呼救的，真要是被外人看到，自己根本說不清楚，搞不好就是個身敗名裂。

自己變得臭名昭著不要緊，可人家兩位的名節可非常重要，若是被外人誤會，只怕她們也是跳黃河都洗不清了，以慕容飛煙剛烈的性情，不排除殺了自己再自殺以證清白的可能。

慕容飛煙水汪汪的美眸望著胡小天道：「我好熱……」

胡小天狼狽不堪道：「那就去外面淋淋雨涼快涼快……」

胡小天感覺樂瑤再度爬了上來，胡小天被這兩名意識恍惚的美女折騰得狼狽不堪，此時心中只有一個念頭，必須要堅持住底線，哥今晚是寧死不從。

樂瑤今晚表現出咬定青山不放鬆的倔強，鍥而不捨地和胡小天糾纏，胡小天雙手緊緊拉著衣服，再看慕容飛煙一張俏臉越垂越低，櫻唇距離自己越來越近，白森森的牙齒灼灼生光，看著讓人打心底發毛，生出莫名的恐懼，要說剛才胡小天還滿腦子都是這事兒，可一切演變為現實的時候，這貨忽然發現其實現實並不美好。

向來溫柔可人的樂瑤終於失去了耐心，她忽然低下頭去，張開檀口狠狠朝胡小天的大腿上咬了過去。

胡小天痛得慘叫一聲，突然張大的嘴巴把慕容飛煙給嚇了一大跳，她向後猛一仰頭，然後抓住胡小天的手臂，一口咬在他的胸膛上。胡小天腦海中產生了一個可怕的念頭，這倆妞兒是狼人還是吸血鬼？

疼痛可以喚醒一個人的鬥志，疼痛同樣可以讓一個男人暫時忘記憐香惜玉，瞬變成辣手催花，胡小天抬起腳來狠狠踹在樂瑤的小腹上，樂瑤玉軟花柔，哪禁得起胡小天這一腳，被他踹飛了出去。胡小天然後揚起自己的右手，一把抓住慕容飛煙的脖子，狠狠掐了下去，心中暗叫，不是我狠心下手，是你們下嘴太狠了，我這叫正當防衛，哥們再不果斷下腳，命都要沒了。

慕容飛煙被他抓得痛徹心扉，居然在這一瞬間清醒了一些，看到胡小天的手仍然死死抓在自己的脖子上，當真是有羞又急，揚起粉拳照著胡小天的鼻樑就砸了下去。羞怒之下，這一拳自然沒留多少情面，力道十足。

胡小天被這一拳打得仰頭就倒，後腦勺咚地一聲撞在地上，這貨暈了，但是還好沒昏過去，要說還不如昏過去呢，鼻子乎乎冒血，這種時候就充分顯現出胡小天的超人鎮定和臨危不亂了。不昏也得裝昏，這種時候，也只有裝暈才能蒙混過關。

剛才胡小天下手也夠黑夠狠，捏得慕容飛煙脖子痛到了極點，現在仍然沒有緩過勁來，她本來惱羞成怒，恨不能將這個趁虛而入輕薄自己的賤人一刀砍死，可看到胡小天直挺挺躺在地上，滿頭滿臉的鮮血，馬上又感到惶恐起來，她突然又趕到一陣頭腦眩暈，慌忙掙扎著站起身來，搖搖晃晃走到門前，推開房門來到外面。

夜雨從天而降，很快就已經將慕容飛煙的衣衫淋透，她捂住俏臉，心頭前所未有的迷惘和錯亂，從腦海到她的手足神經無一不感到麻痹，甚至都不知道自己臉上是雨水還是眼淚。

一道閃電撕裂了深沉的夜幕，也在慕容飛煙陷入混沌的內心中撕開了一條裂隙，她忽然抬起頭來，一雙美眸在炫目的電光下非但沒有閉上，反而睜得好大，她喃喃道：「小天……」頭腦終於恢復了清醒，然後猛然轉過身向房內奔去。

胡小天仍然四仰八叉地躺在地上，這廝的頭腦清醒得很，剛剛突如其來的一連串悶雷嚇得這廝哆嗦了一下，還好這一幕並沒有讓慕容飛煙看到，鼻血已經止住，不過仍然糊了一頭一臉的血跡，看起來頗為駭人。

慕容飛煙回到房內看到胡小天的慘狀，剛才發生的一切在腦海中一幕幕回憶起來，她知道自己剛才因為誤吸了那飛賊的毒煙，所以才會神智錯亂喪失了意志，至於做了什麼，她根本記不得了。

低頭看了看胡小天，滿臉鮮血這是剛才自己的一拳所致，再看這貨渾身上下幾乎沒有一塊好肉，身上衣衫也破裂了多處，顯然是她和樂瑤聯手所為，慕容飛煙不禁俏臉發紅，心跳一陣加速，似乎有一根羽毛在她心底撩撥，一種奇怪的感覺湧上心頭。

慕容飛煙頓時意識到不妙，趕緊深吸了一口氣，閉目調息，看來體內的藥力仍然沒有完全清除，她悄悄提醒自己要鎮定，確信能夠很好地控制住自己方才睜開雙眸，看到胡小天左胸之上有一個清晰可見的牙印兒，皮膚都已經被咬破，傷口處滲出不少的血珠兒。

慕容飛煙畢竟是捕快出身，從眼前的蛛絲馬跡，她很快就推斷出剛才發生了什麼，胡小天現在這番模樣應該是拜她和樂瑤所賜，她們兩個都被迷藥所迷，失去理智，撕扯胡小天的衣服，還咬了胡小天，慕容飛煙羞得不敢想下去，再看胡小天的胸膛上面的那個牙印，這嘴形應該是自己，天哪！自己怎麼咬他這個地方，下嘴怎麼如此之狠？

再往下看，卻看到胡小天的大腿上也有一個牙印，慕容飛煙俏臉紅到脖子根，不敢再看，也不敢再想了，完了！這一口若是我咬的，我就算死都洗不清自己的清白了，蒼天啊！你為何如此捉弄我？喀嚓又是一個炸雷，慕容飛煙被雷聲震醒，她探了探胡小天的鼻息，又摸了摸他的脈門，胡小天的呼吸和心跳還算平穩，應該不會有什麼性命之虞，估計是剛才自己下手太重，一拳把他給打昏了。

胡小天沒昏，清醒著呢，可這會兒不敢睜眼，太尷尬了，太沒面子了，自己好歹是一大老爺們，被倆妞兒給虐成這個樣子，還咬得身上青一塊紫一塊，臉上的傷還在其次，這大腿被樂瑤一口咬得不輕，到現在還火辣辣的痛，又不敢檢查傷勢，不過感覺應該沒什麼大事。若說這場悲慘的遭遇，說給誰也不相信啊！

慕容飛煙確信胡小天還活著，轉身就去了樂瑤身邊，她順手將房間裡的水盆端了起來，兜頭蓋臉地澆在樂瑤身上，這喚醒方式多少有些簡單粗暴，不過確實有效，樂瑤被冷水一激，睜開了雙眼，長吸了一口氣坐了起來。

她被胡小天剛才那一腳踹得不輕，捂著肚子，俏臉蒼白道：「怎麼了？發生了什麼事情……啊！」

看到胡小天滿臉鮮血地躺在地上，她嚇得尖叫起來，慕容飛煙沒料到她嗓門這麼大，趕緊伸手捂住她的嘴巴，怒道：「叫什麼叫？是不是想所有人都知道這裡發生了什麼？」

樂瑤被她捂住嘴巴，美眸之中盡是惶恐之色。等她情緒平穩下來之後，慕容飛煙方才放手，低聲道：「剛才有採花賊潛入你的房間內，用迷藥將你迷暈，試圖將你擄走，幸虧我們及時發現，將你從飛賊的手裡救了下來。」

樂瑤想要站起身來，卻感到頭暈目眩，只能爬行到胡小天的身邊，她顧不上害羞，搖晃著胡小天的肩頭道：「胡公子，胡公子……」

胡小天雙目緊閉，既然裝就得裝到底，這會兒醒過來只會弄得每個人都尷尬。

樂瑤望向慕容飛煙，淚光漣漣道：「他究竟是怎麼了？」

慕容飛煙黯然歎了口氣道：「剛剛我去追擊那飛賊，把你交給他照顧，等我回來就變成了這個樣子。」

胡小天聽得清清楚楚，心中真是嘆服，女人啊女人，說謊都不帶打草稿的，自己一直以為慕容飛煙是個眼裡揉不得沙子，仗義執言的人，可關鍵時刻，這妞兒也明白得很吶，知道什麼時候應該把自己給摘出去。這麼一來，自己被人扒光、咬傷、凌辱的責任全都落在樂瑤身上了，只要自己不說，樂瑤這個黑鍋是背定了。

樂瑤信以為真，再看胡小天狼狽不堪的樣子，身上的牙印兒觸目驚心，一時間又羞又急，眼淚啪嗒啪嗒地落了下來，她顫聲道：「可他為什麼穿成這個樣子……」

慕容飛煙又歎了口氣：「他衣服是被扯爛的……」話不能再往下說了，慕容飛煙芳心中一陣慚愧，不是我陰險，可今天這事實在是太羞人了，我總不能說他的衣服是咱們兩人合力給扯爛的吧？要說胸口那個牙印兒是我咬的，其他地方應該跟我沒關係，樂瑤啊，樂瑤今天就委屈你了。

樂瑤羞愧難當，跪在胡小天面前，一時間不知如何是好，唯有默默啜泣。

慕容飛煙看到她哭得如此傷心，反倒有些不忍心了，如果把事實說出來，還好有人跟她分擔一下，可要讓自己一個雲英未嫁的女孩子把剛才的事情坦誠出來，還不如讓自己死了好。

樂瑤終於歎了口氣，起身端了銅盆打來清水，幫助胡小天擦去臉上的血跡，她這會兒已經鎮定了下來，胡小天臉上的血跡擦淨，看到他的鼻子腫了起來，樂瑤心中不禁一陣疑惑，以自己的力氣，怎麼會將他一個孔武有力的壯碩男子制服？再看胡小天這一身健美的肌肉，樂瑤的芳心中不由得一陣慌亂，她意識到胡小天的健美體魄對自己有著強烈的誘惑力。

慕容飛煙忽然道：「有人來了！」

請續看《醫統江山》卷四 大師門法

醫統江山 卷3 另有隱情

作者：石章魚
發行人：陳曉林
出版所：風雲時代出版股份有限公司
地址：10576台北市民生東路五段178號7樓之3
電話：(02) 2756-0949
傳真：(02) 2765-3799
執行主編：劉宇青
美術設計：許惠芳
行銷企劃：林安莉
業務總監：張瑋鳳

初版日期：2020年1月
版權授權：閱文集團
ISBN ：978-986-352-762-6
風雲書網：http://www.eastbooks.com.tw
官方部落格：http://eastbooks.pixnet.net/blog
Facebook：http://www.facebook.com/h7560949
E-mail：h7560949@ms15.hinet.net
劃撥帳號：12043291
戶名：風雲時代出版股份有限公司

風雲發行所：33373桃園市龜山區公西村2鄰復興街304巷96號
電話：(03) 318-1378
傳真：(03) 318-1378
法律顧問：永然法律事務所 李永然律師
北辰著作權事務所 蕭雄淋律師

行政院新聞局局版台業字第3595號 營利事業統一編號22759935

國家圖書館出版品預行編目資料

醫統江山 ／ 石章魚 著. -- 臺北市：風雲時代，
2019.11- 冊；公分

ISBN 978-986-352-762-6（第3冊；平裝）

857.7 108014766